Fabian Vogt
Die erste Ölung

Fabian Vogt

Die erste Ölung

Fantastische Geschichten

Brendow
VERLAG + MEDIEN

Für Charlotte und Moritz

Bibliografische Information Der Deutschen Bibliothek
Die Deutsche Bibliothek verzeichnet diese Publikation in der Deutschen Nationalbibliografie; detaillierte bibliografische Daten sind im Internet über http://dnb.ddb.de abrufbar.

ISBN-10: 3-86506-147-8
ISBN-13: 978-3-86506-147-8

Einbandgestaltung: init, Büro für Gestaltung, Bielefeld
Titelfoto: Getty Images
Satz: Hans Winkens, Wegberg
Druck und Bindung: Clausen & Bosse, Leck
Printed in Germany

www.brendow-verlag.de

Inhalt

Die erste Ölung

oder: ein eigenartiges Vorwort

Irgendwo verläuft eine geheimnisvolle Grenze zwischen dem Möglichen und dem Unmöglichen, zwischen Wirklichkeit und Fantasie, zwischen Traum und Realität. Aber wo? Kann man diese Grenze beschreiben, oder bleibt sie für alle Zeiten unbegreiflich? Wurde sie vor Jahr und Tag von irgendeiner Macht festgelegt, oder lässt sie sich vielleicht sogar verändern?

Zumindest müssen wir eingestehen, dass sich der feine Übergang von Fakten zur Fiktion nicht so eindeutig festlegen lässt, wie mancher das gerne hätte. Denn: Was der eine für möglich hält, scheint dem anderen gänzlich unmöglich. Um diese Herausforderung an die Logik mit einer recht einfachen Frage auf den Punkt zu bringen: Gibt es eigentlich zwei Menschen, bei denen der Grenzverlauf identisch ist?

Ich glaube nicht. Jeder schafft sich – in der Regel unbewusst – eine innere Demarkationslinie, hinter der für ihn die bunte Welt des Fabelhaften, des Fantastischen, des Märchenhaften und des Unvorstellbaren beginnt. Man trennt also nach persönlichen Kriterien den Bereich des Vertrauten vom Bereich des Vertrauens oder der Imagination.

Wie weit diese Grenze ausgedehnt wird, hängt dabei von ganz unterschiedlichen Faktoren ab: von der jeweiligen Vorstellungskraft, dem Einfühlungsvermögen, der gedanklichen Experimentierfreude – und natürlich auch von der Erfahrung.

Wer einmal erlebt hat, dass etwas schier Unmögliches möglich wurde (etwa eine Krankenheilung oder die völlig unerwartete Rettung aus einer Not), der ist viel eher bereit, dem Dasein zuzugestehen, dass es Dinge zwischen Himmel und Erde gibt, die sich weder mit dem Verstand erklären noch mit den Sinnen einfangen lassen. Und plötzlich wird die Grenze verschoben. Plötzlich ist das, was früher in die Welt der Fantasie gehörte, Teil der Wirklichkeit.

Ich liebe das Grenzgebiet zwischen dem Möglichen und dem Unmöglichen, weil es der Geburtsort guter Geschichten ist. Da tummeln sich all die wundervollen Ideen, bizarren Einfälle und schöpferischen Kreationen, die leidenschaftlich darum bitten, Gestalt annehmen zu dürfen. In Worten, Melodien und Bildern.

Gerade Schriftsteller genießen es, mit einem Satz in dieses inspirierende Jemandsland zu springen. Und vielleicht liegt der Reiz einer solchen Zwischenwelt gerade darin, dass in ihr all diejenigen zu Hause sind, die noch nicht genau wissen, wo sie hingehören: in die Möglichkeit oder in die Gewissheit.

Darüber hinaus gilt natürlich: Wenn wir an die Grenzen des Vorstellbaren kommen, kommen wir auch an unsere eigenen Grenzen. Und damit zu dem, was Kunst so faszinierend macht: Sie führt uns über uns selbst hinaus. Sie erschließt uns Dimensionen unseres Seins, die möglicherweise schon in uns angelegt sind, aber erst durch Kunstwerke geweckt und angerührt werden.

Noch interessanter lässt sich über diese Fragestellungen nachdenken, wenn es um den Glauben geht. Schließlich heißt es ja: »Alles ist möglich dem, der glaubt.« Nur, was bedeutet das, wenn man nach der Wahrscheinlichkeit des Unwahrscheinlichen fragt? Sind Glaubende Stammgäste in der Welt des scheinbar Unmöglichen? Durchbricht der Glaube die geheimnisvolle Grenze zwischen wahr und Wahn? Setzt er die Realität und die Naturgesetze außer Kraft? Oder darf er das in einer aufgeklärten Gesellschaft schon lange nicht mehr riskieren?

Der Apostel Paulus schrieb einmal: »Gott hat uns nicht gegeben den Geist der Furcht.« Im griechischen Original steht da aber gar nicht »Furcht«, da steht »Verzagtheit«. Zu Deutsch: »Wer Gottes Geist in sich hat, der muss nicht verzagt sein.« Was meint Paulus damit? Will er einfach Mutlosen Mut machen?

Nein!

Die Verzagten, das sind nach biblischem Verständnis nicht die Ängstlichen, die Feiglinge oder die Entsetzten, sondern die Realisten. Diejenigen, die nur das glauben, was sie sehen und verstehen können. Wer nach biblischem Verständnis verzagt ist, der denkt zu klein, weil er ausschließlich seine menschlichen Möglichkeiten zum Maßstab der Weltwahrnehmung macht. Klein-Gläubige eben, die sich vor allem erschrecken, was ihren Horizont überschreitet.

Der Geist Gottes dagegen – so sieht es der bedeutendste Apostel der Christenheit – schenkt die Kraft, alles für möglich zu halten. Nicht von unseren Wirklichkeiten, sondern von höheren Wirklichkeiten auszugehen. Wahrhaft ein herausfordernder Gedanke … wahrhaft ein …

Ich unterbrach meinen Vortrag, räusperte mich und trank einen Schluck Wasser. Einen kurzen Moment stützte ich mich mit beiden Armen auf das Rednerpult. Dann kam die Angst. Alles war wie immer: der volle Hörsaal. Mein Manuskript. Das Ansteckmikrofon. Die stickige Luft. Das Knarren der Holzbänke, wenn jemand beim Sitzen das Gewicht verlagerte. Und das leise Klappern der Notebook-Tastaturen bei den fleißigen Hörern, die mitschrieben.

Trotzdem war heute alles anders.

Ich versuchte, in dem abgedunkelten Raum unauffällig die Riege meiner allgegenwärtigen Konkurrenten und Kritiker ausfindig zu machen, die wie immer aufmerksam meinem Vortrag lauschten. Einen Augenblick fragte ich mich ernsthaft, ob ich weitermachen sollte. Noch hörten mir die Zuhörerinnen und Zuhörer neugierig zu. Doch was würde passieren, wenn ich ihnen meinen größten wissenschaftlichen Triumph zugleich als peinlichste Niederlage würde präsentieren müssen?

Ich entschied mich, alles auf eine Karte zu setzen.

Meine Damen und Herren! Wie Sie alle wissen, entdeckten Angehörige des Beduinenstammes der Ta'amire im Jahr 1946 in einigen Höhlen bei Qumran am Toten Meer zahlreiche Schriftrollen, die unsere Erkenntnis über die religiösen Verhältnisse während der Zeitenwende entscheidend erweitert haben.

Ich machte eine Kunstpause. Einundzwanzig. Zweiundzwanzig. Genau die richtige Länge.

Was Sie noch nicht wissen, ist, dass vor kurzem eine weitere Rolle gefunden wurde, die aus einer etwas späteren Zeit stammt und vor allem folgendes Fragment enthält, das wohl zum apokryphen Nikodemus-Evangelium gehörte.

Ich warf den Text mit dem Beamer an die Wand und las ihn gleichzeitig vor.

An demselben Tag ging Jesus aus dem Haus und setzte sich an den See. Es waren aber seine Jünger mit ihm.

Und er sprach zu ihnen: Durch den Atem Gottes seid ihr geschaffen. Die Sünde Adams aber verschleiert euren Blick, sodass ihr das Himmelreich nicht sehen könnt.

Der Vater hat mich gesandt, euch und allen Menschen die Augen zu öffnen.

Und er zog eine Flasche mit Salböl hervor und salbte sie dort am See, dass ihnen die Augen übergingen vor der Gegenwart des Herrn.

Und er sprach: Nun ist's euch gegeben, die Geheimnisse des Himmelreichs zu verstehen, diesen aber ist's nicht gegeben.

Und er beschwor sie, es keinem zu sagen …

(hier bricht der Text ab)

Ein ungläubiges Raunen ging durch den Raum. Erstaunen. Verblüffung. Fassungslosigkeit. Ich sah, wie sich Professor Klaus Taler zu den Kollegen des Fachbereichs beugte und verwirrt den Kopf schüttelte. Trotzdem fuhr ich unbeirrt fort.

Sie, werte Kolleginnen und Kollegen, haben natürlich sofort die Anlehnung an Passagen aus Matthäus 13 wahrgenommen. Und auch manch andere Korrelation zu den synoptischen Schriften fällt ins Auge.

Bedeutend an diesem Fragment ist aber nicht die theologische Aussage. O nein, die begegnet uns im Neuen Testament auf Schritt und Tritt: Der Mensch ist eingeladen, in der Welt die vorgreifende Präsenz des Reiches Gottes wahrzunehmen und zu glauben. Wer Jesus Christus begegnet, der lernt, von sich wegzusehen und sein Leben in den weiten Horizont der Liebe Gottes zu stellen. Wie gesagt, geistlich neu ist das nicht – auch wenn man sich bisweilen wünscht, dass diese urchristliche Tugend in unseren Kirchen ein wenig leidenschaftlicher gepflegt würde.

Bewegend an dieser Textstelle ist vor allem die Erwähnung eines offensichtlich verloren gegangenen Rituals – einer von Jesus selbst praktizierten Ölung, die dem Gesalbten den Blick für die übernatürlichen Dimensionen des Lebens verleiht. Eine wundervolle Ölung, die helfen soll und kann, die Grenze zwischen dem Möglichen und dem Unmöglichen zu Gunsten eines grenzenlosen Vertrauens zu überschreiten. Offensichtlich geht dem postlapsalen Menschen diese Fähigkeit überall dort verloren, wo er nur noch sich selbst sieht. So jedenfalls interpretiere ich den Hinweis Jesu auf die Sünde Adams.

Stolz schaltete ich zur nächsten PowerPoint-Folie.

Ich nenne dieses Ritual, das im Gegensatz zur letzten Ölung nicht auf den Tod, sondern auf das Leben in seiner ganzen Fülle vorbereitet:

DIE ERSTE ÖLUNG

Das Raunen im Saal wurde spürbar lauter. Wenn es einem Forscher gelingt, ein theologisches Phänomen mit einem Namen oder einer Bezeichnung zu versehen, die sich durchsetzt, dann ist das in der Wissenschaft so etwas wie ein Adelstitel.

Nachdem sich der Aufruhr ein wenig gelegt hatte, sprach ich weiter.

Die Entdeckung dieses Rituals ist in vielerlei Hinsicht eine Sensation. Zum einen erklärt sie etwa, warum ein Mann wie Petrus, ein Mann also, der aller Wahrscheinlichkeit nach Nichtschwimmer war, es wagte, auf offenem Meer auf das tosende Wasser zu steigen, um durch den Sturm zu Jesus zu laufen. Ein Nichtschwimmer steigt auf das Wasser! Seien wir ehrlich: Wer von uns hätte das gewagt? Keiner. Petrus aber sah durch die kurz zuvor vollzogene »Erste Ölung« die Möglichkeiten Gottes vor Augen und konnte so seine individuellen Ängste überwinden.

Sein anschließendes Untergehen aufgrund seines Zweifels macht aber zugleich deutlich, dass es sich bei der »Ersten Ölung« mitnichten um eine Art magisches Zeremoniell handelt. Es geht wie beim Segen um einen befähigenden Zuspruch, dessen Wirksamkeit von unserem Vertrauen abhängt.

Wenn Sie so wollen, erleben wir hier einen ganz eigenen Passage-Ritus, der einen nach Antworten suchenden Menschen begleitet und ihn ermutigt, dem bislang Unfassbaren Raum zu geben. Man könnte die Wirkung dieser Ölung vielleicht so zusammenfassen: »Ich salbe dich und sage dir zu: Es verändert dein Leben, wenn du lernst, die Welt mit den Augen Gottes zu sehen und nicht deine, sondern seine Möglichkeiten zum Maßstab machst.«

Nun stellt sich natürlich die Frage: Gibt es weitere Überlieferungen zu diesem Ritual? Nun, noch bin ich mit der historischen Einordnung ganz am Anfang. Doch es scheint, als ob die »Erste Ölung« auch in der Urgemeinde praktiziert wurde. So schreibt etwa Ignatius an die Gemeinde in Tralles in Asien: »Gott hat euch auserwählt und zu seinesgleichen gemacht. Durch Jesus habt ihr Frieden gefunden im Geist und im Fleisch.« Wie Sie alle wissen, stand »Fleisch« damals für den menschlichen Bereich des Sichtbaren, Sterblichen und Schwachen, im Gegensatz dazu stand »Geist« für den unsichtbaren Bereich Gottes und des göttlichen Lebens.

Hier wird also von einem wichtigen Zeugen erwähnt, dass bei den ersten Gläubigen gezielt eine Verbindung zum Geistbereich geschaffen wurde. Der griechische Originaltext weist zugleich darauf hin, dass hinter diesem Vertrauen auf das menschlich Unmögliche eine Art Weihehandlung stand. Noch ist es zu früh, hier endgültige Schlüsse zu ziehen, doch scheint es, als ob es in den frühchristlichen Schriften zahlreiche versteckte und offene Belege für die Existenz der »Ersten Ölung« gibt. Wir haben sie bislang nur nicht als solche erkannt, weil wir von dem angesprochenen Ritual ja noch nichts wussten …

In diesem Augenblick passierte das, wovor ich mich seit Wochen gefürchtet hatte. Professor Taler stand auf und stellte die Fragen, die ich an seiner Stelle auch vorgebracht hätte: »Woher haben Sie dieses Qumran-Fragment? Wo ist es? Und wann können wir es sehen?«

Ich spürte, dass mir die Tränen kamen. Als ich weitersprach, kletterte nur noch ein Flüstern über meine Lippen.

Ich habe dieses Fragment vor einigen Wochen von einem arabischen Händler bekommen. Er lebt in der Nähe von Bethlehem und steht direkt mit dem Stamm der Ta'amire in Kontakt. Anfang des Monats kam das Fundstück in unseren Fachbereich. Unsere ersten Untersuchungen haben übrigens ergeben, dass die Rolle mit ziemlicher Sicherheit auf die erste Hälfte des zweiten Jahrhunderts datiert werden kann.

Und jetzt versagte mir fast die Stimme. Mit einem Kloß im Hals stieß ich mein eigenes wissenschaftliches Todesurteil hervor.

Sie, meine Damen und Herren, wissen, dass letzte Woche in unser Institut eingebrochen wurde. Wir haben gegenüber der Presse gesagt, dass außer den Computern nichts Wertvolles gestohlen wurde. Das stimmt so aber nicht. Leider. Die Täter haben auch das von mir soeben präsentierte Rollenfragment mitgenommen. Offensichtlich haben Sie gezielt danach gesucht und es entwendet. Welche Motive dahinterstehen, weiß ich nicht. Ich weiß nur, dass der arabische Händler es auf dem internationalen Markt für antike Funde angeboten hatte. Es wussten also viele Fachleute davon. Im Prinzip konnte sich jedermann im Internet die entsprechenden Informationen holen.

Tatsache ist: Wir haben den Beweis nicht mehr. Und es kann sein, dass ich Ihnen das Fragment niemals werde zeigen können.

Atemlose Stille. Dann begann Professor Taler zu lachen. Erst glucksend, dann laut und ordinär. Nach und nach fiel der ganze Saal mit ein. Ein Orkan aus arroganter Belustigung und Schadenfreude brach über mich herein.

Ich weiß, dass ich mich nach akademischen Gesichtspunkten lächerlich gemacht habe. Hier zählen nur Fakten. Aber hätte ich einen solchen Fund verschweigen dürfen? Nur, weil mir das Original entwendet wurde? Nur, weil eine Kopie vor den Augen all der Kritiker nicht standhält? Hätte ich dieses wunderschöne Ritual der »Ersten Ölung« der Welt vorenthalten sollen?

Ich weiß es nicht.

Ich habe davon erzählt, weil ich es tun musste.

Zusatz von Fabian Vogt

Schon als ich diese Geschichte das erste Mal hörte, hat sie mich zutiefst berührt. Vielleicht, weil ich mir eine solche »Erste Ölung« bisweilen sehnlichst wünsche; die Zusage, dass es möglich ist, auch an das zu glauben, was unser Wissen und unsere Erfahrung übersteigt. Aber man weiß ja, wie das in der Forschung ist: Was sich nicht belegen lässt, ist nicht der Rede wert. Vielleicht sollte man dieses ungewöhnliche Ritual trotzdem wieder wagen. Oder gerade deswegen. Manchmal erweist sich eine Wahrheit ja erst dadurch als vertrauenswürdig, dass sie entgegen aller Logik zutrifft.

Na ja, noch ist es, wie es ist. Viele Dinge sind scheinbar unmöglich. Auch die fantastischen Geschichten in diesem Buch. Andererseits: Bei Gott ist nichts unmöglich. Vielleicht, und sei es auch nur mit einer geringen Wahrscheinlichkeit, sind sie so passiert. Oder sie werden noch passieren … mir … oder Ihnen. Wer weiß? Die Frage ist: Wagen wir es, sie zu glauben?

Das Erbe des Sensographen

Eine etwa walnussgroße, schwarze Metallkugel fiel aus der abgerissenen Ecke des alten Lederkoffers und rollte nach einigen Sprüngen quer durch die Garage unter die Fahrräder, die schlammbespritzt an der Seite standen. Auf der verkratzten Alu-Leiter stehend, verfolgte Franziska Kohrs ihren Lauf über den Betonboden, seufzte und schob den massiven Koffer zurück in das von silbrigen Spinnweben überzogene Regal.

»Wenn ich das Ding nicht sofort aufhebe, liegt es noch am St. Nimmerleinstag dort«, dachte sie, stieg die Stufen hinunter und fluchte innerlich über ihren Mann und ihre beiden Söhne, die nie von alleine auf die Idee kommen würden, die Garage aufzuräumen, obwohl diese sich im Lauf der Jahre in eine gigantische Rumpelkammer verwandelt hatte.

Die zierliche, rothaarige Frau hatte eigentlich die Chance nutzen wollen, dass ihre Familie das Wochenende bei den Schwiegereltern verbrachte, verlor aber angesichts der vielen staubigen Fächer, die mit lauter altem Kram vollgestopft waren, gerade wieder die Lust an der geplanten Säuberungsaktion. Sie ging auf die Knie, um unter der öligen Kette des Mountainbikes nach der verschwundenen Kugel zu tasten, und hoffte inniglich, dass sie nicht in eine der unzähligen haarigen Spinnen greifen würde, die die Garage seit längerem zu ihrem Zuhause erklärt hatten.

Dann ging alles blitzschnell.

In dem Moment, in dem Franziska die Kugel berührte, verlor sie die Kontrolle über sich, als hätte sie einen Stromschlag erhalten. Eine nicht aufzuhaltende Woge aus Zärtlichkeit und Zuneigung zog durch ihre Glieder und erfüllte jede Faser ihres Körpers mit einer Intensität, die kaum auszuhalten war, jubelnd, erregend, beglückend. Sie spürte, wie sich der Kopf eines kleinen Kindes, nein, eines Babys, an ihre Brust schmiegte und zwei winzige Hände zutraulich an ihrem Hals und ihrer Schulter nach einem Halt suchten. Die Wärme des Kindes war durch das Hemd spürbar, und ihre Arme zitterten leicht, weil sie unsicher war, wie fest sie das winzige Wesen an sich drücken durfte.

»Wie schön«, durchfuhr es sie, »wie wunderschön! Ein Enkelkind! Welch ein Segen für diese Welt!« Die Freude über das Baby war wie ein Rausch, und sie fing an, das unsichtbare Geschöpf sanft zu streicheln, von dessen Existenz sie jetzt völlig überzeugt war, obwohl in ihren Armen nichts, aber auch gar nichts zu sehen war. Behutsam strichen ihre Finger über die zarte Haut …

Mit einem Schrei schleuderte sie die Metallkugel von sich und ließ sich schweißnass auf den Boden gleiten. Ein kalter Schauder lief ihren Nacken entlang, während alle Kraft aus ihrem Körper zu weichen schien. Erregt stammelte sie: »Gott, was war das? Habe ich Halluzinationen? Sind das schon die Wechseljahre? Hier ist doch überhaupt kein Baby. Was habe ich da bloß gefühlt? Die Jungs sind doch erst acht und elf. Die kriegen so bald keine Kinder.«

Ihr Atem ging flach und schnell, denn sie konnte den weichen Druck des Neugeborenen noch immer an ihrer Brust spüren. Erst nachdem sie mehrfach die Arme ausgeschüttelt hatte, ließ das berückende Gefühl langsam nach. Als es ganz verschwunden war, stellte sie überrascht fest, dass sie den Verlust dieser konzentrierten Wahrnehmung bedauerte.

Die überwältigenden und dabei so zarten Empfindungen waren trotz ihrer Fremdartigkeit wunderschön gewesen. Das, was sie gerade gefühlt hatte, erinnerte sie in seiner Kraft an die ersten angespannten Tage nach den Geburten ihrer eigenen Söhne und an die überschäumenden, sensiblen Emotionen, die in dieser Zeit in ihr miteinander gerungen hatten: Liebe, Stolz, Angst und eine grenzenlose Weite ihrer Seele, ein fast schmerzhaftes Ja zum Leben.

»Ich hatte beinah vergessen, wie glücklich ich damals war«, sagte sie laut zu sich selbst und wunderte sich über den rauen Klang ihrer Stimme. »Ich sollte mir das vielleicht ab und zu ins Gedächtnis rufen, wenn ich mich mal wieder so richtig über die beiden Jungs und ihre Manieren ärgere.«

Sie stand auf, klopfte ihre Beine ab und biss sich leicht auf die Unterlippe. »Jetzt erst mal ganz mit der Ruhe. Wenn ich nicht krank werde – und davon gehe ich nun wirklich nicht aus –, dann muss mein eigenartiger Anfall irgendwie mit dieser Kugel zu tun haben. Und die kam aus dem Koffer. Also, gucken wir mal nach, ob wir in dem alten Teil eine Erklärung finden.«

Sie stieg wieder auf die Leiter und zog den Lederkoffer, der auf dem obersten Regalboden lag, nach vorne, bis sie unter der Last fast zusammenzubrechen drohte. Dann wuchtete sie das schwere Stück mit einem Ruck auf den mit Roststellen übersäten Campingtisch, wo es mit einem dumpfen Schlag landete. Zufrieden kletterte sie hinterher. An dem vom Schweiß vieler Träger dunkel gewordenen Griff hing ein rissiger Reiseanhänger, der mit einem Druckknopf verschlossen war. Franziska öffnete ihn und las erstaunt den Namen ihres Großvaters: »Robert Behring«.

Sie kannte den schnauzbärtigen Mann nur von Bildern,

weil er kurz nach ihrer Geburt gestorben war. Dr. Behring hatte vor dem Krieg Maschinenbau studiert, später als Ingenieur promoviert und dann eine steile Karriere bei der Firma Siemens gemacht. Mit Ende dreißig aber war er, einer Eingebung folgend, zur Überraschung aller aus seiner Abteilung ausgeschieden.

Er selbst hatte diesen Schritt als geistliche Berufung angesehen, Theologie studiert und dann eine Landpfarrstelle im tiefsten Odenwald übernommen. Franziskas Vater, der im dortigen Pfarrhaus zur Welt gekommen war, erzählte bei jeder Gelegenheit mit strahlenden Augen von dem bulligen Genießer, der an lauen Sommerabenden meist rauchend auf der Terrasse saß und von seiner Gemeinde wegen seiner Herzlichkeit und trotz mancher kleiner Marotten über alles geliebt wurde.

Franziska zögerte, als sie die fleckigen Metallbeschläge berührte. »Wieso steht dieser Koffer eigentlich bei uns?«, überlegte sie. »Hat Papa ihn hierher gebracht, als er aus seinem großen Haus in die Wohnanlage umgezogen ist und seinen ganzen überflüssigen Hausrat irgendwo unterbringen musste? Wahrscheinlich.«

Die junge Frau atmete tief durch, dann ließ sie die Verschlüsse aufklappen und hob den Deckel an.

In dem mit braunem Samt ausgeschlagenen Innenraum lagen nur wenige Dinge: eine große, abgegriffene Pfeifentasche, ein schweinslederner Tabaksbeutel mit einem roten Band, ein Notizbuch und eine Art Setzkasten, in dessen Fächern Metallkugeln lagen; sieben Stück, die genauso aussahen, wie diejenige, die Franziska gerade angefasst hatte. Nur ein Fach blickte sie leer an, wie ein Auge ohne Augapfel.

Über den Kugeln waren kleine Zettel angebracht, deren ursprüngliche Farbe sie nicht mehr erkennen konnte. Jetzt wirkten die Papierstücke auf den Abdeckungen nur noch grau und matt.

Die verblüffte Frau musste sich weit vorbeugen, um die winzige, verblasste Schrift darauf lesen zu können. Über den ersten Fächern stand: »12. September 1964, Feldberg im Taunus, 22.53 Uhr« – »24. Dezember 1964, Weihnachten mit Familie, 18.20 Uhr« – »30. Februar 1965, Schlafzimmer, 23.10 Uhr«. Auch über dem vierten, dem leeren Fach klebte ein Zettel: »8. April 1965, Groß-Gerau, Krankenhaus.«

»Das war zwei Tage nach meiner Geburt«, ging es Franziska durch den Kopf. »Aber ich begreife noch immer nicht, was das alles bedeutet.«

Einige Sekunden lang stand sie einfach da, weil sie nicht wusste, was sie als Nächstes tun sollte. Die staubige Luft flimmerte vor ihren Augen, und ihre Gedanken tanzten umeinander wie die Staubkörnchen vor dem schmalen Fenster. Die Gefühle, die sie eben empfunden hatte, waren so eindrücklich und real gewesen, dass sie noch immer in ihrer Brust nachklangen, als hätten sie sich dort für einen kurzen Augenblick niedergelassen. Dennoch schüttelte sie unwillkürlich den Kopf. »Das ist doch alles Unsinn! Wahrscheinlich war gestern auf der Tiefkühl-Pizza irgendeine Zutat nicht mehr ganz frisch, und ich habe mir den Magen verdorben. Was soll's? Andererseits: Es kann ja trotzdem ganz unterhaltsam sein, ein bisschen in der Vergangenheit zu stöbern. Wenn Opa tatsächlich so ein beeindruckender Mann war, dann hat er ja eventuell kluge Dinge aufgeschrieben.«

Als hätte sie eine kostbare antiquarische Seltenheit gefunden, nahm sie mit spitzen Fingern das Notizbuch aus dem Koffer, hockte sich damit auf die wacklige Leiter und schlug die erste der brüchigen Seiten auf, auf der ihr Großvater offensichtlich eigenhändig mit roter Tinte einen technischen Bericht verfasst hatte.

Der Sensograph

von Dr. Robert Behring (November 1964)

Im Leben eines jeden Menschen gibt es wundervolle Augenblicke, in denen er die ganze Schönheit des Lebens erfährt, Momente, in denen sich sein Dasein konzentriert – und in denen er Gott ganz nahekommt. Ich habe mich lange darüber geärgert, dass es nicht möglich ist, solche Momente festzuhalten. So, wie man ein Bild oder eine Tonaufnahme als Erinnerung machen kann, sehnte ich mich danach, die emotionale Tiefe wohltuender Erfahrungen einzufangen.

Als Pfarrer erlebe ich leider allzu häufig, dass Gemeindeglieder aus ihrem Glauben große Kraft schöpfen, das Wirken Gottes aber schnell wieder vergessen, wenn sich eine neue Lebenskrise nähert. Gotteserfahrungen – so beobachte ich – haben in der Moderne eine kurze Halbwertszeit. Wie weh tut es mir, wenn ich die gleichen Menschen, die mir eben noch mit leuchtenden Augen vom Handeln Gottes in ihrem Leben berichteten, wenige Monate später zweifelnd und furchtsam antreffe, ohne jedes Vertrauen in die Kraft des Herrn, die sie doch erst kurz zuvor am eigenen Leibe erfahren haben.

Mein Wunsch, den schwachen Geschwistern zu helfen und ihnen die Stärke ihrer leider so vergänglichen Einsichten und Emotionen zu bewahren, hat mich dazu angeregt, den »Sensographen« zu entwickeln. Es handelt sich um ein Gerät, das mithilfe elektromagnetischer Prozesse die Gefühlsäußerungen der Nervenbahnen im menschlichen Körper einfangen und auf einem kugelförmigen Medium speichern kann.

Im Sommer 1963 fing ich mit meinen Untersuchungen an, und schon im Herbst des darauffolgenden Jahres *waren meine Experimente so weit fortgeschritten, dass ich ein funktionierendes Modell mein Eigen nennen konnte. Die technische Lösung der Aufgabe war übrigens viel leichter, als ich anfangs dachte, aber ich will hier keine wissenschaftlichen Details erläutern, die doch nur der spezialisierte Fachmann verstehen wird.*

So viel nur sei gesagt: Legt man eine der von mir mit einer speziellen Legierung versehenen Kugel in den Sensographen und drückt den schwarzen Knopf, so zeichnet die Apparatur die Gefühle genau dieses Augenblicks auf und hält sie auf ewig fest. Ich habe die so gespeicherten emotionalen Erinnerungen »Sensogramme« getauft. Jedes Mal, wenn von nun an jemand eine derart geprägte Kugel in die Hand nimmt oder mit seiner Haut in Berührung bringt – sei es der eigentliche Urheber der Gefühle oder ein anderer –, so werden in seinem Körper die Nerven exakt so stimuliert, wie es im Moment der Aufzeichnung eingefangen wurde. Die Schönheit des Augenblicks ist wiederholbar.

Bevor ich meine Erfindung einer größeren Öffentlichkeit bekannt mache, will und werde ich sie ausführlich an mir selbst testen. So soll dieses Heft die Protokolle meiner Forschungen aufnehmen und mir gleichzeitig Richtschnur sein für die weitere Verwendung des Sensographen. Auch möchte ich vorab in aller Ruhe dar-über nachdenken, welche Gefahren möglicherweise in dem von mir erdachten Apparat ruhen und wozu ein schlechter Geist sie missbrauchen könnte. Nicht zu ertragen wäre es etwa, wenn ein Kriegsherr die gegnerischen Truppen mit Sensogrammen voller depressiver oder ängstlicher Stimmungen versorgte oder ein Lüstling sein Opfer mit einem Gefühl williger Hingabe und Erregtheit überwältigte, dem dieses in seiner arglosen Unbescholtenheit nicht zu widerstehen vermag.

Ich hoffe, dass Gott mir im Gebet und in den Gesprächen mit meinen Beratern zeigen wird, wie ich mit dem Sensographen so umgehen kann, dass er der Menschheit Heil bringt. Es segne uns der gütige Gott, der Vater, der Sohn und der Heilige Geist!

»Das ist Unsinn! So etwas gibt es nicht!« Franziska strich sich das verschwitzte Haar aus der Stirn und las die letzten Sätze noch einmal, während ihre Zehen nervös auf den Boden trommelten. Dann blätterte sie das ganze Heft mehrfach durch, doch es fanden sich keine weiteren Eintragungen. Offensichtlich hatte ihr Großvater sein Vorhaben, die Selbstversuche ausführlich zu protokollieren, nicht ausgeführt … oder nicht mehr ausführen können.

Sie legte das Heft zur Seite und nahm noch einmal den kleinen Setzkasten in die Hand, um auch die letzten vier Zettel zu entziffern. Mühsam las sie: »1. Juli 1965, Am Strand von Calvi, Korsika, 14.00 Uhr« – »18. Juli 1965, Bonifacio, Orkan, 18.12 Uhr« – »11. November 1965, Am Lindenberg, St.-Martins-Umzug, 19.00 Uhr« – »31. Dezember 1965, Leonhardskirche, Silvestergottesdienst, 20.16 Uhr.«

Keines dieser Daten sagte ihr etwas. Die rothaarige Frau erinnerte sich nur, dass Robert Behring im Februar 1966 gestorben war, an einem Samstagabend, sodass die versammelte Gemeinde am Sonntag aus der Kirche wieder nach Hause geschickt werden musste. Obwohl der aktive Mann sich in den Monaten davor bisweilen sehr müde gefühlt und über Kopfschmerzen geklagt hatte, war sein Tod für die ganze Familie völlig überraschend gekommen.

Ihr Vater hatte bei Familientreffen oft erzählt, dass sie als Säugling während der Bestattungsfeier just in dem Augenblick angefangen hätte, bitterlich zu weinen, als der Sarg in der Grube versenkt wurde; als hätte sie die Trauer der Anwesenden gespürt.

»Papa!«, erwiderte sie dann stets. »Ich war erst zehn Monate alt!«

»Na und? Kinder fühlen so etwas.«

Franziska wunderte sich, dass ihre Gedanken so weit abgeschweift waren, und blickte wieder auf die Kugeln.

»Die Sache ist doch ganz einfach! Ich werde einfach probieren, ob etwas an dieser Geschichte dran ist«, dachte sie. »Und wenn das tatsächlich wahr sein sollte, was hier steht, dann werde ich es ja gleich erleben … noch einmal erleben.«

Behutsam nahm sie den Setzkasten in die Hand und musterte die schwarzen Kugeln, die sie jetzt wie große Pupillen zu fixieren schienen. Einen kurzen Moment lang war sie versucht, die Kugel vom 30. Februar 1965 mit der Aufschrift »Im Schlafzimmer« zu nehmen, doch die Vorstellung, in das längst vergangene Liebesleben ihrer Großeltern hineinversetzt zu werden, befremdete sie.

»Wenn es tatsächlich funktionieren sollte: Welches Recht hätte ich, solche intimen Wahrnehmungen zu teilen? Das geht doch nicht! Manche Dinge gehören nun wirklich nicht an die Öffentlichkeit … Andererseits: Es wäre wahnsinnig interessant. Ich könnte zum ersten Mal fühlen, was ein Mann erlebt, wenn er eine Frau in den Armen hält. Was er fühlt, was in seinem Körper vor sich geht und wie er sich aufbäumt. Wahrscheinlich hat er ja genau in dem Moment auf den Auslöser gedrückt …«

Auf einmal kam Franziska sich pietätlos und frivol vor. Schnell schloss sie den Kunststoffschieber über dem Fach wieder, den ihre Finger schon herausgezogen hatten. Letztlich war es ohnehin gleichgültig, welche Aufzeichnung sie wählte, um ihren Versuch durchzuführen. Ohne weiter nachzudenken, öffnete sie den Deckel über der Kugel vom 18. Juli 1965 und ließ sie in ihre linke Hand rollen.

Sofort fingen ihre Finger an zu zittern. Eine vibrierende Gänsehaut überzog ihre Arme und Beine, und sie spürte am ganzen Körper, dass ihre Kleider völlig durchnässt waren und schwer an ihr herunterhingen. Ein eisiger Wind peitschte die kalte Haut in ihrem Gesicht und riss an ihren feuchten Haaren. So stark waren die Böen, dass sie sich deutlich nach vorne lehnen musste. Wie feine Nadelstiche reizte die klamme Feuchtigkeit ihre Wangen. Vergeblich versuchte sie, die Regentropfen wegzuwischen, die ihr in den Kragen liefen. Doch die Kälte war überall, schlich sich unter den Stoff und in die Poren. So den tobenden Urgewalten der Natur ausgesetzt, kam plötzlich ein großes Staunen über sie. Das hier, das alles war von Gott geschaffen! Und die Frau, deren Hand sie die ganze Zeit hielt, empfand das genauso. In diesem Sturm konnte man Frieden finden.

Franziska ließ die Kugel wiederum mit einem Schrei los. Diese fiel mit einem lauten Klicken auf den Boden und nahm das Unwetter mit sich. Verwundert sah sich die verstörte Frau in der kahlen, von einer Neonlampe notdürftig erhellten Garage um. Im Gegensatz zum vorherigen Nervenkitzel waren die Gefühle diesmal sofort wieder abgeklungen, als sie den Kontakt unterbrochen hatte. Vielleicht, weil die erste Kugel etwas in ihr zum Klingen gebracht hatte, das sie kannte.

Bevor sie einen festen Arbeitshandschuh anzog, um das Sensogramm unberührt wieder aufheben zu können, tastete sie mehrere Minuten fassungslos ihr Hemd und ihre Hose ab, weil sie nicht glauben konnte, dass diese wirklich trocken waren. Dann erst war ihr Verstand fähig, den Bericht ihres Großvaters tatsächlich zu akzeptieren.

»Es ist wahr! Es ist wahr! Es ist wahr!«

Der Satz jagte wie ein Feuerwerk in ihrem Kopf herum, und Franziska überkam eine bohrende Sehnsucht nach ihrem Mann und ihren Söhnen. Sie wollte diese mitreißende Erfahrung mit jemandem teilen, weil sie sich allein zu schwach fühlte. Vor allem brauchte sie jemanden, der ihr liebevoll sagte, dass sie nicht verrückt war, dass sie wahrhaftig in das Gefühlsleben eines anderen Menschen eingetaucht war.

Ohne, dass sie hätte erklären können, warum, musste sie sich setzen und fing an zu schluchzen. »Das kann doch nicht wirklich wahr sein!«

Sie nahm den kleinen Setzkasten mit sich und ging ins Haus, um zu telefonieren. Ihre Hände zitterten noch immer vor Erregung, und sie vertippte sich zweimal, bevor sie die korrekte Nummer eingegeben hatte. Doch selbst dann war sie noch so nervös, dass es ihr vorkam, als warte jedes Freizeichen eine Ewigkeit, bis es ertönte.

Endlich meldete sich ihre Schwiegermutter: »Kohrs!«

Die junge Frau atmete auf. »Gisela! Hier ist Franziska. Ich muss ganz dringend Christoph sprechen. Kannst du ihn mir geben?«

»Franziska? Du bist ja ganz aufgeregt. Was ist denn los? Ist etwas passiert?«

Die junge Frau lehnte sich gegen den Tisch, schloss die Augen und entschied aus einem inneren Impuls heraus, ihre Schwiegermutter nicht einzuweihen, jedenfalls jetzt noch nicht.

Nach einer Pause sagte sie leise: »Ich habe irgendwas bei Christophs Computer falsch gemacht … oder auch nicht … jedenfalls ist er abgestürzt … und ich möchte nicht, dass ich aus Versehen wichtige Dateien lösche.« Innerlich fluchte sie über die Plumpheit ihrer Ausrede. In Wahrheit kannte sie sich viel besser mit dem Familien-Notebook aus als ihr Mann.

Die Stimme ihrer Schwiegermutter klang beruhigt. »Mach am besten gar nichts. Ich sag Christoph Bescheid, wenn er wieder da ist. Er wollte nur mal kurz mit den Jungen in den Wald. Bei euch kriegen sie ja nicht so viel frische Luft. Ich finde ohnehin, dass ihr euch öfter mal bei uns sehen lassen könntet ...«

Franziska unterbrach den ihr leidlich bekannten Vortrag über die mangelnde Häufigkeit ihrer Besuche sanft, aber deutlich. »Das stimmt. Aber du weißt ja, wie viel Christoph zu tun hat.« Sie ertappte sich dabei, dass ihre Stimme wieder diesen leicht genervten Unterton bekam, den sie eigentlich vermeiden wollte. Versöhnlich fügte sie hinzu: »Im Herbst wird es bei uns viel ruhiger, dann klappt es sicher regelmäßiger, Gisela. Ich muss leider noch einiges erledigen. Ich bin ja extra zu Hause geblieben, um die Garage auf Vordermann zu bringen, und jetzt hat mich dieser blöde Computer den ganzen Vormittag gekostet. Die drei sollen sich einfach bei mir melden, wenn sie zurück sind. Und lasst es euch gut gehen!«

Die Wohnzimmeruhr zeigte halb eins und gab einen hohlen, metallenen Laut von sich. Einer ihrer Söhne hatte, um sie zu ärgern, vor der Abfahrt das Läutwerk aufgezogen, das nun das ganze Wochenende jede Viertelstunde schlug.

Nachdem sie aufgelegt hatte, fühlte Franziska eine große Leere in sich. Gegen die berauschenden, reizvollen Gefühlsbäder der Sensogramme wirkte das einsame Haus trist, traurig und müde. Außer dem charakterlosen Brummen des Kühlschranks war jetzt kein Laut mehr zu hören, und die Stille war körperlich spürbar.

Sie kreiste mehrfach mit den Schultern, um sich zu entspannen. Aber es half nichts. Der winzige Setzkasten brachte ihre ganze Welt durcheinander. Als könne es ihr helfen, sich zu konzentrieren, sagte sie laut: »Was mache ich ... was machen wir nur mit dieser Erfindung von Großvater? Und was macht die Welt damit? Das ist doch einfach … einfach umwerfend.«

In ihrer Hilflosigkeit, und weil sie nicht wusste, wie sie weiter vorgehen sollte, öffnete sie das Fach mit der Aufschrift »12. September 1964, Feldberg im Taunus, 22.53 Uhr« und nahm die Kugel heraus.

Sobald ihre Haut mit dem kühlen Metall in Kontakt kam, weiteten sich ihre Pupillen und ihre Nackenmuskeln spannten sich unnatürlich an. Zwei Arme legten sich von hinten um ihren Körper und umfingen ihn voller Verbundenheit und Verzückung. Jemand kuschelte sich dicht an ihren Rücken und liebkoste dabei ihren Bauch. Zugleich bohrte sich ein Kinn leicht schmerzhaft in ihr Schulterblatt. Es dauerte einen Moment, bis sie begriff, dass dies die Gefühle eines Paares waren, die gemeinsam in einen Sternenhimmel schauten. Doch da schwang noch mehr mit: eine gebannte Aufmerksamkeit, eine verzücktes Herzklopfen und eine leidenschaftliche Sehnsucht, eingebettet in eine frische erblühte Gelassenheit und eine trunkene Freude.

»Was genießen die beiden da so sehr?«, fragte sie sich. Denn die Wogen, die durch ihren Körper liefen, waren bis in ihre Haarspitzen zu fühlen, wohlig und vertraut.

Franziska schloss die Augen, um ganz in dem Gefühl aufgehen zu können. Dann erkannte sie, was sie da gerade miterlebte. »Natürlich! Sie haben eine Sternschnuppe gesehen! Eine deutlich sichtbare Sternschnuppe! Sie haben sich etwas gewünscht und sind sicher, dass es in Erfüllung geht.«

Das war das Letzte, was Franziska dachte, denn dann wurde sie von der Freude ihres Großvaters überwältigt. Sie tauchte wesentlich tiefer in das Sensogramm ein als bei den Versuchen zuvor, ließ sich in der Zufriedenheit des Augenblicks treiben und nahm jeden sensuellen Reiz ganz bewusst war. Es kostete sie Mühe, die Kugel wieder loszulassen. Erst, als ihr Wille sich in dem verlockenden Strom der Gefühle wieder nach oben gekämpft hatte, drang er zu ihren Händen durch.

»Mein Großvater war ein Genie!«, rief sie laut in das stille Haus.

Dann legte sie sich erschöpft aufs Bett und schlief sofort ein.

Es dauerte einen Moment, bis Franziska erkannte, dass das regelmäßige Dröhnen in ihren Träumen das Klingeln des Telefons war. Wie in einem alles betäubenden Nebel tastete sie um sich, doch als sie den Hörer endlich in der Hand hielt, hatte die Gegenseite schon wieder aufgelegt. Erst langsam tasteten sich die Erlebnisse des Vormittags wieder in ihr Bewusstsein vor.

Der Wecker auf dem Nachttisch stand auf kurz nach zwei, doch es kam ihr vor, als sei sie erst vor wenigen Minuten eingeschlafen. Sie quälte sich unter der warmen Bettdecke hervor, ging ins Bad und schaufelte sich einen Schwall Wasser ins Gesicht. »Das war bestimmt Christoph. Am besten, ich rufe ihn sofort zurück. Ich bin so gespannt, ob er mir glaubt.«

Die Kiste mit den sieben Kugeln lag auf dem Kopfkissen ihres Mannes. Dort hatte sie sie in ihrer Nähe deponiert. Im Metall der Rundungen spiegelte sich das Fenster als helles Viereck, winzig verkleinert. Als ihr bewusst wurde, dass das Sensogramm mit der Neugeborenenerfahrung nach ihrem Schock irgendwo in der Garage gelandet war, beschloss sie, die Sammlung erst wieder zu vervollständigen, bevor sie sich mit ihrem Mann über die Konsequenzen und die unfassbaren Möglichkeiten ihrer Entdeckung Gedanken machte.

Sie lief durch den Garten zur Garage und dachte darüber nach, ob die Sensogramme nicht wirkungsvoll in der Psychotherapie eingesetzt werden könnten.

Vor dem Eingang stockte sie. Der vollgestellte Raum, den sie am Morgen fröhlich zum Aufräumen betreten hatte, wirkte nach all den Geschehnissen mit einem Mal bedrohlich, dunkel und undurchschaubar, obwohl er sich nicht verändert hatte. Als hätte ihr ungewöhnlicher Fund allen darin gelagerten Gegenständen eine bis dahin verborgene Dimension verliehen, ja, als wäre er zur Keimstätte für ein verändertes Leben geworden.

Franziska musste all ihren Mut zusammennehmen, bevor sie durch die schmale Metalltür treten konnte. Als sie gerade anfangen wollte, unter den sperrigen Gerätschaften, die an der Wand lehnten, nach der weggeschleuderten Kugel zu suchen, fiel ihr Blick auf den dunklen Lederkoffer, der noch immer auf dem Campingtisch stand.

Sie musterte die Utensilien darin mit einer Mischung aus Misstrauen und Neugierde. Unwillkürlich griff ihre Hand nach dem dunklen, abgegriffenen Tabaksbeutel, dessen Oberfläche sich rau und faserig anfühlte. Er war schwerer, als sie erwartet hatte, und lag fest in der Hand. Vorsichtig öffnete sie das farbige Band, nahm den Beutel am unteren Ende und schüttete den Inhalt mit weit ausgestrecktem Arm in den Koffer. Wie ein Ascheregen ergoss sich ein Schwall Tabak über das verschlissene Futter und breitete sich darauf aus. Zwischen den Krümeln kamen sechs oder sieben weitere Kugeln zum Vorschein. Im Gegensatz zu den Sensogrammen im Setzkasten glänzten diese aber nicht schwarz, sondern silbern.

»Was ist das denn jetzt?«, durchfuhr es Franziska, während sie sorgfältig darauf achtete, keine der Kugeln zu berühren, um nicht aus der Realität gerissen zu werden. Dann aber runzelte sie die Stirn und pfiff leise durch die Schneidezähne: »Nein, das kann nicht sein!«

Mit einem Ruck öffnete sie die Pfeifentasche und starrte

auf einen schmalen, hellbraunen Kasten, auf den ihr Großvater mit seiner unverkennbaren Handschrift »Sensograph« geschrieben hatte.

Sie zuckte zurück. Die Erfindung war hier. War all die Jahre in diesem Haus gewesen, ohne dass sie etwas von ihrer Existenz gewusst hatte.

Ehrfürchtig nahm die junge Frau die hölzerne Konstruktion heraus und betrachtete sie von allen Seiten. In ihrer Vorstellung hatte der Sensograph so gewaltige Ausmaße besessen, dass sie niemals auf die Idee gekommen wäre, er könne in eine schlichte Pfeifentasche passen.

Sie hielt die Kiste über ihren Kopf in das Licht des kleinen Fensters und betrachtete sie sorgfältig. Das Gerät war etwa zehn Zentimeter lang und vier Zentimeter hoch und dabei so fein gearbeitet und abgeschliffen, dass nicht erkennbar war, wie man es öffnen konnte. Nur an einem Ende stand seitlich eine viereckige, braune Klappe ab, die mit einem Haken verschlossen war.

»Hier kommen wahrscheinlich die Kugeln rein!«, dachte Franziska.

Auf der mit dem Schriftzug versehenen Oberseite saß wie ein winziger Vulkankegel ein großer grüner Knopf, ein simpler Druckmechanismus, wie er in den sechziger Jahren in jedem Elektroladen zu kaufen gewesen war.

»Was für ein Fuchs!«, lachte sie. »Versteckt seine Erfindung in einer Pfeifentasche und kann so jederzeit und überall Sensogramme aufnehmen. Vermutlich sind die Kugeln im Tabaksbeutel Rohlinge. Eine ideale Tarnung, um unbemerkt aktiv werden zu können.«

Tatsächlich: Als sie den Sensographen zurück in die Tasche schob, konnte sie durch das dünne Leder deutlich den Druckknopf spüren.

Mit großen Sprüngen eilte Franziska zurück ins Haus

und stürzte zum Telefon, wo sie, so schnell sie konnte, eine Nummer wählte. Doch niemand meldete sich. Sie blätterte hektisch in dem Adressbuch neben dem Apparat und fand endlich, wonach sie suchte.

»Haus Waldfrieden, Schwester Irene. Was kann ich für Sie tun?«

»Guten Tag, Kohrs. Ich muss dringend meinen Vater, Peter Behring, erreichen. Er hat Appartement … warten Sie … 254 … ist aber nicht auf dem Zimmer.«

Die Vermittlung sprach mit jemandem im Hintergrund, dann sagte sie freundlich: »Ihr Vater sitzt in der Cafeteria. Ich verbinde Sie.«

Eine lieblos gespielte Melodie ertönte, in der Franziska nach einigen Sekunden »When I'm sixty-four« von den Beatles erkannte. »Sehr geistreich!« stöhnte sie.

»Behring.«

Der Name stand fest und stark im Raum, und sie freute sich ungemein, die rauchige Stimme ihres Vaters zu hören. Der rüstige ehemalige Physikprofessor hatte sich nach dem Tod seiner Frau früh in eine gepflegte, betreute und für ihren Geschmack etwas zu mondäne Wohnanlage eingekauft, in der er trotz der zunehmenden Zipperlein ein reges Gesellschaftsleben pflegte und mit gutem Gewissen seinen Ruhestand genoss. Jetzt war er für die aufgeregte Frau einfach wieder die selbstverständliche Anlaufstation, wenn es schier unlösliche Probleme gab.

»Papa, ich bin's, Franziska! Was weißt du über den alten Lederkoffer in unserer Garage?«

Ein tiefes Lachen dröhnte durch die Leitung. »Hallo, Franziska! Wie schön, dass du anrufst! Ich freue mich vor allem, dass du dich so ausführlich danach erkundigst, wie es mir geht. Ach, Töchterchen, ich mag dich.«

Die junge Frau spürte ihren Herzschlag vor lauter

Ungeduld. »Papa, entschuldige, aber es ist so eine Art … Notfall. Komm, sag schon!«

Ihr Vater schien sich über ihre Hektik zu amüsieren. »Ich weiß überhaupt nicht, wovon du redest. Ich habe keinen alten Lederkoffer.«

»Denk nach! Der schwarze Lederkoffer. Von Opa. So ein ziemlich hässliches Ding aus den Fünfzigern. Den hast du uns, glaube ich, bei deinem Umzug mit tausend anderen Sachen zum Aufbewahren gegeben. Hast du damals nicht sogar versprochen, du würdest irgendwann mal vorbeikommen und den ganzen Plunder sortieren? Erinnere dich! Da war so ein Koffer dabei, schwarz, etwa sechzig mal …«

Wieder war das Lachen zu hören. »Ja, ist ja schon gut. Ich erinnere mich. So ein altes Teil. Was ist denn damit?«

Franziska schluckte. »Weißt du noch, was da drin ist?«

Der Professor summte beim Grübeln leise vor sich hin. Dann sagte er: »Hm. Nee. Doch, warte mal, langsam kommt's wieder. Lederkoffer, schwarz … mit Metallbeschlägen, glaube ich jedenfalls. Ja, genau! Ich wollte das Ding schon wegschmeißen. Richtig, es stand bereits auf der Mülltonne, und dann habe ich gesehen, dass da die alten Pfeifen von Opa drin waren. Und die wollte ich aufheben, aus lauter Sentimentalität. Darum habe ich ihn euch mitgegeben. Warte mal … nein, sonst fällt mir nichts ein.«

Seine Tochter schrie fast vor Anspannung. »Papa, hast du jemals in die Pfeifentasche reingeschaut?«

Einen Augenblick glaubte sie, die Leitung sei unterbrochen, aber ihr Vater überlegte nur. Schließlich brummte er, neugierig geworden: »Nein! Ich glaube nicht … Jetzt weiß ich's wieder: auf keinen Fall. Irgendwie wollte ich daran nichts verändern. Schließlich hatte er das Teil noch bei seinem Tod in der Hand.«

Franziska atmete tief ein. Sie spürte, dass sie am ganzen

Körper eine Gänsehaut bekam. Dann fragte sie stockend: »Wie bitte? Opa hatte seine Pfeifentasche in der Hand, als er gestorben ist? Ist das dein Ernst?«

Ihr Vater bekam offenbar Spaß daran, in der Vergangenheit zu wühlen, denn er fragte mit tänzelnder Stimme: »Willst du mir nicht einfach mal sagen, was das alles zu bedeuten hat …«

Franziska schrie: »Papa, bitte! Ich erzähle dir die ganze Geschichte nachher. Jetzt sag mir bloß: Was war mit der Pfeifentasche?«

»Ist ja gut. Also, als meine Mutter meinen Vater fand, hatte er die Tasche in der Hand und hielt sie fest umklammert. Sie hat mir bis zu ihrem Tod immer wieder erzählt, wie schwer es ihr fiel, seine Finger von dem Etui zu lösen, weil die Leichenstarre schon eingetreten war. Du weißt ja, wie alte Leute sind, sie erzählen manche Geschichten immer und immer wieder …« Er stockte. »Moment mal, Kleines, willst du mir jetzt etwa erzählen, dass Opa in der Tasche eine Million versteckt hatte? In D-Mark vielleicht? Und ich Idiot hätte schon vor vierzig Jahren in Rente gehen können. Oder ist es was Schlimmes? Hat er damals die Kollektengelder seiner Gemeinde veruntreut? Hat er kyrillische Bibeln nach Russland geschmuggelt?«

»Nein, nein …« Stotternd versuchte Franziska, ihre Gedanken zu sortieren. Eine Idee hakte sich in ihrem Kopf fest und nahm sie in Besitz. Leise sagte sie: »Papa, ich rufe dich nachher noch einmal an. Du hast mich da gerade auf einen völlig verrückten Gedanken gebracht. Ich muss … ich muss schnell noch etwas klären.«

Zum ersten Mal in ihrem Leben legte sie den Telefonhörer auf, ohne sich zu verabschieden. Doch ihre Gedanken waren längst wieder bei dem Sensographen, der die ganze Zeit vor ihr auf dem Tischchen gelegen hatte und sie anzublinzeln schien. Sie zog zitternd den Haken aus der Öse, öffnete die Klappe mit den kleinen, rostigen Scharnieren und hielt die dunkle Öffnung des Kastens nach unten. Ein kurzes, schabendes Laufgeräusch ertönte, dann fiel eine Kugel auf den Flokati-Teppich. Schwarz, funkelnd, verlockend.

Sie bemerkte noch, dass ihre Finger schweißnass waren, als sie nach dem Sensogramm griff, als sähe sie sich selbst in Zeitlupe. Dann stürzte sie schreiend zu Boden. Der Schmerz, in dem sie bei der ersten Berührung mit der Kugel versank, löschte alle anderen Empfindungen in ihr aus. Eine nie gefühlte Not, der drohende Schrecken des Nicht-mehr-da-Seins, zerrte an jeder Faser ihres Körpers, das verzweifelte Reißen des Todes. Ihre Haut und ihr Rachen brannten, als wäre sie in ein Feuer gesprungen. Alle Muskeln verkrampften sich und wurden taub und hart, als läge eine unermessliche Last auf ihr, und zuckten dennoch unkontrolliert vor sich hin. Blutgefäße schienen in ihrem Gesicht zu platzen, und ein gurgelndes, hysterisches Geräusch entwich ihrem Rachen. Als zöge jemand daran, streckte sich ihre Zunge hervor und wand sich verkrampft zwischen den bebenden Lippen. Hilflos krümmte sie sich zusammen.

Das Zentrum allen Fühlens aber war ihr Hals, um den sich zwei Hände wie ein Schraubstock gelegt hatten, eisern und unnachgiebig, als verdichteten sie die Verzweiflung eines ganzen Lebens. Ihre Lungen gierten ächzend nach Sauerstoff und flatterten. Doch obwohl ihre Gedanken wie Bilder auf einer großen Leinwand vor ihr erschienen, wurde ihre Seele ganz ruhig.

»Es ist unglaublich schmerzhaft, aber nicht schlimm zu sterben!«, dachte Franziska noch, bevor sie die Besinnung verlor.

Als sie wieder zu sich kam, lag die Kugel direkt vor der

Stereoanlage, unschuldig glitzernd wie eine der Murmeln, mit denen ihre Söhne so gerne spielten. Die verstörte Frau hätte nicht sagen können, wie sie dahin gekommen war.

Es dauerte etwa zehn Minuten, bis Franziska wieder ganz zu sich gefunden hatte. Sie holte ein Glas Milch aus dem großen Edelstahl-Kühlschrank in der Küche und rief ihren Vater wieder an.

Nach wenigen Augenblicken unterbrach sie seinen vorwurfsvollen Redeschwall mit kurzen knappen Worten und sagte: »Papa, hör mir bitte zu! Ich habe gerade herausgefunden, dass Opa ermordet wurde!«

Der sonst so beherrschte Mann schwieg lange.

Franziska aber brach am Telefon vor Erschöpfung in Tränen aus, zum zweiten Mal an diesem Tag.

Und endlich fanden die vielen ungesagten Worte dieses Tages einen Weg hinaus. Stockend begann sie zu erzählen: von der kleinen Kugel in der Garage bis zu den gierigen Händen um ihren Hals, die das Leben aus ihr herausdrückten. Ihr Vater, der nach dem Bericht selbst um Fassung ringen musste, beschwor sie, erst einmal zu schlafen.

Er hatte sich die Geschichte vom Sensographen angehört, ohne die detaillierten Beschreibungen ein einziges Mal zu unterbrechen, aber sie wusste am Ende ihres Berichtes nicht, ob er ihr wirklich glaubte, da sie ihn noch nie so schweigsam erlebt hatte. Entweder hatte ihm die Geschichte tatsächlich die Sprache verschlagen, oder aber er wollte sie nicht noch weiter aufregen. Auf jeden Fall versprach er, am nächsten Tag vorbeizukommen und bis dahin mit niemandem über ihre Entdeckung zu reden.

Nach einer langen, warmen Dusche im ersten Stock fühlte sich Franziska Kohrs wesentlich besser. Erleichtert und entspannt, als hätte das dampfende Wasser auch das Dunkle in ihren Gedanken weggewaschen.

»Dieses Gefühl müsste ich mit einem Sensographen aufnehmen!«, dachte sie, während sie sich die Haare föhnte. Sie zog einen frischen Bademantel an und lief nach unten, um sich einen starken Kaffee zu machen.

Auf dem Weg zur Küche klingelte erneut das Telefon. Müde hob sie ab und hörte, wie ihr Mann tief durchatmete. »Franziska. Geht es dir gut?«

Sie saugte die vertraute Stimme auf, auch wenn Christoph offensichtlich zutiefst beunruhigt war – was sie eigentlich freute. Sanft sagte sie nach einer kurzen Pause, in der seine zärtlichen Worte sich in sie eingepflanzt hatten: »Ja, es geht mir gut. Es ist alles in Ordnung, Christoph …«

»Gott sei Dank! Ich versuche seit Stunden, dich anzurufen. Erst war ewig besetzt, dann bist du nicht rangegangen. Und plötzlich ruft mich dein Vater an und sagt mir, dass du wohl einen Nervenzusammenbruch hattest – und dass sein Vater möglicherweise ermordet wurde. Aber das alles hättest du nur gefühlt. Jedenfalls war er selbst ganz durcheinander …«

»Komm nach Hause!«

»Was?«

Franziska wickelte den Bademantel noch enger um sich und versuchte, ihre Stimme weiterhin unter Kontrolle zu halten, obwohl die Unruhe zurückgekehrt war. »Christoph, bitte, komm einfach nach Hause! Ich brauche dich! Außerdem kannst du hier am eigenen Leib spüren und erleben, was ich gefunden habe. Das ist einfacher, als wenn ich versuche, dir alles zu erklären.«

»Kannst du nicht wenigstens eine Andeutung machen, was genau passiert ist? Ich habe kein Wort von dem verstanden, was Peter erzählt hat.«

Sie schloss die Augen. »Komm einfach! Bitte! Ich habe keine Lust, dass mich mein eigener Mann für verrückt hält.

Christoph!« Auf einmal fühlte sie sich sehr allein. »Du ... du würdest mir doch glauben, wenn ich dir etwas völlig Verrücktes erzähle, oder? Sei ehrlich! Wenn ich dir etwas ganz und gar Verrücktes erzähle, glaubst mir dann, oder bist du in der Lage, mich für eine Fantastin zu halten? Eine Frau mit Wahnvorstellungen? Eine, die durchgeknallt ist? Wenn ich dir schwöre, dass mir etwas widerfahren ist, was alle menschliche Vorstellungskraft übersteigt, glaubst du mir dann trotzdem?«

Es blieb ruhig in der Leitung, zumindest war das Zögern nach Franziskas Gefühl einen Augenblick zu lang. Dann sagte Christoph: »Mein Schatz, ich würde dir auch glauben, wenn du nicht schwörst.«

Sie legte den Kopf in den Nacken und fuhr sich mit der Hand durch die Haare. Sie hatte die leichte Unsicherheit in der zarten Antwort nicht überhört und hätte gern gewusst, wie ihr Vater ihren Zustand beschrieben hatte. Müde sagte sie: »Komm her. Es ist einfacher für mich.«

Die Unruhe in seiner Stimme war größer geworden, als er sagte: »Es ist jetzt, warte mal, kurz nach vier. Vor acht werde ich nicht bei dir sein.«

Sie fand selbst, dass ihre Antwort kraftlos klang. »Das ist in Ordnung. Aber beeil dich bitte! Ich liebe dich!«

Sie hörte ihre Schwiegermutter im Hintergrund eindringlich mit Christoph reden, dann ihren Mann, der energisch widersprach: »Nein, ich fahre sofort los. Es geht ihr nicht gut.« Dann war er wieder nah bei ihr. »Ich liebe dich auch! Sag mir nur eins: Ist das, was du ... herausgefunden hast – abgesehen vom Tod deines Großvaters – etwas Schreckliches oder etwas Schönes?«

Sie zuckte mit den Achseln. »Wenn ich das nur wüsste. Es ist schrecklich-schön. Komm schnell!«

Als sie das Klacken in der Leitung hörte, hielt sie vor lauter Erschöpfung den Hörer noch einige Minuten in der Hand. Erst dann legte sie auf.

Der Kaffee wirkte. Die zwei Aspirin auch. Gegen Viertel vor fünf drapierte Franziska Kohrs den gesamten Inhalt des Lederkoffers auf ihrem Couchtisch, wobei sie es sorgsam vermied, mit einem der Sensogramme in Kontakt zu kommen. Immer wieder ließ sie die sonderbaren Vorkommnisse dieses Tages vor ihrem inneren Auge Revue passieren und las den Bericht von Robert Behring noch mehrmals durch, während sie sich in einem Berg von Decken und geblümten Kissen vergrub. Ihr Körper fühlte sich dabei so erhitzt an, als würde er demnächst von einer bösartigen Grippe überwältigt, matt und gleichzeitig angespannt.

Obwohl sie nicht wusste, wonach sie eigentlich suchte, konnte sie nicht aufhören, sich mithilfe ihrer Fundstücke in die Vergangenheit einzugraben. Lange glaubte sie, sich bei ihren Überlegungen im Kreis zu drehen … bis sie bei einer Zeile der Aufzeichnungen stockte.

Etwas stimmte nicht. Etwas störte in den Erinnerungen.

Der Gedanke machte sich unbehaglich in ihrem Kopf breit.

Erregt sprang sie auf und ließ sich erneut mit ihrem Vater verbinden.

»Behring!«

»Du elender Verräter! Du hast Christoph angerufen und ihm Schauermärchen erzählt.«

Ihr Vater klang schuldbewusst. »Franziska … Ich habe mir einfach Sorgen um dich gemacht. Es tut mir leid. Aber es kann doch wirklich sein … ich meine, du hast so viel um die Ohren …«

Sie unterbrach seinen Redeschwall. »Ist schon gut. Konzentrier dich bitte. Hat dein Vater jemals etwas von ›Beratern‹ erzählt? Sagt dir das Wort ›Berater‹ etwas?«

Ihr Vater gab ein kehliges Geräusch von sich. »Natürlich. Die Berater – so nannten sich die Herren damals gegenseitig.«

Franziska wurde ungeduldig. »Welche Herren?«

»Der Stammtisch. Du weißt doch, wie das in ländlichen Regionen so ist. Da treffen sich die Dorfakademiker regelmäßig in der Restauration und fühlen sich dort enorm wichtig. In manchen Gegenden wird das heute noch so gehalten. Der Lehrer, der Pfarrer, der Bürgermeister, der Arzt und der Apotheker tauschen sich einmal in der Woche über den Lauf der Welt aus und diskutieren die großen Fragen der Menschheit. Wieso?«

Zufrieden zog sie die Nase hoch. Sie jubelte innerlich bei jedem Wort, das sie aussprach und ihrem Vater in einem Tonfall der Überlegenheit hinwarf: »Begreifst du nicht? Weil einer von ihnen der Mörder sein muss. Opa hat in seinem Text ganz klar geschrieben, dass er mit den Beratern, und wohl nur mit ihnen, über seine Erfindung reden wollte. Sie waren also die Einzigen, die davon wussten.«

Der Professor stieß hörbar die Luft durch die Nase aus. Dann fragte er: »Warum? Dafür müsste es doch erst einmal ein Motiv geben. Warum sollte ihn jemand wegen dieser Konstruktion töten?«

Franziskas Stimme überschlug sich. »Papa, du hast es nicht erlebt! Du hast es nicht gefühlt! Du weißt überhaupt nicht, wie fantastisch dieser Sensograph ist! Stell dir einfach vor, was es bedeutet, seine Empfindungen, gerade die einzigartigen, traumhaften Empfindungen konservieren zu können. Versuch es! Na? Ahnst du wenigstens, was es bedeutet, die wertvollsten Momente seines Lebens immer und immer wieder aufs Neue erfahren zu können? Welch ein Wert das ist? Welche atemberaubende Kraft darin steckt? Glaube mir, dafür würden nicht nur traurige Menschen zu Mördern!«

Peter Behring räusperte sich. »Ich weiß nicht, ob ich mir das wirklich vorstellen kann. Aber gut, gehen wir sie durch. Wenn du dir etwas davon versprichst. Auch wenn ich nicht weiß, was das bringen soll. Der Pfarrer war Papa selbst. Der Bürgermeister hieß Rossbrandt, Werner Rossbrandt. Er starb wenige Jahre nach meinem Vater. Der hätte keiner Fliege etwas zuleide getan. Ein dicker, untersetzter Typ mit fünf Töchtern. Nein, der kommt nicht infrage. Dann war da ein junger Arzt namens … Dr. Hartmann, Joachim Hartmann. Etwa in meinem Alter. Wir haben ihn immer das Hartmännchen genannt. Genau. Seine Frau starb mit dreißig an Krebs, und er verließ daraufhin den Ort. Ich habe keine Ahnung, was aus ihm geworden ist. Der Apotheker war so ein Kahlkopf … Dr. Jansen. Aus der Nähe von Bremen zugezogen. Wir haben uns oft über seinen norddeutschen Akzent lustig gemacht. ›Näch wohr, Härr Jonnsn!‹ Ist erst vor zwei, drei Jahren gestorben. Ich war sogar auf seiner Beerdigung. Dann bleibt noch der Lehrer, Herr Wegener. Der Vorname fällt mir nicht mehr ein. Der könnte noch leben. Ich habe aber gehört, dass er zu seinem Sohn nach Amerika gezogen sein soll. Das war's. Und eigentlich haben sich die Männer immer sehr gut verstanden. Franziska! Vaters Tod ist ist mehr als dreißig Jahre her. Ich habe Angst, dass du dich in irgendetwas verrennst. Glaubst du denn wirklich, es hilft jemandem, wenn du in der Vergangenheit herumstocherst?«

Die junge Frau zuckte zusammen, fühlte sich verletzt. »Das ist doch wohl nicht dein Ernst, Papa! Es geht hier um Mord! Eiskalten Mord! Außerdem: Wenn du Opas Todesschmerz gespürt hättest, dann wärst du nicht so verdammt gelassen. Möchtest du wirklich nicht wissen, wer deinen Vater umgebracht hat?«

Peter Behring bemühte sich, ruhig zu bleiben. »Doch!

Das würde ich natürlich gerne wissen. Obwohl: Was würde es mir jetzt noch bringen? Ich möchte vor allem eines: dass du dich nicht in eine Sache hineinsteigerst, die für deine Familie nur Unruhe bedeutet. Guck mal, trotz des schmerzhaften Bewusstseins, dass mein Vater einen frühen Herzinfarkt hatte, war ich dreißig Jahre lang ein zufriedener Mensch. Ich werde nicht deshalb unzufrieden werden, weil sich jetzt eventuell herausstellt, dass er ermordet wurde.«

Seine Tochter schrie wütend: »Da läuft irgendwo sein Mörder frei rum …!«

»Wenn er überhaupt noch lebt!«

Franziska klammerte sich an den Telefonhörer und sagte gepresst: »Ja, wenn er noch lebt. Ich jedenfalls will wissen, was damals passiert ist. Außerdem kann uns der Täter wahrscheinlich wichtige Informationen zum Sensographen geben.«

Die Stimme ihres Vaters blieb betont sanft, bekam aber einen mahnenden Unterton. »Ruf bei der Polizei an! Oder was weiß ich … Aber mach bitte nichts, bevor Christoph zu Hause ist und sich die ganzen Sachen angeschaut hat.«

Franziska schaute mit leeren Augen auf den Couchtisch, dann sagte sie fast mechanisch ins Telefon: »Jetzt begreife ich: Du glaubst mir nicht! Das ist es. Du glaubst mir einfach nicht!«

Ihr Vater schwieg. Nach einer Weile entgegnete er: »Ich weiß nur, dass du sehr erregt bist. Seit wir miteinander reden, bist du auf hundertachtzig. Was ich verstehen kann, bei dem, was … du alles gefühlt hast. Aber wie gesagt, ich komme morgen bei euch vorbei und überzeuge mich.« Dann verlor er für einen Moment die Beherrschung. »Mensch, Franziska, was würdest du denn denken, wenn ich dir so eine Geschichte erzählt hätte: ›Franziska, ich habe gerade den Tod von Opa gefühlt, als ich eine Metallkugel in die Hand nahm!‹ Hör zu, ich bin Wissenschaftler. Ich habe mein Leben lang jedes Detail überprüft, das man mir präsentiert hat. Und das werde ich auch in deinem Fall tun ...«

Zum zweiten Mal in ihrem Leben legte Franziska Kohrs auf, ohne sich zu verabschieden.

Von ihrer Wut getrieben, stürzte die junge Frau in ihr Arbeitszimmer und schaltete den Computer an. Wie kleine eigenständige Lebewesen tanzten ihre Finger über die Tastatur. Und es war viel leichter, als sie gedacht hatte. Sie brauchte nur etwa zehn Minuten, um mithilfe einer Suchmaschine im Internet die Adresse und die Telefonnummer von Dr. Joachim Hartmann herauszufinden.

Unter den Einträgen, die sie bei der Eingabe des Namens erhielt, war auch der Sportverein »Concordia Groß-Welsbach«, der auf seiner äußerst schlicht gehaltenen Homepage zu Leichtathletik-Trainingsstunden, Vorstandssitzungen und Ausflügen einlud. Der Stammtischkamerad ihres Großvaters war dort seit vielen Jahren Ehrenmitglied im Vorstand und lebte ungefähr eine Autostunde von ihr entfernt.

Ohne eine Sekunde zu zögern, griff sie zum Telefon und wählte die angegebene Nummer.

Es meldete sich eine Frau: »Hartmann«

»Franziska Kohrs. Könnte ich bitte mit Ihrem Mann sprechen?«

Ihr Gegenüber atmete wohl den Rauch einer Zigarette aus. Dann sagte die Stimme: »Ich bin nicht verheiratet. Wahrscheinlich geht es um meinen Vater.«

»Wenn er der Joachim Hartmann ist, der früher in Holzhausen praktiziert hat, dann ja.«

Die Frau am Telefon lachte hoch und glucksend. »Holzhausen? Das stimmt! Da bin ich sogar geboren. Leider schläft mein Vater im Augenblick. Es geht ihm seit längerem nicht gut. Kann ich Ihnen irgendwie weiterhelfen?«

Franziska fühlte ein erregtes Kribbeln im Bauch. Langsam sagte sie: »Ich bin die Enkelin von Robert Behring …«

»Dem Pfarrer?«

»Ja!«

Die Frau am Telefon wurde mit einem Mal viel freundlicher. »Das ist ja lustig! Wissen Sie, dass unsere Väter zusammen in der Grundschule waren? Ich glaube, ich habe ihn auch noch kennengelernt, bevor wir weggezogen sind. Er kam ja öfter, um seine Eltern zu besuchen. Lebt er noch?«

Franziska bemühte sich, die gelassene Stimmung aufzugreifen: »O ja, und es geht ihm sehr gut. Ein immer noch sehr aktiver und am Leben interessierter Mann, auch wenn jetzt er schon seit einigen Jahren pensioniert ist. … Frau Hartmann, es mag vielleicht ein bisschen seltsam klingen, aber ich habe beim Forschen einige Dokumente zur … Stadtgeschichte von Holzhausen gefunden, über die ich dringend mit Ihrem Vater reden müsste. Leider bin ich ein wenig in Zeitdruck. Passt es Ihnen … also Ihnen beiden, wenn ich jetzt gleich vorbeikomme?«

»Jetzt gleich?«

Die junge Frau sah auf die Uhr über dem Fernseher. »Ja, das wäre mir sehr lieb. Ich könnte in etwa einer Stunde bei Ihnen sein.«

Offenbar hatte ihr Gegenüber ebenfalls die Uhrzeit kontrolliert, denn die Frau sagte nach kurzem Zögern: »Mm, mir soll es recht sein. Aber ich muss Sie vorwarnen. Erwarten Sie bitte nicht zu viel von meinem Vater. Er ist oft weggetreten. Wenn ich ehrlich bin: Er ist überhaupt nur noch selten ansprechbar. Meist sitzt er apathisch in seinem Sessel und starrt ins Nichts. Möglicherweise, ja, sogar wahrscheinlich machen Sie den ganzen Weg umsonst … Na, vielleicht übertreibe ich jetzt ein bisschen. Wenn Sie ihn in einem guten Moment erwischen, wird Ihnen mein Vater sicher gerne alles erzählen, was er über Holzhausen weiß. Aber die Zeiten, in denen er ganz präsent zu sein scheint, sind selten geworden.«

Franziska hatte schon den Autoschlüssel in der Hand. Tatendurstig sagte sie: »Ich bin gleich bei Ihnen!«

* * *

Als Franziska Kohrs ihren dunkelgrünen Passat vor dem Haus des Arztes geparkt hatte, kamen im Radio gerade die Verkehrdurchsagen. Es war halb sechs. Sie fragte sich noch irritiert, warum an einem Samstagnachmittag überall Verkehrsstaus gemeldet wurden, dann machte sie den Motor aus und schnitt dem übermotivierten Moderator mitten im Satz das Wort ab.

Ihre Finger krampften sich einige Atemzüge lang um das Sport-Lenkrad, weil sie während der Fahrt vergeblich versucht hatte, sich in irgendeiner Form auf diesen eigenartigen Besuch vorzubereiten. Doch sie wusste noch immer nicht, was sie sagen sollte, sie wusste nicht einmal genau, was sie eigentlich hier wollte.

Ihre Gedanken waren die ganze Zeit nur um den Tod ihres Großvaters gekreist, und um den Schmerz, den er empfunden hatte. Ein Schmerz, der derart intensiv gewesen war, dass er Jahrzehnte später zu ihrem geworden war.

Mit klopfendem Herzen stieg sie aus.

Das kleine Einfamilienhaus des Arztes wirkte ungepflegt, fast ein wenig schäbig. Zwischen den Steinen auf dem Weg zur Eingangstür breitete sich Unkraut aus, eine verroste, ehemals wohl sehr stilvolle Lampe stand mit gesplittertem Glas traurig vor mehreren frei vor sich hin wuchernden Hibiskussträuchern, und die Klingel funktionierte nicht.

Vorsichtig klopfte die Besucherin gegen das geschwungene Rauchglas. Die Tür öffnete sich daraufhin sofort.

Franziska erschrak, als sie Frau Hartmann sah, die nach ihren Berechnungen etwa fünfundvierzig Jahre alt sein musste. Die Person an der Tür sah aus, als hätte sie die Sechzig längst überschritten. Strohfarbenes, mit weißen Strähnen durchsetztes Haar hing ihr am Kopf herab, den sie merkwürdig weit nach hinten drückte. Sowohl dem Gesicht als auch dem Körper fehlte jede weibliche Sanftheit, und der harte Zug, der um ihren Mund lag, fand sich auch in den Augen wieder. Unterkühlt sagte sie: »Frau Behring?«

Franziska reicht ihr die Hand. »Ich bin verheiratet und heiße inzwischen Kohrs. Danke, dass Sie mich so kurzfristig empfangen.«

Die Frau an der Tür zog die Stirn hoch. »Stimmt, sie sagten Ihren Namen am Telefon. Entschuldigen Sie bitte! Ich hatte ihn wieder vergessen. Aber kommen Sie doch rein!«

Franziska folgte Frau Hartmann in einen Raum, in dem das Nikotin im Lauf der Jahre Vorhänge und Gardinen gelb gefärbt hatte. Der bitter-kalte Geruch alten Rauchs hing in der Luft und kämpfte mühsam gegen ein penetrant-süßliches Raumdeodorant an.

»Tannenwald«, dachte Franziska, als sie sich auf den angebotenen Platz setzte.

Frau Hartmann ließ sich in einem Ohrensessel nieder, steckte sich eine Zigarette an und musterte ihren Gast mit unverhohlener Neugierde. »Sie sind also die Enkelin vom alten Pastor Behring. Wie klein die Welt doch ist! Der Behring ... Wissen Sie, ich war damals bei Ihrem Großvater im Kindergottesdienst. Sonntags um elf. Das habe ich noch in guter Erinnerung. Er hat mir zum ersten Mal die Geschichte vom verlorenen Sohn erzählt, die habe ich nicht mehr vergessen! Wirklich ein bemerkenswerter Mann!«

Ein schmerzhaftes Zucken lief über ihr Gesicht, und sie beugte sich ein Stück vor. »Übrigens fürchte ich, dass Sie den Weg tatsächlich umsonst gemacht haben. Mein Vater ist weggetreten wie lange nicht mehr. Er starrt mit offenen Augen an die Decke und singt vor sich hin.«

Plötzlich deutete sie mit der Zigarette auf Franziska. »Glauben Sie, dass Gott wie ein Vater ist?«

Die junge Frau dachte nach. Dann sagte sie behutsam: »Wenn man all die positiven Eigenschaften, die ein Vater haben kann, addiert, dann ist es wohl ein passendes Bild für Gott. Ja, das glaube ich.«

Die glimmende Spitze der Zigarette kam noch näher. »Und wenn der eigene Vater kein guter Vater war?«

Franziska fächerte dezent den Rauch vor ihrem Gesicht weg. »Dann sollte man sich wahrscheinlich ein anderes Bild oder einen anderen Vergleich suchen. Man findet ja auch in der Bibel viele unterschiedliche Vorschläge, wie Gott ist: ein guter Hirte, eine Tür zum Leben, das Brot, das wirklich satt macht, oder etwas Ähnliches.« Etwas weicher fügte sie hinzu: »War Ihr Vater denn kein guter Vater?«

Frau Hartmann sog lange an ihrer Zigarette, so fest, dass die Glut in dem düsteren Raum hell aufleuchtete. »Was heißt schon gut? Er hat den frühen Tod meiner Mutter nicht verkraftet. Ihr Ende hat ihm allen Lebensmut geraubt. Er hatte an nichts mehr Interesse. Da war ihm selbst seine Tochter ziemlich gleichgültig.«

»Hat er denn später noch einmal geheiratet?«

Die Frau im Sessel lachte höhnisch auf. »Wo denken Sie hin? Nein, nein, in unserer Geschichte gibt es keine böse Stiefmutter! Eine zweite Ehe wäre für ihn Verrat an meiner Mutter gewesen; das hätte die Erinnerung an sie befleckt. Außerdem war er zu einer Beziehung psychisch auch gar nicht mehr in der Lage. Seit dem Tod meiner Mutter hat er ja regelmäßig diese Absencen, Momente, in denen er die Kontrolle über sich verliert und völlig weggetreten dasitzt. Wissen Sie, was das Verrückte ist? Ich habe mich inzwischen daran gewöhnt. Menschen halten viel aus, wenn es nicht anders geht. Die Ärzte vermuten übrigens, dass diese Anfälle eine Nebenform von Epilepsie sind. Na, vielleicht steckt auch etwas Psychosomatisches dahinter. Ich weiß es nicht. Er wollte nie zu einem Spezialisten gehen. Aber das ist ja auch egal. Mit vierzig hat er sich jedenfalls frühverrenten lassen. Wegen Berufsunfähigkeit.«

Sie streifte die Asche ihrer Zigarette mit einer verächtlichen Bewegung ab. »Im Grunde ist er seit Jahrzehnten ein Pflegefall. Am Anfang hatte ich noch die Hoffnung, dass sich wenigstens seine Traurigkeit legen würde. Es gab ja immer wieder auch Wochen, in denen er ganz normal war. Doch die Anfälle wurden im Lauf der Jahre eher häufiger. Wie dem auch sei, ich kann ihn schon lange nicht mehr allein lassen …«

Franziska schlug die Beine übereinander: »Aber er war doch in einem Sportverein!«

Frau Hartmann nickte und hörte dann beim Sprechen nicht mehr damit auf. »Ja, da habe ich ihn hingeschleppt. Ich dachte, dass er bei den Vereinstreffen vielleicht eine neue Frau findet. Er hätte von sich aus niemals die Initiative ergriffen. Er … er hat sich nur in seinem Leid gesuhlt. Männer können so wehleidig sein! Irgendwann wurde aus der Trauer über den Tod meiner Mutter Selbstmitleid, und ich begriff, dass es immer so weitergehen würde. Na ja, er hat einige Jahre in diesem Verein mitgemacht. Aber besser geworden ist es nicht. Nur: Diese Kleingeister wollten so gerne einen promovierten Sportmediziner in ihrem Vorstand haben, dass es ihnen überhaupt nichts ausgemacht hat, dass er nicht mehr praktiziert.«

Die Besucherin ließ ihren Blick durch das mit Kitsch vollgestellte Zimmer schweifen, fand aber keinen Ort, an dem er sich hätte ausruhen können. Währenddessen sprach die Tochter des Arztes weiter: »Ich weiß nicht, ob Sie sich vorstellen können, was es bedeutet, einen Menschen zu pflegen. Man gibt immer nur. Man investiert all seine Liebe und hat selber keine Zeit mehr dafür. Wissen Sie, ich wünschte, jemand würde sich mal so um mich kümmern.«

Ein Ruck ging durch ihren Körper, und sie fuhr mit völliger veränderter Stimme fort: »Aber ich jammere Ihnen die Ohren voll. Dabei sind Sie doch gekommen, um etwas über Holzhausen zu erfahren. Vielleicht kann ja auch ich Ihnen helfen, Ihre Fragen zu beantworten.«

Franziska überhörte ihr Angebot einfach. Entschlossen fragte sie: »Darf ich ihn sehen?«

Frau Hartmann stutzte. »Wen?«

»Na, Ihren Vater! Nur ganz kurz.«

Die rauchende Frau erhob sich aus dem Sessel, drückte ihre Zigarette aus, zuckte mit den Achseln und deutete auf die Tür. »Bitte! Aber wie gesagt: Er ist weggetreten.«

Franziska folgte ihr die gewundene Treppe hinauf in ein kleines Zimmer, in dem es ebenso dunkel war wie unten. Eine muffige Kammer. Als sie den Raum betraten, zog Frau Hartmann die orangefarbenen Vorhänge zur Seite, und das Licht fiel auf ein rustikales Bauernbett, in dem unter einer dünnen Decke ein kahler Mann lag. Er summte friedlich vor sich hin, und seine dürren Arme bewegten sich durch die Luft, als würde er eine Tai-Chi-Übung machen.

Die beiden Frauen beobachteten den Arzt schweigend.

»Was bedeuten diese wellenförmigen Gesten?«, flüsterte Franziska nach einigen Minuten.

»Nichts!«, antwortete die Tochter des Mannes in normaler Lautstärke, sodass ihre Besucherin zusammenzuckte. »Sie müssen nicht leise sein. Er wacht nicht auf, wenn er seine Anfälle hat. Und die Bewegungen gehören dazu.«

Sie hielt den Vorhang weiter in der Hand, als wolle sie ihn jeden Augenblick wieder schließen. Franziska beugte sich über den verwelkten Körper, der seltsam verdreht unter der Bettdecke lag. Sorgsam ließ sie ihre Blicke über den fremden Mann gleiten – und fuhr erschrocken zurück.

Etwas stimmte nicht. Etwas störte die gesamte Szenerie.

Dann begriff sie: Das Antlitz passte nicht zu den verschlissenen Laken, der schlechten Luft und dem billigen Schlafanzug. Doch erst beim zweiten Hinsehen wurde ihr klar, was sie so durcheinandergebracht hatte: Joachim Hartmann hatte beide Augen weit geöffnet. Und diese Augen waren nicht alt, sie waren jung, hingerissen, leidenschaftlich und lebensfroh. Wie zwei Sterne leuchteten sie in der Finsternis des Gesichtes, als sähen sie das Paradies. Die junge Frau musste sich, vom Ausdruck dieser Augen überwältigt, am Bett festhalten. Noch nie hatte ihr das Glück so viel Angst gemacht!

Kraftlos sank sie auf den Stuhl, der neben dem Bett stand.

»Ist Ihnen nicht gut?«

Franziska nickte. »Nein. Haben Sie vielleicht ein Glas Wasser für mich?«

Frau Hartmann griff sich theatralisch an den Kopf. »Mein Gott, was bin ich nur für eine schlechte Gastgeberin! Entschuldigen Sie! Aber ich bekomme so selten Besuch.« Sie eilte nach draußen, und Franziska hörte ihre Schritte auf der Treppe nachhallen.

Sie schüttelte sich und richtete sich wieder auf. Blitzschnell zog sie die Decke zurück und musterte den eingefallenen Körper. Jetzt erkannte sie auch, was Dr. Hartmann mit seinen Händen machte: Er streichelte! Er fuhr mit seinen Fingern unendlich zärtlich die Konturen eines unsichtbaren Körpers nach und liebkoste ihn.

Sie drückte die welken Arme zur Seite und fing an, den Körper des Alten abzutasten. Nach wenigen Sekunden fühlte sie, wonach sie suchte. Blitzschnell öffnete sie den Pyjama, griff unter den Arm des Weggetretenen und riss mit einem Ruck das Pflaster ab, mit dem der Mediziner sich die Kugel unter die Achselhöhle geklebt hatte.

Dann zuckte sie selbst zusammen. Ein unglaubliches Wohlbehagen breitete sich in ihr aus, als sie die Kugel berührte, die innige, wunschlose Freude eines Liebenden, dessen Seele sich von allem Kleinmut befreit hat. Bevor sie dem Rausch dieser verewigten Liebe erlag, steckte sie das Sensogramm in die Manteltasche. Dann sagte sie laut:

»Dr. Hartmann. Ich bin die Enkelin von Pfarrer Behring. Ich würde gerne mit Ihnen reden.«

Die Arme des Liegenden sanken langsam auf die Matratze. Er kam wie aus einem Tiefschlaf wieder zu sich. Als er das unrasierte Kinn hob und zu ihr hinschaute, verlosch der Glanz in seinen Augen. Dann zuckte seine linke Hand in jähem Erkennen unter die rechte Achselhöhle. Der Schrei, der sich daraufhin seiner Kehle entrang, war schrecklich. Ein unmenschlicher Hilferuf: »Wo ist sie?«

Ein lautes Klirren an der Tür brachte Franziska wieder zu sich. Sie trat einen Schritt zurück und sah zum Eingang, wo Frau Hartmann stand und angesichts ihres schreienden Vaters das Wasserglas fallen gelassen hatte. Fassungslos rief sie: »Papa?«

Der Arzt sah seine Tochter an und brüllte: »Verschwinde! Sofort!« Und als sie nicht reagierte, fügte er hinzu: »Raus!«

Gänzlich verwirrt stolperte die Frau hinaus. Als die Tür zugeschlagen war, fixierte der Alte Franziska. Er streckte die Hand aus. »Geben Sie mir die Kugel! Sofort!«

»Und wenn nicht?«

Er schwang seine Beine ruckartig aus dem Bett. »Dann … dann bringe ich Sie um!«

Der Satz blieb schwer in der Luft hängen, und Dr. Hartmann schien selbst darüber erschrocken zu sein.

Seine Besucherin starrte ihn an. Mit zusammengekniffenen Lippen sagte sie: »So, wie Sie meinen Großvater umgebracht haben? Um das hier zu bekommen?«

Sie umschloss das Sensogramm mit ihrem Taschentuch und hielt es in die Luft. Der Mann knurrte wie ein Hund. Dann hob er das Kinn und sagte drohend: »Ich habe keine Ahnung, wovon Sie reden. Geben Sie mir sofort die Kugel! Oder ich hole sie mir!«

Kaum hatte er sich erhoben, öffnete Franziska das Fenster. »Noch einen Schritt und die Kugel fliegt im hohen Bogen davon.« Lächelnd fügte sie hinzu: »Ich hatte bei den Bundesjugendspielen im Werfen immer am meisten Punkte.«

Der Alte rührte sich nicht. Aber sein Gesicht verwandelte sich von einer Sekunde zur nächsten, als hätte jemand die Überheblichkeit mit einem Schalter ausgeschaltet. Alle Farbe wich aus seinem schmalen Gesicht, und aus dem harschen Befehlshaber wurde ein hündisch winselnder Bittsteller. Mit weinerlicher Stimme flehte er: »Warum tun Sie das? Bitte, geben Sie mir die Kugel! Sie ist doch alles, was ich habe. Sie dagegen können damit gar nichts anfangen …«

Franziska beobachte Dr. Hartmann mit zusammengezogenen Augenbrauen. »Sagen Sie einfach die Wahrheit, und Sie bekommen das Sensogramm zurück.«

Überrascht hob der Alte die Hände: »Woher …«

Sie sagte scharf: »Ich bin die Enkelin von Robert Behring. Und ich weiß, dass er erwürgt wurde. Waren Sie es?«

Hartmann wandte sich ab. »Ich bin Arzt! Ich rette Leben …«

Franziska holte aus, um die Kugel aus dem Fenster zu werfen. Der Mediziner fiel auf die Knie und jammerte: »O Gott, nein, bitte nicht! Ja, ich war es, ich war es …«

Die junge Frau musterte den gebrochenen Mann vor sich. Dann fragte sie mit einer Stimme, der man entnehmen konnte, dass sie keine Ausflüchte dulden würde: »Wie ist es genau passiert?«

Er schloss die Augen, als sehe er die Ereignisse noch einmal vor sich. Vorsichtig begann er zu erzählen, Satz für Satz, Erinnerung für Erinnerung: »Robert, Ihr Großvater, hatte uns von dem Sensographen erzählt. Bei einem Treffen in seinem Haus. Wir gratulierten ihm alle und stießen auf den Erfolg seiner Forschungen an. Er war wirklich ein genialer Mann, nicht nur ein begnadeter Seelsorger, sondern eben auch ein geistreicher Erfinder. Als der Abend zu Ende ging, blieb ich absichtlich zurück und wechselte mit ihm im Windfang noch ein paar Worte. Dann, als die anderen außer Hörweite waren, bat ich ihn, ein Sensogramm von meiner Ehe zu machen.«

Die Hände des Knienden zitterten. »Soll ich Ihnen sagen, warum ich das wollte?« Er hob theatralisch die Hände. »Weil ich wusste, dass meine Frau unheilbar krank war. Ich hatte am Vortag die Ergebnisse aus dem Labor bekommen, aber noch nicht den Mut besessen, es ihr zu sagen. Und irgendwie hatte mich die Erfindung Ihres Großvaters inspiriert. Ich wollte Claudia, meine Frau, ein letztes Mal in die Arme nehmen und ihre Nähe spüren, ohne den Tod im Nacken zu wissen, der alle Gefühle mit einem Schatten der Angst versieht. Sie noch einmal unvoreingenommen lieben, frei, glücklich, unbelastet.«

Dr. Hartmann sammelte sich. Dann sprach er weiter: »Robert willigte schließlich ein, mir den Gefallen zu tun. Wissen Sie, ich habe damals, am Abend der Aufnahme, für meine Frau gekocht, ihr Lieblingsessen. Und nach der Crème Caramel bat ich Claudia, mir noch einmal aus ihrer Sicht die Stationen unserer Liebe zu erzählen. Sie lächelte mich fragend an. Dann hob sie ihr Glas und entführte mich auf eine Reise durch unsere Beziehung, durch die Weite unseres Miteinanders. Als sie geendet hatte, stand ich auf, sagte ihr, dass ich sie liebe, und sie erwiderte, dass sie mich liebte. Und während ich sie in den Armen hielt, drückte ich auf den Auslöser des Gerätes in meiner Tasche.«

Der Alte konnte nicht weiterreden, weil ihm die Tränen die Wangen herunterliefen. Nach einigen Minuten fuhr er fort: »Ich glaubte damals noch, dass die Sensogramme entwickelt werden müssten, so wie Fotos. Also gab ich Ihrem Großvater das Gerät mitsamt der Kugel zurück. Wenige Wochen später starb meine Frau. Und ich rannte in meiner grenzenlosen Trauer noch vor der Beerdigung zu Robert, um mein Sensogramm einzufordern. Begreifen Sie nicht? Darin war mein Frau lebendig, atmete noch, lag noch immer in meinen Armen.«

Franziska war sich nicht sicher, ob Hartmann merkte, dass er die Hände gefaltet hatte. Er erzählte weiter, als wäre sie gar nicht anwesend. »Robert holte das Sensogramm aus dem Schrank – und zögerte dann, es mir zu geben. ›Joachim‹, sagte er in seiner väterlichen Art, ›ich bin gar nicht sicher, ob das wirklich gut für dich ist. Du musst jetzt nach vorne schauen. Schau, das hier, das ist doch nur eine Metallkugel. Sie kann und sie wird deine Frau niemals ersetzen. Im Gegenteil. Wenn du die Liebe zu Claudia konservierst, tust du weder dir noch ihr einen Gefallen. Glaub mir, deine Gefühle werden sich im Lauf der Zeit verändern. Und das ist gut so. Denn das bedeutet, dass auch der Schmerz nachlässt. Ich behalte sie lieber hier.‹

Ich tobte und brüllte ihn in meiner Hilflosigkeit an:

›Aber ich will nicht, dass meine Gefühle sich verändern! Ich will nicht einmal, dass mein Schmerz nachlässt. Ich will einfach nur diese Nähe bewahren. Soll ich denn auch alle Fotos wegwerfen, nur weil sie mich an Claudia erinnern?‹

Doch er weigerte sich, mir das Sensogramm zu geben. Und nicht nur das. Er hob die Schultern und sagte dann: ›Joachim, dass du dich so aufregst, zeigt mir nur, wie gefährlich meine Erfindung ist. Ich habe schon ein paarmal überlegt, ob ich sie nicht einfach in den Kamin werfen und vernichten sollte. Ich bin nicht mehr davon überzeugt, dass sie der Menschheit wirklich Segen bringt.‹«

Dr. Hartmann war immer mehr in sich zusammengesunken. Jetzt aber richtete er sich auf und sah Franziska mit weit geöffneten Augen an. »Da bin ich einfach durchgedreht! Ich habe die Beherrschung verloren … und dann habe ich ihm den Hals zugedrückt. Was hätte ich denn anderes machen sollen? Er wollte mir die Gefühle zu meiner Frau wegnehmen.«

Franziska musste sich räuspern, ehe sie sprechen konnte. Verwirrt fragte sie: »Warum hat niemand die wahre Todesursache bemerkt?«

Dr. Hartmann stieß die Luft aus und sagte gepresst: »Ich war doch sein Hausarzt. Ich habe den Totenschein ausgestellt. Und darauf stand ›Herzinfarkt‹.«

Die junge Frau trat ans Fenster und atmete die frische Luft ein, die so ganz anders schmeckte als das mit Elend getränkte Gemisch des Krankenzimmers. Ohne sich umzudrehen, sagte sie nach einigen Minuten nachdenklich: »Eines hätte mein Vater Ihnen noch sagen müssen, aber vielleicht hat er es ja selbst nicht bedacht: Das Sensogramm hat Sie nicht nur in der Vergangenheit festgehalten, es hat Ihnen auch jede Möglichkeit genommen, sich für neue Erfahrungen zu öffnen. Begreifen Sie: Sie haben sich an den Tod geklammert, anstatt zu leben. Und damit haben Sie nicht nur sich selbst, sondern auch Ihrer Tochter jegliche Zukunft verbaut. Mein Gott, Sie tun mir so leid. Oder sollte ich lieber sagen: Ihre Tochter tut mir leid? Aber Sie … Sie sind ein richtig armes Schwein!«

Sie wollte sich eben wieder umdrehen, als der Alte ihr plötzlich von hinten wie ein Tier auf den Rücken sprang. »Geben Sie mir die Kugel!«, ächzte er und blies ihr seinen schlechten Atem am Kopf vorbei. Dann verbiss er sich in ihrer Schulter, während seine Fingernägel erst ihre Arme zerkratzten und dann ihre Augenhöhlen suchten.

Die zierliche Frau wollte sich mit einem Ruck befreien und schlug dabei mit dem Kopf so hart gegen das Fenster, dass sie sich eine Stirnwunde zuzog. Das Blut lief ihr in die Augen, und sie spürte, dass sie die Kontrolle über sich verlor. Verzweifelt schlug sie um sich, konnte den hysterischen Alten aber nicht abschütteln.

In dem Moment, in dem sie ohnmächtig zu werden drohte, hörte sie plötzlich einen hohen Schrei und spürte, dass die Last brutal von ihr weggerissen wurde.

Die Tochter des Arztes stand breitbeinig im Zimmer, wie eine Rachegöttin. Sie umklammerte den Hals ihres Vaters und schlug mit der Faust auf ihn ein. Dabei schrie sie: »Hast du immer noch nicht genug? Reicht es dir nicht, dass du dein und mein Leben ruiniert hast? Musst du auch noch andere Leute verletzten, du Monster?«

Franziska sah dem zu einer Grimasse entstellten Gesicht an, dass hier die Wut herausbrach, die sich in fünfunddreißig Jahren angesammelt hatte. Mit letzter Kraft rief sie: »Schluss!«

Frau Hartmann hielt mitten im Schlag inne, als sähe sie sich zum ersten Mal selbst in ihrer ganzen Traurigkeit. Ihr Vater entwandt sich blitzschnell ihrem Griff und sprang schutzsuchend hinter das Bett. Verstört wandte sich die eben noch wie eine Furie tobende Tochter zu ihrer Besucherin und fragte dann: »Was wollte er denn von Ihnen?«

»Das hier!« Franziska hielt die Kugel hoch. »Vielleicht ist es besser, wenn Sie diese Kugel an sich nehmen. Damit auch Sie alles verstehen.« Bevor sie darüber nachdenken konnte, fügte sie gehässig hinzu: »Und damit Sie einmal im Leben erfahren, wie es sich anfühlt, zu lieben und geliebt zu werden.«

Damit drückte sie der Verdutzten die Kugel in die Hand und lief an ihr vorbei nach draußen.

* * *

Um Viertel vor acht war Franziska wieder zu Hause. Sie hatte die ganze Fahrt über geweint. Um ihren Großvater, und darüber, dass der Sensograph sich vor ihren Augen von einem Geschenk des Himmels in ein Teufelswerkzeug verwandelt hatte. Sie bekam Angst, ohne zu wissen, wovor.

Dabei waren ihre Gedanken verloren gegangen. Sie hatte auf die Straße gestarrt und immer wieder gemurmelt: »Es ist falsch, Gefühle einzufrieren.« Irgendwann machte sich die Stimme in ihr selbstständig und sprach wie ein leidenschaftlicher Prediger: »Ja, es ist und bleibt falsch, Gefühle einzufrieren, mögen sie auch noch so berauschend gewesen sein. Wer ein besonders ekstatisches Gefühl bewahrt, macht es zu einem unerreichbaren Maßstab für sein Leben, wird abhängig von der Vergangenheit und nimmt sich selbst die Freiheit, neue, ganz andere Emotionen kennen zu lernen. Vielleicht muss man lernen, die Schönheit loszulassen, wenn man nicht daran zugrunde gehen will. Außerdem: Die eigene Erinnerung arbeitet doch auch wie ein Sensogramm. Vielleicht nicht ganz so eindrücklich, dafür aber eingebettet in ein Leben, das sich weiterentwickelt. Wer Gefühle konserviert, konserviert auch sich selbst. Wie grausam! Und trotzdem ahne ich, was dieser Hartmann gefühlt hat. Man braucht viel Kraft, um dem Sog des Sensographen widerstehen zu können.«

Als sie unsicher ihre dunkle Wohnung betrat und feststellte, dass ihr Mann und ihre Söhne noch immer unterwegs waren, brach Franziska zusammen. Weinend kugelte sie sich auf der Couch zusammen und schlotterte vor Haltlosigkeit.

»Sie müssen jeden Augenblick hier sein«, sagte sie sich immer und immer wieder wimmernd. »Verdammt noch mal, wo bleiben sie nur? Ich habe mich noch nie so hilflos und verzweifelt gefühlt. Den ganzen Tag diese Enthüllungen ... der Mord an Opa ... und dann diese schrecklich unglücklichen Menschen. Das kann doch alles nicht wahr sein! Irgendetwas in mir ist zerbrochen, und ich weiß nicht mehr, was richtig und was falsch ist. Bitte Christoph, komm endlich und mach mich wieder heil! O Gott, ich brauche ihn so! Was für ein herrlicher Moment wird das sein, wenn ich meiner Familie gegenüberstehe, meiner Familie, den drei Menschen auf der Welt, die ich am allerliebsten habe.«

In diesem Augenblick klingelte es. Franziska richtete sich auf und stolperte zur Tür. Dann lag sie endlich sicher und geborgen in den Armen ihres Mannes.

Nur dem jüngeren Sohn fiel auf, dass seine Mutter eine abgenutzte Pfeifentasche in der Hand hielt, auf die sie während des liebevollen Wiedersehens kurz drückte.

Die Pforte

Irgendwann hatte ich genug und fuhr an den Straßenrand. Die Vorderreifen meines Autos wirbelten kleine Steine auf, die mit einem dumpfen, metallenen Laut gegen den Wagenboden schlugen und den Rhythmus aus dem Radio durcheinanderbrachten. Ich stellte den Motor aus und verfluchte mich – wahrscheinlich zum zehnten Mal – dafür, dass ich überzeugt gewesen war, ich würde den Weg auch ohne Karte finden.

Typisch Mann!

Ich griff nach hinten auf den Rücksitz, holte einen halb geschmolzenen Schokoriegel aus meiner Aktentasche und stellte dabei mit einem Seitenblick genervt fest, dass ich in dieser gottverlassenen Region nicht einmal mit dem Handy telefonieren konnte. Großartig! Kein Netz! Kein Haus und keine Menschenseele weit und breit! Nichts als endlose graue Wälder! Andererseits wäre mir auch niemand eingefallen, den ich in diesem Moment hätte anrufen wollen.

»Mist!«, knurrte ich, atmete mehrfach tief durch, um mich zu beruhigen, und kurbelte dann das Fenster runter, bis der Wind die warmen Regentropfen hereintrieb und meine Schulter durchnässte.

»Warum suchen sie immer mich für diese Geschichten aus?«, rief ich erbost in das trostlose Plätschern des Regens und warf wütend die Verpackung der Schokolade auf die Landstraße.

»Fügung, lieber Thomas«, würde Martick, der Chefredakteur, jetzt sagen, »das war offensichtlich vorherbestimmt.« Und dann käme wieder sein überdrehtes Lachen, das ich hasse wie die Pest.

Fügung! Pah!

Natürlich weiß ich genau, warum ich diesen Auftrag bekommen habe. Und eigentlich müsste ich sogar froh und dankbar sein, dass die Redaktion mich überhaupt gebeten hatte, eine Reportage zu schreiben. Auch wenn es niemand aussprach, dachten doch alle das Gleiche: Ich wäre noch nicht so weit.

Ich beugte mich nach vorne, um dem Krampf in meinen Eingeweiden zuvorzukommen, der, wenn er mich packt, immer noch so wehtut wie am ersten Tag. Und jedes Mal, wenn mir diese unsichtbare Faust aufs Neue in den Magen haut, sehe ich das Bild wieder vor mir, eingebrannt in der ersten Sekunde, für alle Ewigkeit: Paula, das kleine sechsjährige Kind, das ich beim Rangieren mit dem Auto überfahren habe. Der kleine, verdrehte Körper, die vor Überraschung weit geöffneten Augen und die Haarklammer mit dem purpurnen Schmetterling, die neben ihr auf dem Boden lag.

»Fahrlässige Tötung«, hatte der Richter freundlich verkündet. Das klang in meinen eigenen Ohren wie gellender Hohn, ein viel zu mildes Urteil für mein schreckliches Vergehen. Ich war anschließend ein Jahr im Gefängnis gewesen, aber von mir aus hätten sie mich auch lebenslänglich einsperren können. Ich hatte ein Leben ausgelöscht. Aus und vorbei.

Die Eltern des Mädchens, nette Leute, die im Nachbarhaus wohnten, schrieben mir mehrfach, sie könnten mir verzeihen. Aber das half mir nicht. Ich selbst, das Schwein, der Schuldige, ich konnte mir diesen sinnlosen Mord nicht verzeihen. Niemals! Nur weil ich es eilig gehabt hatte, nur weil ich mich an diesem Unheilsmorgen so unendlich wichtig genommen hatte, nur weil ich den beim Fahren aus der Garage sonst üblichen Blick in den Rückspiegel in meiner Hektik vergessen hatte, war Paula nicht mehr da.

Es dauerte einige Minuten, bis der Schmerz nachließ. Ich krallte mich ans Lenkrad, wimmerte unkontrolliert und versuchte, die zermürbenden Bilder des kleinen Mädchens zu verdrängen, indem ich an meinen Auftrag dachte – und an den unerquicklichen Besuch bei Martick, gestern …

»Thomas, haben Sie während Ihrer Abwesenheit …«

Warum hatte er nicht gleich gesagt: »Als Sie im Gefängnis waren«?

»… diese Sache mit Lauterbronn verfolgt?«

Das hatte ich selbstverständlich. Eine eigenartige Geschichte: In einem kleinen Dorf mit etwa zweihundert Einwohnern waren Anfang Januar, also vor rund sechs Monaten, alle Menschen verschwunden. Spurlos. Niemand hatte seitdem irgendetwas von ihnen gehört oder gesehen. Allerdings lag die kleine Siedlung auch sehr abgelegen; ein Reiseführer der Region bemerkte leicht ironisch, sie sei »eine der letzten Ortschaften in Deutschland, zu der keine befestigte Straße führt«.

Man wusste nicht einmal genau, wann die Dörfler ihre Häuser verlassen hatten, da in den Weihnachtsferien nur wenige Ortsfremde zu Besuch gewesen waren. Besorgte Angehörige der ehemaligen Dorfschullehrerin, einer zweiundneunzig Jahre alten Dame, die allein in ihrem Haus lebte, hatten am 7. Januar die Polizei verständigt, und erst der örtliche Beamte entdeckte am gleichen Nachmittag die völlige Entvölkerung der Siedlung.

Es kam zu einer groß angelegten Suchaktion, die so ergebnislos verlief, dass die Gerüchte nur umso mehr erblühten und die Medien sich in wildesten Spekulationen ergingen. Wer nichts weiß, hat ja alle Freiheit zu fantasieren, und so siegten die Möglichkeiten sehr bald über jede Wahrscheinlichkeit. Von »groß angelegtem Menschenraub« war die Rede, von einem »sektiererischen Massenselbstmord« im Wald, von »gemeinschaftlichem Auswandern« oder einfach nur von einem »üblen Scherz«.

Ein Wochenblatt erdreistete sich tatsächlich, von einer möglichen Entführung durch Außerirdische zu schwadronieren, und fand dafür sogar einen Zeugen, der am 6. Januar helle Lichter am Himmel gesehen haben wollte. Die Polizei, die in ihrer Hilflosigkeit jeder Spur nachging, stellte fest, dass an diesem Abend tatsächlich einige gelangweilte Jugendliche aus einem anderen Dorf im Wald verspätet ein Feuerwerk gezündet hatten.

Zahllose Bauern meldeten sich bei den Behörden und berichteten, sie hätten bei der Arbeit auf ihren Feldern geheimnisvolle Menschenmengen mit Fackeln durch die Hecken ziehen sehen. Jemand kannte einige unfeine Details über angebliche inzestuöse Beziehungen innerhalb der verschwundenen Dorfgemeinschaft, die er sofort für teures Geld an ein Boulevardblatt verkaufte (»Lauterbronn – hier war jeder mit jedem verwandt! Lesen Sie alles über die wilden Sexspiele unter den Geschwistern«), und bis heute meldeten sich anonyme Anrufer, die in den verlassenen Häusern Licht entdeckt haben wollten.

Die Kriminalpolizei brach nach einigen Wochen ihre Untersuchungen ab und gestand in einer Pressekonferenz ihr Scheitern ein.

Die Ergebnisse waren tatsächlich mager: In den Häusern fehlte nichts, weder Wertgegenstände noch Bargeld. Nirgendwo gab es Spuren von Gewaltanwendung oder ungewöhnlichen Vorkommnissen. Die Überprüfung der Telefonverbindungen blieb genauso fruchtlos wie die Kontrolle der Kontobewegungen aller Anwohner. Sogar die Koffer und Autos standen genau da, wo sie hingehörten. Einige Wohnungen wirkten zwar so, als hätten ihre Bewohner sie vor dem Verlassen noch einmal sorgfältig geputzt und aufgeräumt, die eigentlichen Hintergründe des Verschwindens aber blieben im Dunkeln. Nichts, kein wirklicher Anhaltspunkt war zu finden, der etwas über den Aufenthalt der rund zweihundert Personen verraten hätte.

Das alles wusste ich vor allem durch die vielen Meldungen und Kommentare, die einige Zeit die Nachrichten beherrscht hatten, dann aber innerhalb weniger Wochen von den Titelseiten in die Lokalbeilagen gewandert und schließlich ganz verschwunden waren. Fantasie reicht für eine gute Meldung dann eben doch nicht aus.

Ich war gestern während des Gesprächs aus dem unbequemen Ledersessel in Marticks Büro aufgestanden, hatte aus dem Fenster auf die schwitzende Stadt geschaut und verärgert gefragt: »Soll ich gucken, ob es doch Außerirdische waren?«

Er hatte gelacht wie eine Ziege. »Nein, fahren Sie einfach nach Lauterbronn, und sehen Sie sich ein bisschen um. Vielleicht haben Sie ja Glück. Sie waren … Sie sind schließlich berühmt für Ihr Gespür. Und wenn Sie nichts finden, dann schreiben Sie eben über ›Die Region ein halbes Jahr später!‹ Klingt doch ganz nett. Sie wissen schon, was ich meine: Was denken die Leute heute über das Verschwinden ihrer Nachbarn? Haben sie Angst, dass ihnen etwas Ähnliches passiert? Wurden die leer stehenden Häuser von Angehörigen verkauft? Hat man noch Hoffnung, dass die Dörfler wiederkommen? Und so weiter. Sie machen da schon was draus.«

Ich blickte weiter in die Ferne. Dann sagte ich freundlich, aber bestimmt: »Martick, Sie wissen selbst, dass das eine ganz blödsinnige Geschichte ist. Ich mag keine Spekulationen, und Fakten gibt es ja offensichtlich keine. Ist das nicht unter dem Niveau unserer Zeitung?«

Er schnaubte kurz. »Nicht, wenn Sie das Geheimnis lüften. Dann sind wir ganz vorne dran.«

Er lehnte sich hinter seinem ausladenden Schreibtisch zurück und verschränkte die Arme hinter dem Kopf: »Ich will ehrlich sein, Thomas: Ich habe nichts dagegen, wenn Sie sich bei dieser Reportage viel Zeit lassen und sich nach Ihren … nach Ihrer schweren Zeit wieder in aller Ruhe in der Welt einleben. Wer weiß, vielleicht ist es Fügung, dass ich gerade Sie dort hinschicke. Also, machen Sie schon! Ich bin gespannt, was Sie mitbringen.«

Und so stand ich hier, in einer der am dünnsten besiedelten Regionen Deutschlands, im Regen und hatte die Orientierung verloren. Ich war in der vergangenen Stunde nach langem Suchen zwar endlich zwei Personen begegnet, die ich nach dem Weg fragen konnte, doch sobald ich den Namen »Lauterbronn« aussprach, wurden die Angesprochenen einsilbig und verschlossen. Ich konnte es ihnen nicht verübeln. Wer wochenlang von Journalisten belagert wird, die sich nicht scheuen, die Slips von der Wäscheleine zu holen und die Flecken darin zu zählen, weil sie irgendetwas brauchen, um ihre Zeilen zusammenzukriegen, der wird unendlich misstrauisch. Für den öffnen Fragen keine Horizonte mehr, sie machen nur noch Angst.

Der zweite Mann, der mir entgegengekommen war, ein groß gewachsener, fast kahler Bauer auf einem altersschwachen Traktor, hatte schließlich etwas Unverständliches durch den Lärm seines Motors gerufen und unwirsch auf eine Abzweigung gedeutet. Doch nachdem ich mehrere Kilometer in die angezeigte Richtung gefahren war, ohne auf irgendein Straßenschild oder einen Hinweis zu stoßen, hatte ich die Geduld verloren.

»Gut«, dachte ich und schob mir den letzten Bissen meines Schokoriegels in den Mund, »konzentrier dich! Irgendwo hier zweigt dieser blöde Feldweg nach Lauterbronn ab. Und ich bin ein erfahrener Journalist. Ich werde den Ort finden, und wenn ich alle Wanderpfade der Gegend einzeln erkunden muss. So schwer kann das doch nicht sein.«

Unglücklicherweise stand die Tankanzeige meines Wagens kurz vor der Reserve, und ich wusste nicht, ob ich in dieser Gegend überhaupt eine offene Tankstelle finden würde, noch dazu am Sonntag. Mist!

Ich ließ den Wagen wieder an, stellte die Rückenlehne des Sitzes etwas steiler, sodass ich aufrechter saß, und passte den Rückspiegel meiner neuen Position an. Dann fuhr ich an.

In diesem Moment klopfte jemand an das Autofenster. Ich zuckte zusammen und hätte fast die Bremse verfehlt. Ich war fest davon überzeugt gewesen, in einer grenzenlosen Einöde zu stehen, und hatte auch seit langem keinen Menschen mehr bemerkt. Verwirrt kurbelte ich die Scheibe ganz herunter und erschrak noch mehr, als ich an der Autotür ein etwa sechsjähriges Mädchen bemerkte, das auf den ersten Blick genau wie Paula aussah.

Ich spürte, wie meine Hände anfingen zu zittern. Ich schrie: »Spinnst du? Ich hätte dich totfahren können! Du kannst doch nicht am helllichten Tag einfach um mein Auto herumschleichen ...!«

Die Kleine lachte, hüpfte einmal auf und ab und streckte dann ihre Hand in das Wageninnere, sodass ich in meinem Ausbruch innehielt. Fröhlich sagte sie: »Du musst nicht schreien. Mir kann nichts passieren. Ich wollte dir nur das Papier geben, das du vergessen hast. Meine Mama sagt immer, man soll keinen Müll in der Landschaft liegen lassen.«

Jetzt erst entdeckte ich in ihrer Hand die Verpackung des

Schokoriegels, die ich aus dem Auto geworfen hatte und die sie jetzt auffordernd vor mein Gesicht hielt. Unwillkürlich griff ich danach.

»Tschüs!« sagte das Mädchen und winkte mir zu.

Da kam ich endlich wieder zu mir. »Halt!«, rief ich. »Halt, bitte lauf nicht weg! Sag mal, wie heißt du denn? Und was machst du bei diesem ekligen Wetter hier draußen, so ganz allein?«

»Aber ich bin doch gar nicht allein. Außerdem spielen wir gerade ›Nach-Hause-Gehen‹.«

»Und wie heißt du?«

»Marie! Und du?«

Ich nannte ihr meinen Namen und bat sie, näher ans Auto zu kommen. »Sag mal, Marie, wo sind denn deine Eltern?«

Sie presste die Knie zusammen und sah mich mit schräg gestelltem Kopf an. »Die sind im Himmel.«

Ich schluckte. »Das … das ist ja … ganz traurig.«

»Wieso? Es ist doch wunderschön im Himmel. Ihnen geht es da sehr gut.«

»Verdammt noch mal«, durchfuhr es mich, »ist es wirklich richtig, Kindern so etwas zu erzählen? Nur weil man ihnen den Verlust der Eltern durch solche Geschichten halbwegs erträglich machen will? Letztlich ist es doch pervers. Ein Kind muss seine Trauer genauso ausleben wie ein Erwachsener. Ich bin kein Psychologe, aber so einfach geht es bestimmt nicht.«

Laut sagte ich: »Und wo wohnst du jetzt?«

Sie lehnte sich in mein Auto und fing neugierig an, das Innere zu betrachten. Dann kicherte sie: »Wo ich wohne? Also, wohnen … ich wohne in Lauterbronn …«

Sie zuckte zurück, als ich verwirrt ausstieß: »Was, in Lauterbronn?«

»Ja. Warum bist du denn so aufgeregt?«

Ich steckte meinen Kopf in den Regen hinaus. »Weil ich dachte, dass in Lauterbronn niemand mehr wäre.«

»Aber ich bin doch da. Ich bin sogar da geboren.«

»Marie! Gibt es in Lauterbronn einen Erwachsenen, mit dem ich sprechen kann?«

»Natürlich, Patrick ist mitgekommen!«

Ich sah sie fragend an. »Kannst du mir den Weg nach Lauterbronn zeigen? Ich habe mich nämlich verfahren und weiß nicht, wo ich langmuss.«

»Kein Problem!«

Sie lief um das Auto herum, öffnete die Beifahrertür, als sei das ihr Wagen, und kletterte neben mich auf den Sitz.

Ich fühlte mich unbehaglich, weil zu meinen eigenen Kindheitserinnerungen die ewigen Mahnungen meiner Mutter gehörten, niemals zu einem Fremden ins Auto zu steigen. Marie dagegen saß völlig unbekümmert neben mir und hielt mir mein Handy entgegen, das auf dem Sitz gelegen hatte. Ich steckte es geistesabwesend in die Tasche, während die Gedanken in meinem Kopf rotierten. »Sie kann froh sein, dass ich keiner von diesen Verbrechern bin, die kleine Mädchen entführen. Ich muss mit ihrem Vormund ein ernstes Wort reden.«

Dann fiel mir ein, dass ich ja selbst ein kleines Mädchen getötet hatte. Ich musste die Augen schließen, um die aufsteigenden Tränen zu bekämpfen.

Endlich konnte ich den Motor wieder anlassen und losfahren.

* * *

Über einen unebenen Feldweg, den ich ohne Hilfe sicherlich übersehen hätte, erreichten wir schon nach wenigen Minuten Lauterbronn. Der kleine Ort sah genauso aus, wie ich ihn mir vorgestellt hatte: ein graues, nach Viehhaltung riechendes Straßendorf mit einigen windschiefen Fachwerkhäusern, mehreren erhaltenen Bauernhöfen, einer winzigen, offensichtlich nicht mehr genutzten Kirche und einem ovalen, gepflasterten Dorfplatz, auf dem tatsächlich, wie im Bilderbuch, eine stattliche Linde und ein verwitterter Maibaum standen.

Erstaunlicherweise stachen zwischen den alten, halb verfallenen Gebäuden entlang der Straße auch drei Neubauten hervor, die wahrscheinlich von wohlhabenden Städtern als Wochenendhäuser genutzt wurden. Dagegen konnte ich auf den ersten Blick weder einen Laden noch eine Gaststätte ausfindig machen. Für einen Stadtmenschen wie mich war dieses Kaff wie das Ende der Welt.

Auf den ersten Blick wirkte das Dorf eigentlich wie jedes andere, doch dann wurde mir klar, dass trotz des trüben Wetters in keinem Fenster ein Licht zu sehen war. Die Kinder, die im inzwischen nachlassenden Sommerregen unter der Linde fröhlich Fangen spielten, sahen zu uns rüber, als ich den Wagen parkte, und umringten Marie, als sie ausstieg.

Der größte Junge, den ich auf neun Jahre schätzte, redete mit starkem Dialekt auf das Mädchen ein: »Sie haben doch gesagt, dass wir mit keinem sprechen sollen.«

Die Kleine verteidigte sich: »Ich habe ja gar nichts gesagt.« Sie schaute mich aufgeregt an: »Stimmt's? Ich habe nichts gesagt?«

Ich streckte beide Handflächen nach vorne. »Ich schwör's, sie hat nichts gesagt. Kein Sterbenswörtchen.«

Da fing der Junge an zu lachen. »Das ist witzig! ›Kein Sterbenswörtchen‹, echt witzig! Aber was willst du hier?«

Sieben Paar Kinderaugen fixierten mich. Ich schaute mich suchend auf dem Platz um, und als ich nirgendwo einen Erwachsenen entdeckte, sagte ich, was ich mir für diesen Fall während der Autofahrt zurechtgelegt hatte: »Ich bin ein Neffe von Frau Schwieger, der alten Lehrerin hier im Ort. Als ich in der Zeitung gelesen habe, dass sie verschwunden ist, habe ich mir große Sorgen gemacht. Wisst ihr, wo sie ist?«

Ein Junge mit Sommersprossen kicherte. »Ja, wissen wir. Aber wir dürfen es nicht sagen. Das ist streng verboten. Du brauchst jedenfalls keine Angst zu haben, es geht ihr supergut.«

Irgendwie musste der Älteste den anderen ein Zeichen gegeben haben, denn mit einem Mal rannte die ganze Schar in Richtung der Kirche davon; so schnell, dass ich gar nicht erst versuchte, hinterherzulaufen. Ich rief noch: »Wo finde ich diesen Patrick?« Doch die Kinder waren schon zu weit weg.

Ich nahm einen Schirm vom Rücksitz, schloss den Wagen ab und lief ziellos durch das verlassene Dorf. Nichts bewegte sich, außer den Spiegelbildern der tief hängenden Wolken in den Pfützen, die sich überall angesammelt hatten. Schon nach zehn Minuten war ich an jedem Haus einmal vorbeigelaufen, ohne dass mir etwas aufgefallen wäre. Ein verlassener, trister Ort. Ich bemerkte, dass ich mich immer öfter umsah, weil mir die schwere Stille aufs Gemüt schlug und ich mich unwohl fühlte. Doch nichts geschah.

Offensichtlich standen die verlassenen Wohnungen weiterhin leer; vielleicht, weil man sich aus Gründen der Pietät scheute, sie wieder mit Leben zu füllen, vielleicht, weil man noch immer mit einer Rückkehr der Verschwundenen rechnete, wahrscheinlich aber, weil niemand bereit war, in ein Dorf zu ziehen, auf dem möglicherweise ein Fluch lag. Moderner Aberglaube.

Plötzlich begriff ich auch, warum die ganze Ortschaft

auf mich einen derart morbiden Eindruck machte: Sechs Monate hatten der Natur gereicht, um in der kleinen Ansammlung von Häusern wieder die Herrschaft zu übernehmen: Spinnweben glitzerten in den Ecken der Fenster und Türen, Unkraut schoss zwischen den Mauersteinen hervor, und auf allem lag eine dünne, graue Staubschicht, wie ein Leichentuch.

Als ich zum zweiten Mal an der Kapelle vorbeikam, glaubte ich, eine Melodie zu hören, war mir aber nicht ganz sicher. Ich blieb ruckartig stehen und schüttelte dann den Kopf, bis ich eine neue Tonfolge vernahm, die sich weich in das Rauschen des Regens mischte. Von den Kindern war nichts mehr zu sehen.

Mehrere umgestürzte Grabsteine lagen auf dem alten Kirchhof, über den die Musik floss. Und schon nach dem halben Weg durch das feuchte Gras waren meine teuren Schuhe völlig durchnässt und hatten statt des hellen Rots ein dunkles Braun angenommen.

Endlich erreichte ich die alte Tür, die schräg an einer Angel hing. Ich zwängte mich daran vorbei und trat in das ehemalige Kirchengebäude. Dort saß auf dem, was wohl vom Altar übrig geblieben war, ein hagerer Mann mit einer C-Flöte. Jetzt erkannte ich auch das Lied wieder, das er spielte: »Großer Gott, wir loben dich!«

Obwohl mich der Flötenspieler, den ich auf etwa fünfunddreißig schätzte, bemerkt haben musste, spielte er einfach weiter. Nichts deutete daraufhin, dass er von mir Notiz nahm. Ich schaute mich um. Etwa ein Drittel der Kassettendecke war wohl schon vor längerer Zeit eingestürzt, denn die Steine darunter glänzten feucht und verwittert. Der Altarraum dagegen sah aus, als sei er weitestgehend erhalten geblieben. Auf der rechten Seite standen um die Kanzel einfache, handgeschnitzte Figuren der vier Evangelisten, links thronte ein reich verziertes Taufbecken, das jedem Denkmalschützer einen Freudenschrei entlockt hätte. Vor dem in zwei Teile zerbrochenen Marmor-Altar standen einige Kerzen, zwischen denen der braunhaarige Musiker die Beine im Takt seines Liedes baumeln ließ. Er trug ein ungebleichtes Baumwollhemd, eine dunkle Jeans und erstaunlicherweise gelbe Sandalen.

Ohne nachzudenken, begann ich mitzusingen, obwohl ich nicht sicher war, dass ich mehr als drei Zeilen zusammenbekommen würde: »Großer Gott, wir loben dich. Herr, wir preisen deine Stärke …«

Da zog ein Lächeln über das Gesicht des Mannes.

Ich fragte: »Sind Sie Patrick?«

Er nickte, ohne die Flöte aus dem Mund zu nehmen.

Ich fühlte mich gehemmt und fragte: »Wissen Sie, wo die Kinder sind?«

Er nickte wieder.

»Ich suche ihre Eltern. Können Sie mir sagen, wo ich die finde?«

Er setzte die Flöte ab und deutete mit ihr wie mit einem Zeigestab auf mich. Mit schnarrender Stimme rief er: »Sie sind alle im Himmel!« Dabei zog ein schräges Grinsen über sein Gesicht, das ihn sehr verletzlich aussehen ließ.

»Mein Gott! Was ist passiert?«

»Ja, sie sind im Himmel! Alle! Und die Pforte ist weit geöffnet. Der Himmel ist so schön! So viel Licht. Und so viel Zufriedensein.« Er setzte die Flöte wieder an und spielte ein neues Lied: »In dir ist Freude …« Ich bekam eine Gänsehaut, obwohl ich in der feucht-warmen Luft meine gefütterte Lederjacke hätte ablegen können.

»Was ist passiert? Sagen Sie mir bitte, was passiert ist!«

Er reagierte erst, als er die Strophe beendet hatte. Dann aber sprang er ungelenk vom Altar und torkelte mit scheinbar unkontrollierten Bewegungen auf mich zu, wobei er seine Beine in weiten Kreisbewegungen nach vorne warf.

Derweil sang er auf eine mir unbekannte Melodie: »Nichts ist passiert! Alle sind im Himmel. Weil die Erde nicht leuchtet. Patrick hat Hunger. Kommst du mit?«

Lächelnd drückte er mir die Flöte in die Hand und stolperte an mir vorbei. Da erst begriff ich, dass ich es mit einem geistig Behinderten zu tun hatte, der aus irgendeinem Grund noch in Lauterbronn lebte. Vorsichtig folgte ich ihm.

Als wir einen der Neubauten erreichten, schloss Patrick, von dessen Existenz in keinem der mir bekannten Berichte etwas zu lesen gewesen war, die mit buntem Glas bestückte Tür auf und winkte mir zu, ich möge mit ihm hereingehen. Drinnen deutete er auf ein Zimmer und sagte: »Du wohnst hier!« Dann schloss er die Wohnungstür von innen wieder ab.

»Wieso? Hier wohnen?«

Sein Zeigefinger stach immer wieder auf meine Brust ein, und er schrie: »Du wohnst hier!«

Ich wich bis an die Wand zurück und sagte mit beruhigender Stimme: »Ist ja gut, ich wohne hier. Aber was ist, wenn die Bewohner wiederkommen?«

»Keiner wird jemals wiederkommen. Nur die Kinder!«

»Trotzdem darf ich hier doch nicht einfach einziehen.«

»Doch! Sie haben es mir erlaubt.«

Obwohl ich nicht wusste, ob er Ironie verstand, sagte ich: »Na, das wird mir die Polizei aber glauben.«

Patrick hob die Hand, als wolle er mich schlagen, dann aber legte er segnend seine Hand auf meinen Kopf. »Gott ist mit dir! Und sie sagen uns, wenn jemand kommt.«

»Wer?«

»Die im Himmel!«

* * *

Ich verbrachte zwei Wochen mit Patrick. Und er hat mir nach und nach die ganze Geschichte erzählt. Nein, das stimmt nicht, so darf ich es nicht ausdrücken. Er hat sie nicht wirklich erzählt. Ich habe sie aus Tausenden von Aussagen und Andeutungen zusammengefügt, ein gigantisches Puzzle ohne Vorlage, ein Mosaik aus nebenbei fallen gelassenen Gedankenschnipseln, die sich oft erst nach langer Zeit zu einem klaren Bild ergänzten.

Ich wusste während unserer Gespräche oft nicht einmal, ob Patrick meine Fragen überhaupt verstand. Oder ob ich seine Antworten verstand. Bisweilen hatte ich den Eindruck, als reagiere er ganz direkt auf das, was ich wissen wollte, beim nächsten Mal schien seine Antwort überhaupt nichts mit meiner Frage zu tun zu haben. Und manchmal begriff ich erst Tage, nachdem er einen Satz ausgesprochen hatte, dass seine anfangs sinnlos anmutenden Worte eine wunderschöne, schlichte Erklärung für einen eigentlich sehr schwierigen Sinnzusammenhang waren. Eine, die kein logisch denkender Mensch zustande gebracht hätte.

Als ich ihn beispielsweise bat: »Beschreibe mir den Himmel!«, antwortete er mit glänzenden Augen: »Wie die Erde, nur ohne Angst.«

Kann man eine Geschichte als wahr bezeichnen, die einem ein zurückgebliebener Mann mit mangelndem Ausdrucksvermögen erzählt hat? Ich weiß es nicht. Ich weiß nur: Ich habe im Lauf der Tage angefangen, ihm zu glauben. Wer mit einem Behinderten spricht, kann zwar nie definitiv sagen, ob die Worte, die aus dessen Mund stürzen, gerade eine reale Situation, ein erdachtes Ereignis oder eine verwirrende Assoziation wiedergeben. Aber er begreift irgendwann, dass er nicht belogen wird. Patricks Denken war zu einfach, als dass er mir ein Lügenmärchen hätte auftischen können. Darum vertraue ich ihm. Ich gebe im Folgenden seine Sicht der Dinge wieder.

* * *

Am ersten Januar stürzte in der Ruine der Johannis-Kapelle von Lauterbronn eine Gewölbedecke in sich zusammen und legte eine bis dahin unbekannte Krypta hinter dem Altar frei. Eine Gruppe von Kindern, die es nach den langweiligen Feiertagsgesellschaften nicht mehr in den Häusern aushielt, entdeckte beim Spielen das neu entstandene Loch im Boden und kletterte abenteuerlustig hinein. Unter der Erde fanden die Mädchen und Jungen einen von der Zeit scheinbar unberührten Gang, fast einen Tunnel, dem sie mithilfe einiger Wunderkerzen folgten, bis sie zu einer schmalen Tür gelangten. Diese ließ sich erstaunlicherweise leicht öffnen – und die Kinder gingen hinein.

Als sie am Abend nach ihrer Rückkehr mit strahlenden Gesichtern erzählten, was sie hinter der Tür gesehen und erlebt hatten, ernteten sie in einigen Häusern schallende Ohrfeigen, in vielen äußerst sorgenvolle Blicke, in den meisten aber nicht enden wollende, hartnäckige Fragen ihrer Eltern, die verstört herauszufinden versuchten, was sie von der überschäumenden Begeisterung ihrer Sprösslinge halten sollten.

Die Geschichten der Kinder aber waren alle ähnlich und klangen etwa so: »Mama und Papa, ich war in einem Raum, der ist so groß und so schön wie die ganze Welt. Nein, noch viel schöner. Eine Welt, wie für mich gemacht, wie Zuhause, nur noch viel mehr Zuhause. Es war so, als würde dort die ganze Zeit meine Lieblingsmusik gespielt. Da habe ich erst mit einem großen Löwen herumgetollt, und dann bin ich auf ihm in eine Stadt mit goldenen Dächern geritten. In der Stadt waren lauter richtige Engel, mit denen haben wir ein riesiges Fest gefeiert, mit Tanzen und Singen und Geschichtenerzählen. Und das Essen schmeckte so lecker wie alle Essen von der Mama zusammen. Dann habe ich aber Heimweh bekommen und bin zurückkehrt. Wisst ihr was: Morgen will ich wieder hin. Es ist so toll dort! Die Tür ist unter der Kirche. Man muss einfach nur durchgehen, und schon ist man da.«

Und wer seine Kinder wirklich kannte, dem fiel ihre veränderte Körpersprache auf, aus der alle Verkrampfung, alle Gier und alle Härte verschwunden waren.

Noch in der gleichen Nacht kletterte einer der Väter, der nicht schlafen konnte, mit einer Taschenlampe ebenfalls zu der Pforte hinunter und ging hinein. Er kehrte nicht wieder zurück. Zwei weitere Männer, die ihn, von der Ehefrau gerufen, suchen sollten, blieben ebenfalls verschwunden.

Als wären sie verabredet, trafen sich am nächsten Morgen alle Frauen und Männer auf dem Dorfplatz. Einer forderte, man möge bitte sofort die Polizei holen, doch die Kinder beteuerten, hinter der Tür sei es nicht gefährlich, sondern wundervoll. Letztlich war es wohl die Angst, sich lächerlich zu machen, die die Dorfgemeinschaft davon abhielt, Menschen von außen einzuweihen.

Jedes Kind wurde einzeln aufgefordert, seine Erfahrungen noch einmal vor den versammelten Anwohnern vorzutragen, und es war die alte Dorfschullehrerin, die schließlich aussprach, was in allen Köpfen herumgeisterte: »Das ist der Himmel!«

Der Leiter der Freiwilligen Feuerwehr stieg gegen Mittag des 2. Januar mit Marie, die bei der ersten Gruppe dabei gewesen war, in den Schacht hinunter, konnte aber auch bei geöffneter Tür nicht genau erkennen, was sich dahinter befand. Ihm war, als blicke er in ein dichtes Nebelfeld, das selbst mit einer 1000-Watt-Grubenlampe nicht zu durchdringen war. Das Mädchen erklärte dem Mann vergnügt, er werde die Schönheit wahrnehmen, sobald er die Schwelle übertreten habe, doch der Ortsbrandmeister wagte es nicht.

Da riss sich Marie von seiner Hand los und verschwand in der Türöffnung, woraufhin er pflichtbewusst hinterherstürzte. Am Abend kam das Kind zurück und fiel müde, aber glücklich seinen Eltern in die Arme, die weinend vor der Pforte gewartet hatten. Sie überbrachte von allen verschwundenen Dorfbewohnern herzliche Grüße und die Nachricht, sie würden auf keinen Fall zurückkehren.

Am 3. Januar war keine Familie mehr bereit, eines ihrer Kinder durch die geheimnisvolle Tür zu schicken. Im Lauf des Tages aber erschien aus jedem Haus mindestens ein Vertreter bei Marie, um sich noch einmal genau berichten zu lassen, wie es ihr ergangen war und was die Männer gesagt hatten, die hinter der Pforte bleiben wollten. Es war, als brächen plötzlich in allen Menschen lang unterdrückte Sehnsüchte und Träume hervor. Noch war die Angst größer als die Hoffnung, doch in der Nacht folgte die Frau des Ortsbrandmeisters ihrem Mann durch die geheimnisvolle Tür und nahm auch ihre beiden Kinder im Alter von vier und sechs Jahren mit.

Diese kamen am 4. Januar zurück. Maximilian, der ältere Sohn, forderte im Namen seines Vaters die Einwohner auf, auf dem Dorfplatz zusammenzukommen und rezitierte dann unter der Linde bei minus vier Grad einen Text, den er offensichtlich auswendig gelernt hatte: »Kommt alle hierher! Die Kinder haben die Wahrheit gesagt. Es ist der Himmel. Der Ort, an dem einem nichts mehr fehlt. Endlich kann ich genau der sein, der ich sein soll. Zögert nicht! Wenn ihr erst einmal diese Schönheit und diesen Frieden erfahren habt, wollt ihr nie wieder zurück. Wir warten auf euch.«

Am Abend waren bereits sechs Familien dem Aufruf gefolgt. Am 5. Januar gingen acht weitere durch die Pforte. Der inzwischen zweimal täglich zusammengerufene Dorfrat wurde zusehends kleiner – und die Unsicherheit bei den übrigen Einwohnern wuchs. Bis jetzt hatten sich alle an das gemeinsam geschworene Schweigegebot gehalten, doch nun wurden Stimmen laut, die entweder außerhalb von Lauterbronn lebende Freunde und Verwandte informieren oder doch eine öffentliche Behörde einschalten wollten.

In dieser Situation hielt der Dorfälteste eine Rede, die in die Geschichte eingegangen wäre, wenn der Ort noch eine gehabt hätte: »Lauterbronn ist schon immer ein kleiner Ort gewesen. Nie hat man uns geachtet. Das Einzige, das uns in all den Generationen stark gemacht hat, war unsere Gemeinschaft. Darum müssen wir auch in dieser Situation zusammenhalten. In unserer Kirche, die schon vor sechzig Jahren wegen der hohen Unterhaltskosten aufgegeben wurde, befindet sich ein Eingang in den Himmel. Das ist ein Geschenk Gottes, das wir nicht zu gering achten sollten. Ahnt ihr, was passieren würde, wenn wir Menschen anriefen, die nicht oder nicht mehr zur Dorfgemeinschaft gehören? Irgendwo würde jemand plaudern. Ihr wisst doch, wie die Großstädter sind. Sie kennen keinen Zusammenhalt mehr. Die Presse käme in Scharen, unsere Ruhe wäre dahin, und wir würden das Letzte verlieren, was das Leben hier lebenswert macht.

Andererseits weiß ich, dass einige von euch schon überlegen, ob man diese Pforte nicht touristisch nutzen und für den Ort Gewinn bringend vermarkten könnte. Dazu möchte ich drei Dinge sagen: Erstens: Ich denke nicht, dass man mit der Himmelspforte Geschäfte machen sollte. Denkt an die Händler im Tempel, die von Jesus Christus vertrieben wurden. Zweitens: Die Kirche steht noch immer auf einem Grundstück, das der Landeskirche gehört. Wenn jemand damit reich würde, dann nur der Eigentümer des Geländes, also die Leute, die uns damals ohne Rücksprache in die Nachbargemeinde eingegliedert haben, als wären wir die letzten Deppen. Drittens: Wenn wir tatsächlich einen Weg fänden, die Pforte zu einem materiellen Segen für unseren Ort werden zu lassen, dann hätten wir doch – so scheint es – trotzdem viel weniger als diejenigen, die schon einen Schritt weiter sind, weil sie sich hineingetraut haben.

Ich schlage vor, dass wir morgen früh alle gemeinsam durch die Pforte gehen. Bevor wir einen Fremden einbeziehen, sollten wir uns alle ein eigenes Bild machen. Wir wissen zwar nicht, ob auch Erwachsene zurückkehren können, aber warum sollte das nicht möglich sein? Und selbst wenn nicht, wäre es denkbar, die Kinder auf die Erde zu schicken, um unsere Angehörigen später nachzuholen. Lasst uns der Welt zeigen, dass wir noch eine echte Dorfgemeinschaft sind. Lasst uns zusammen den Himmel besuchen!«

* * *

Ich las meine Notizen noch einmal laut vor. Patrick saß mir gegenüber am Küchentisch, schaukelte leicht vor und zurück und nickte bei jedem Wort mit vorgestrecktem Kinn huldvoll in meine Richtung, wobei er schrecklich mit den Zähnen knirschte. Insgesamt wirkte er so, als hätte ich die Geschichte korrekt wiedergegeben, auch wenn ich bei ihm nie weiß, woran ich war. Er reichte mir eine Karotte von seinem Teller und war erst zufrieden, als ich sie vor seinen Augen aufgegessen hatte. Dann lachte er breit und schlug vor Freude seine langen, schlaksigen Hände zusammen.

Ich ließ ihn zurück und lief nach draußen, um wie jeden Nachmittag im Autoradio die Nachrichten zu hören, da es in den Häusern keinen Strom mehr gab. Dann aber entschied ich mich anders, warf die Autotür wieder zu und beschloss, endlich selbst zur Pforte zu gehen. In den vergangenen Tagen war ich so darauf konzentriert gewesen, aus Patricks Wortsplittern die Vergangenheit zu rekonstruieren dass ich den Schritt in die Kirche nicht gewagt hatte. Vielleicht hatte ich auch Angst bekommen, ihrem Sog zu erliegen.

Denn ich hatte natürlich angefangen, darüber nachzugrübeln, was mich eigentlich noch in dieser Welt hielt. Nachts war ich mehrfach von Träumen heimgesucht worden, in denen ich den kleinen Körper von Paula gesehen hatte, der trotz seiner tödlichen Verwundungen wieder angefangen hatte, zu atmen. Und mir war klar geworden, dass mich diese Bilder bis an mein Lebensende verfolgen würden: die Gliedmaßen, die Haarklammer, die hohlen Augen. Unbarmherzig, zermürbend, zerstörerisch.

* * *

Die Kirche sah anders aus als bei meinem ersten Besuch und wirkte nicht mehr so bedrohlich. Die Sonne schien durch das zerstörte Dach direkt in die Fenster über mir, die das Licht wie ein Prisma in die Regenbogenfarben aufspalteten und überall auf dem Vorplatz leuchtende Farbkleckser verteilten. Dazwischen graste ein herrenloses Schaf und blökte mich fragend an, als ich meine Jacke auszog und sie mir über die Schulter hängte.

Doch bevor ich die Ruine betreten konnte, rief jemand: »Hallo!«

Ich sah mich um. Marie saß auf einem der umgestürzten Grabsteine und malte mit einem Stock irgendwelche Zeichen auf den Boden.

»Hallo Marie!«, rief ich zurück. »Was machst du denn hier?«

»Ich wollte dich besuchen.«

Nachdem ich »Elisabeth Wackernagel, 1840–1896, Ruhe in Frieden« innerlich um Verzeihung gebeten hatte, hockte ich mich auf ihre Stele und nahm das kleine Mädchen am Arm: »Marie, bitte sag mir die Wahrheit! Patrick hat mir erzählt, was hier passiert ist. Sag mir, ob es stimmt. Ist hinter der Pforte in der Kirche der Himmel?«

Sie schluckte. »Das darf ich nicht sagen!«

»Warum denn nicht?«

»Ich weiß nicht. Die Engel sind so klug. Sie singen: ›Alles hat seine Zeit.‹ Aber ich weiß nicht, was sie damit meinen. Bitte tu mir nicht weh.«

Erschreckt stellte ich fest, dass mein Griff immer fester geworden war, und entschuldigte mich. »Es ist gut! Sag nichts! Lass es uns anders versuchen, okay? Du nickst einfach mit dem Kopf, wenn ich Recht habe. In Ordnung?«

Sie nickte mit zusammengepressten Lippen. Ich war so angespannt, dass ich wieder aufstehen musste. Wie bei einem Verhör fragte ich: »Ist hinter der Tür der Himmel?«

Sie nickte.

»Sind dort alle eure Eltern?«

Sie nickte.

»Geht es ihnen wirklich gut?«

Sie nickte voller Begeisterung.

»Bleiben sie deshalb alle da?«

Sie nickte wieder, bekam dann plötzlich ein Leuchten in die Augen, stand auf und nahm mich an der Hand. »Sie haben mir gerade zugesungen, dass ich dir alles sagen darf, was ich weiß.« Sie stockte. »Aber ich weiß ja gar nichts.«

»Wer, sie?«

»Na, die Engel!«

Ich konzentrierte mich. »Was glaubst du, warum die Erwachsenen nicht wiederkommen?«

Sie zuckte mit den Schultern. Ein-, zwei-, dreimal. Dann zog eine ganz kindliche Ernsthaftigkeit auf ihr Gesicht. »Sie sind doch glücklich im Himmel. Ihnen fehlt nichts. Warum sollten sie zurückkommen? Dort ist alles gut.« Sie machte eine kleine Pause. »Vielleicht denken sie aber auch, dass sie nicht mehr in den Himmel zurückkönnen, wenn sie noch einmal auf die Erde zurückkehren. Irgendwie fällt es ihnen schwer, zu glauben, dass man zwischen Himmel und Erde spazieren gehen kann.«

Ein verschmitztes Lächeln schlich über ihren Mund. »Dabei hat doch schon Jesus gezeigt, dass es funktioniert.«

Eine Haarsträhne hatte sich über ihre Stirn gelegt, und ich strich sie mit der linken Hand zur Seite. »Findest du es nicht komisch, dass man so einfach in den Himmel gehen kann?«

Sie drückte meine Hand. »Weiß nicht. Darüber habe ich noch nie nachgedacht.«

Eine Wolke glitt vor die Sonne, und die Punkte auf der Wiese erloschen. Leise sagte ich: »Kennst du den Satz Jesu ›Lasst die Kinder zu mir kommen, denn ihnen gehört das Himmelreich‹?«

»Nö, aber er stimmt.«

»Und was ist mit Patrick?«

»Ach, der ist doch wie ein Kind. Warte mal, ich habe dir etwas mitgebracht.«

Sie wühlte in der Tasche ihres Kleidchens, holte einen Gegenstand hervor und versteckte ihn blitzschnell hinter ihrem Rücken. »Welche Hand?«

»Rechts!«

Sie quiekte vor Vergnügen. »Reingefallen! Reingefallen!«

»Gut. Dann links.«

Sie streckte die Hand vor. Darin lag ein kleiner purpurfarbener Schmetterling.

Mein Hals wurde trocken, und ich musste mich an einem Grabstein festhalten. »Der ist von Paula … Das ist Paulas Klammer.«

»Stimmt. Sie hat mich doch zu dir geschickt. Ich soll dir sagen, dass es ihr gut geht.«

»Hast du deshalb an meinem Auto gestanden?«

Sie kicherte, als hätte ich sie bei einem Streich ertappt. »Ja!«

Als wäre die Haarspange zerbrechlich, nahm ich sie an mich. »Warum ist Paula nicht selbst gekommen?«

Marie zuckte wieder mit den Schultern: »Vielleicht kann sie nicht mehr auf die Erde, weil sie schon einmal richtig gestorben ist. Aber das weiß ich nicht genau. Ist doch auch egal, oder?«

Ich spürte, wie sich ein unglaublicher Schmerz in mir löste und mich verließ. Danach musste ich lachen. Minutenlang.

Irgendwann lachte Marie mit mir, und dann tanzten wir zwischen den Grabsteinen umher.

* * *

Ich habe nur zwei Zeugen für diese unglaubliche Geschichte und beide gelten nicht, oder zumindest noch nicht, als rechtsmündig: ein kleines sechsjähriges Mädchen und ein geistig zurückgebliebener Mann. Ich weiß, dass das wenig ist, aber ich bin bereit, ihren Worten zu vertrauen. Vielleicht, weil ich fühle, dass sie den Himmel kennen. Aber das ist nur ein schillerndes, persönliches Gefühl, nichts, das die Kraft eines Beweises in sich tragen würde.

Ich lege dieses Manuskript auf den Küchentisch des

Hauses, in dem ich zwei Wochen lang mit Patrick gewohnt habe. Wenn die Pforte nicht existiert oder dahinter nur ein düsterer Verschlag ist, werde ich zurückkehren und die Seiten verbrennen. Dann war das alles nur eine wilde, verrückte Fantasterei, die mich immerhin nachdenklich gemacht hat. Sollte aber eines Tages jemand dieses Manuskript finden und es möglicherweise sogar veröffentlichen, dann werden die Leserinnen und Leser eines wissen: Ich bin jetzt im Himmel.

Influenza Sakra

Natalie Gude, seit zwei Jahren Hauptkommissarin im Frankfurter Polizeipräsidium, hielt für einen kurzen Moment die Luft an. Dann schleuderte sie die Akte, in der sie gerade gelesen hatte, mit einer heftigen Bewegung auf den Schreibtisch. »Was soll das heißen: ›Sie ist weg‹?«

Felix Böhlisch, ihr Assistent, mochte es, wenn die roten Locken seiner Chefin wie eine Welle um ihren Kopf wogten. Auch wenn das jedes Mal ein Zeichen dafür war, dass sie innerhalb kürzester Zeit wie ein subtropischer Wirbelsturm durch das Kommissariat toben würde. Mit beruhigender Stimme sagte er: »Na ja, das Übliche eben. Diese Mariola ist Polin, hat keine Arbeitserlaubnis und Angst, dass sie ausgewiesen wird. Da ist sie halt abgehauen.«

Die Hauptkommissarin biss sich auf die Lippen. »Rede nicht mit mir wie mit einer Dreijährigen!« Sie nahm einen Schluck Kaffee und zeigte dann mit der Tasse auf ihn. »Wer hat da nicht aufgepasst?«

Böhlisch grinste verstohlen und warf einen kurzen Blick auf die Meldung des Beamten, der den Tatort sicherte. »Du weißt ja, wie das ist. Sie hat gesagt: ›Ich musse Klo‹, und plötzlich war sie weg. Wahrscheinlich durch die Tür zum Hof. Oder durchs Fenster. Ist doch auch egal.«

Auf der Stirn der vierundvierzigjährigen Frau trat eine blaue Ader hervor, die wie ein Fluss auf einer Landkarte durch die Gebirgszüge zog. »Ganz prima! Wie schön, wenn bei einem undurchsichtigen Fall die einzige Zeugin verschwindet.«

Der Assistent hob beschwichtigend die Hand. »Ich weiß überhaupt nicht, warum du dich so aufregst. Sie ist eine illegale Putzfrau und wollte im Labor putzen. Wie jede Woche. Sie kommt her, sieht, dass es völlig verwüstet ist, und ruft uns an. Ich glaube nicht, dass sie sonst irgendwas weiß, das für uns wichtig wäre. Jedenfalls ist es keine Fahndung wert.«

Natalie Gude brüllte los: »Warum ich mich aufrege? Weil ich es hasse, wenn schlampig gearbeitet wird. Und weil mir tausend Fragen einfallen, die man dieser Frau stellen müsste: Mit welchen Leuten hatte dieser verschwundene Dr. Artorek zu tun? Wann hat sie ihn zuletzt gesehen? Aus welchem Grund wurde sein Labor zerstört? Wirkte er in letzter Zeit verängstigt? Wer könnte ein Interesse daran haben, ihn zu entführen? Was für ein Mensch ist er? Woran hat er gearbeitet? Und so weiter.«

Felix Böhlisch goss ihr unaufgefordert Kaffee nach. »Du glaubst ernsthaft, dass eine illegale polnische Putzfrau versteht, woran ein Molekularbiologe arbeitet?«

Die Hauptkommissarin hob die Tasse an die Lippen, verbrannte sich, fluchte kräftig und donnerte das Teil so auf den Tisch, dass der Kaffee auf die Akte spritzte.

Während sie verärgert versuchte, die dunklen Flecken mit einem Taschentuch zu entfernen, schimpfte sie vor sich hin. »Ich glaube überhaupt nichts. Ich weiß nur, dass ich nichts weiß. Wir finden ein Labor vor, das völlig zertrümmert wurde. Wir finden Spuren eines Kampfes und Blut auf dem Boden. Und wir vermuten, dass der Besitzer verschwunden ist. Das ist verdammt wenig. Ich weiß weder, woran der Kerl geforscht hat, noch was er sonst für ein Mensch ist.«

Sie knüllte ein Blatt, das sich der Reinigung widersetzt hatte, zusammen und warf es in den Mülleimer. »Ich will alles über diesen Mann haben, was ihr finden könnt. Nimm Aksamovic und Wege mit und erstell mir ein umfassendes Profil. Wir treffen uns um 15.00 Uhr, also in zwei Stunden, wieder hier und gucken, was wir bis dahin haben.«

* * *

Um Punkt drei saßen alle zusammen im kleinen Konferenzraum und wagten es nicht, den verführerischen Apfelkuchen zu essen, den Xenia Aksamovic, die Jüngste im Team, mitgebracht hatte. Als ihr die Hauptkommissarin aufmunternd zunickte, fing sie an, ihre Ergebnisse vorzutragen.

»Ich habe mit der Hausverwaltung gesprochen. Dr. Artorek hat die Räumlichkeiten erst vor drei Jahren gemietet. Im hinteren Teil wohnt er, vorne hat er sein Labor. Die Miete kam immer pünktlich per Dauerauftrag, und auch sonst gibt es keine besonderen Vorkommnisse. Der Mitarbeiter, der damals den Mietvertrag unterschrieben hat, ist nicht mehr bei der Gesellschaft, sodass ich nicht mal jemanden gefunden habe, der weiß, wie der Mann überhaupt aussieht.«

Böhlisch übernahm. »Bei mir sieht es ähnlich mau aus. Der Computer hat leider gar nichts über ihn. Keine Vorstrafen. Keine Eintragungen. Dann habe ich ein bisschen im Internet geforscht. Er hat eine nette Homepage, auf der er für sein Labor wirbt. Ich verstehe da aber leider nur Bahnhof. In Biologie war ich immer schwach.«

Er wühlte in seinen Unterlagen. »Erstaunt hat mich, dass Artorek in Deutschland offensichtlich noch nichts veröffentlicht hat. Ich habe nicht mal seine Dissertation finden können. Aber da er laut der biografischen Angaben auf seiner Homepage lange in Südamerika gelebt hat, könnte die natürlich auch auf Spanisch erschienen sein.« Er zuckte mit den Achseln. »Da unten ist der Name Artorek ziemlich weit verbreitet. Ich werde wohl noch ein bisschen weiterrecherchieren müssen.« Dann zeigte er auf seinen Kollegen: »Wege hat mit ein paar Nachbarn gesprochen.«

Michael Wege, der blonde Kommissar, der aussah, als ob er viel Zeit im Fitnessstudio zubrachte, hob kurz die Schultern, bevor er ansetzte. »Leider habe ich auch nicht besonders viel. Alle schildern Artorek als netten, sympathischen Mann, der gern mal einer Oma die Einkaufstaschen trägt. Er hat einen leichten Akzent und grüßt immer höflich. Eine redefreudige Frau aus dem Haus gegenüber fand, er klinge wie ihr Reiseführer in Brasilien. Vielleicht spricht er tatsächlich Spanisch oder Portugiesisch.«

Er räusperte sich und sah seine Notizen durch. »Was habe ich noch? Artorek verbringt normalerweise viel Zeit in seinem Labor. Das er übrigens allein betreibt. Er hat weder Angestellte noch sonst irgendwelche Mitarbeiter. Nur die Putzfrau. Er ist insgesamt wohl eher ein Einzelgänger. Viel Besuch hat er jedenfalls nicht. Hin und wieder kommen Lieferanten von irgendwelchen pharmazeutischen oder chemischen Instituten. Ach ja, und ein älterer Herr meint, er hätte in den letzten Wochen mehrmals eine hübsche Frau beobachtet, die beim Doktor geklingelt hätte und die – hört, hört – erst am nächsten Morgen wieder gegangen sei.«

Natalie Gude lachte. Ihre Wut war verflogen. »Das klingt ja nach richtig netten Nachbarn.« Sie nahm sich ein Stück Apfelkuchen, woraufhin auch die anderen begeistert zugriffen. Mit vollem Mund fragte die Hauptkommissarin: »Irgendwelche Verwandten? Irgendjemand, der eine Vermisstenanzeige aufgeben würde, wenn er wüsste, dass Artorek verschwunden ist?«

Michael Wege schüttelte den Kopf. »Niemand. Jedenfalls habe ich in Deutschland noch niemanden gefunden. Und …« Er sah sich fragend im Kreis um. »… solange wir noch nicht einmal wissen, ob ein Verbrechen vorliegt, halte ich eine Anfrage an Interpol doch für sehr verfrüht. Außerdem gibt es da mit Südamerika ohnehin immer Probleme.«

Seine Chefin kaute zu Ende, bevor sie sagte: »Ich war noch mal in der Wohnung und habe zwei Sachen, die uns weiterhelfen könnten. Erstens ...« Sie hielt triumphierend ein Passfoto hoch. »... ein Bild von Artorek. Damit wir wenigstens wissen, wie der Kerl aussieht, den wir suchen.«

Sie ließ das Foto herumgehen. Es zeigte einen Mann, Mitte vierzig, mit glattem, schwarzen Haar, einer markanten schmalen Nase und dem leichten Ansatz eines Doppelkinns. Unter dem rechten Auge war eine dünne Narbe sichtbar, die erst bei der Nase endete. Die Augenbrauen liefen weit über die Schläfen, und im Mund war eine kleine Zahnlücke zwischen den Schneidezähnen sichtbar.

Xenia Aksamovic spitzte die Lippen. »Attraktiver Mann. Irgendwie geheimnisvoll.« Sie zog hörbar die Luft durch die Zähne ein. »Wirkt aber auch ein bisschen verschlagen, findet ihr nicht?«

Natalie Gude pflichtete ihr bei, die Männer verneinten vehement, woraufhin alle lachen mussten.

»Ich habe aber noch etwas viel Wichtigeres entdeckt.« Die Hauptkommissarin holte eine Haftnotiz aus der Tasche. »Für mich sieht dieses Gekritzel aus wie ›12.10. Frankfurter Hof. 13.00 Uhr.‹ Also gestern. Und dann steht da der Buchstabe ›B‹.« Sie stand auf. »Wir machen jetzt Folgendes: Xenia, du versuchst, diese Putzfrau zu finden ... ach ja, und auch diese geheimnisvolle Frau, die der Nachbar gesehen haben will. Nicht, dass sich am Ende herausstellt: Die beiden sind ein Pärchen, hatten einen Riesenkrach, sie zerstört – was weiß ich, warum – aus Eifersucht sein Labor, und jetzt versöhnen sie sich gerade im Whirlpool eines edlen Hotels. Felix, du forschst weiter im Internet. Und Michael spricht mit allen Personen, die gestern im ›Frankfurter Hof‹ gewohnt haben und deren Name mit einem ›B‹ beginnt. Ich finde heraus, woran der Herr Doktor eigentlich gearbeitet hat. Wir treffen uns in vierundzwanzig Stunden wieder hier, also morgen um die gleiche Zeit. Viel Erfolg!«

* * *

Als Natalie Gude am nächsten Morgen ins Polizeipräsidium kam, saß vor ihrem Büro ein kleiner, etwa sechzigjähriger Mann in einem cremefarbenen Mantel und guckte sie fragend an. Unwillkürlich fiel ihr Blick auf die feinen italienischen Designer-Schuhe des Wartenden, auf deren matter Oberfläche ein geschwungenes Kreuz eingeprägt war. Bevor sie etwas sagen konnte, stand der Mann auf. »Hauptkommissarin Gude?«

Sie nickte und stellte fest, dass der Mann ihr kaum bis zur Nasenspitze reichte. Doch seine wachsamen dunklen Augen unterzogen sie einer eindringlichen Prüfung. Ruhig und konzentriert. Kurz darauf ging ein Lächeln über sein Gesicht, als wäre er mit dem Ergebnis zufrieden.

»Graf Baresi«, stellte er sich mit einem charmanten italienischen Akzent vor und reichte ihr die Hand. »Augusto Baresi. Hätten Sie einen Augenblick Zeit für mich?«

Die Hauptkommissarin nickte wieder und deutete auf ihr Dienstzimmer. Blitzschnell ergriff der Besucher die Klinke und hielt ihr höflich die Tür auf. Verblüfft stellte Natalie Gude fest, dass sie trotz ihrer ihr selbst von neidischen Kollegen zugestandenen Menschenkenntnis im Augenblick keine Ahnung hatte, was sie von diesem eigenartigen Besucher halten sollte. Neugierig ging sie an ihm vorbei in ihr Zimmer und nahm direkt auf ihrem Stuhl Platz. »Was kann ich für Sie tun, Graf Baresi?«

Er hob abwehrend die Hände. »Sie können mitnichten etwas für mich tun. Ich hoffe, dass ich etwas für Sie tun kann. Der Portier des ›Frankfurter Hofes‹ hat mir heute Morgen mitgeteilt, dass einer Ihrer Mitarbeiter – ein Kommissar Wege – eine Person sucht, deren Namen mit ›B‹ anfängt und die gestern eine Verabredung mit Dr. Artorek hatte.«

Er legte kokett die Hände zusammen. »Nun, ich denke, ich bin diese Person. Und da mir Diskretion sehr wichtig ist, bin ich lieber selbst zu Ihnen gekommen, bevor jemand, nun sagen wir, etwas von Ihrer Suche mitbekommt.«

Natalie Gude beugte sich nach vorne: »Wann waren Sie denn mit Herrn Artorek verabredet?«

Der Graf zog einen Kalender aus Ziegenleder hervor. »Um 13.00 Uhr. Wenn ich mich recht erinnere … Ja. Es war 13.00 Uhr. Er hatte um dieses Treffen gebeten, und wir haben miteinander im ›Frankfurter Hof‹ zu Mittag gegessen.«

»Wissen Sie, dass Dr. Artorek verschwunden ist?«

Der Besucher sah erschrocken auf. »Verschwunden? Was meinen Sie mit ›verschwunden‹?«

Natalie Gude beobachtete ihr Gegenüber genau, während sie langsam sagte: »Nun, sagen wir lieber: Wir wissen nicht, wo er ist. Was wir wissen, ist, dass sein Labor gestern Nachmittag völlig verwüstet wurde. Das legt den Verdacht nahe, dass er möglicherweise entführt wurde.«

Sie kratzte mit den Fingernägeln auf dem Schreibtisch, um den Grafen noch mehr aus der Ruhe zu bringen. »Offensichtlich sind Sie der Letzte, der ihn gesehen hat.«

Graf Baresi rutschte auf seinem Stuhl nach hinten, als wolle er eine größtmögliche Distanz zur Hauptkommissarin erreichen. Er wirkte, als hätte ihn die Nachricht vom Verschwinden des Wissenschaftlers zutiefst getroffen.

Unvermittelt sagte er mit brüchiger, fast aggressiver Stimme: »Dr. Artorek ist ein Genie! Ein einzigartiges Genie! Und zugleich ein Wahnsinniger. Einer dieser seltsamen Menschen, die die Zukunft der Welt in der Hand halten und damit nicht verantwortlich umzugehen wissen.« Er schluckte. »Ich weiß gar nicht, was ich sagen soll. Um ehrlich zu sein, ich weiß nicht einmal, ob ich mich über das, was Sie mir mitgeteilt haben, freuen oder entsetzen soll?«

Die Hauptkommissarin erhob sich. Sie zog in aller Ruhe ihre Jacke aus, hängte sie hinter sich an den Garderobenhaken, der die Form einer Polizeikelle hatte, und sagte dann, ohne ihren Gast anzusehen: »Wenn ich Sie verstehen soll, müssen Sie schon ein bisschen deutlicher werden. Warum ist Dr. Artorek ein Genie? Und in welcher Funktion haben Sie mit ihm gesprochen?«

Augusto Baresi zögerte. Ein Muskel an seinem Hals zuckte unkontrolliert. Mehr als zwei Minuten sagte er nichts. Knetete nur seine Hände. Schließlich schien er sich zu einem Entschluss durchgerungen zu haben. Er senkte die Stimme. »Kann ich mich darauf verlassen, dass nichts von dem, was ich Ihnen sage, jemals an die Öffentlichkeit dringen wird? Hören Sie: nichts, aber wirklich gar nichts!« Sein Blick wirkte fast bedrohlich.

Natalie Gude tat, als sähe sie aus dem Fenster, beobachtete dabei aber in der Scheibe das Spiegelbild des Grafen. Leise erwiderte sie: »Sollten Sie mir etwas mitteilen, was für das Wiederfinden Dr. Artoreks oder ein eventuelles Gerichtsverfahren relevant ist, dann kann ich Ihnen das nicht versprechen. Wenn es um persönliche Fakten aus Ihrem Gespräch geht, dann brauchen Sie keine Sorgen zu haben.«

Bei dem Wort »Gerichtsverfahren« war der Graf zusammengezuckt. Jetzt schien er sich wieder unter Kontrolle zu haben. Mit geschulter Artikulation sagte er: »Sie werden gleich verstehen, warum ich darauf bestehen muss. Ich bin seit einigen Jahren Diplomat des Vatikans.« Er hob etwas zu weich die Hand vor seine Brust. »Wenn Sie so wollen: der oberste Diplomat.«

Die Visitenkarte, die Baresi aus seiner Brusttasche zog und auf den Schreibtisch der Hauptkommissarin legte, war Italienisch und zeigte das Wappen des Kirchenstaats.

»Ich will Sie nicht mit Hierarchien langweilen, aber ich arbeite direkt mit den Beratern des Papstes zusammen – bisweilen mit ihm persönlich. Sie begreifen sicherlich, warum ich auf Ihre Verschwiegenheit zählen muss. Und wenn ich Ihnen gleich von meinem Gespräch mit Dr. Artorek berichtet habe, werden Sie auch nachvollziehen können, warum von all dem niemals ein Wort an die Öffentlichkeit dringen darf. Niemals. Das wäre ... nein, es darf einfach nicht passieren! Niemals! Haben wir uns verstanden?«

Er saß jetzt sehr aufrecht auf seinem Stuhl, und sein Ton war schneidend geworden. Doch als er weitersprach, klang seine Stimme wieder sachlich. »Dr. Artorek hat vor einer Woche den Vatikan kontaktiert. Und was er uns schrieb, schien dem Heiligen Vater von solcher Wichtigkeit, dass er mich direkt hierher sandte.«

Abrupt sah er der Hauptkommissarin direkt in die Augen. »Verstehen Sie etwas von Molekularbiologie?«

Natalie Gude erwiderte den Blick ihres Gegenübers, ohne sich aus der Ruhe bringen zu lassen. »Nicht viel. Erklären Sie mir, was ich wissen muss.«

Graf Baresi lächelte, obwohl er offensichtlich erregt war. »Tja, wo soll ich anfangen? Haben Sie schon einmal davon gehört, dass der Wissenschaftler Charles Hartshorne erklärt hat, der Mensch sei das einzige ›religiöse Tier‹ auf Erden? Das Ausnahmewesen, das sich für Glauben interessiert? Oder anders ausgedrückt: die einzige Lebensform, die das

Transzendente erkennt? Nun, Tatsache ist: Er hat Recht. Und das beschäftigt die Wissenschaftler natürlich schon seit langem. Warum glauben Menschen eigentlich?«

Er strich sich fahrig die wenigen Haare am Kopf nach hinten und richtete seinen Oberkörper auf. »Wie zu erwarten, wird diese Frage sehr kontrovers diskutiert. Die einen vertreten die Auffassung: ›Es gibt einfach deshalb Glauben, weil sich Gott den Menschen offenbart hat.‹ Die anderen kontern: ›Religion ist etwas, was dem Menschen im Blut liegt. Er sucht zur eigenen Beruhigung nach Erklärungen für das Unerklärliche‹. Ist Glaube also etwas wahrhaft Göttliches oder etwas ganz Menschliches?«

Er rümpfte die Nase. »Verständlicherweise versuchen die Vertreter der zweiten Option alles, um ihre schlichten humanistischen Theorien mit wissenschaftlichen Fakten zu untermauern. Vor allem in der Biologie.«

Erfreut stellt der Graf fest, dass er dass Interesse seiner Zuhörerin gewonnen hatte.

»Nun, dass Religiosität etwas mit körperlichen Prozessen zu tun hat, weiß man natürlich schon länger. Aber seit einigen Jahren wird in diesem Bereich sehr intensiv geforscht. Statistiken belegen zum Beispiel, dass gläubige Menschen im Durchschnitt sieben Jahre länger leben als ungläubige. Was mir persönlich sehr gefällt!« Ein missglücktes Lachen unterbrach seine Ausführungen. Doch er hatte sich schnell wieder unter Kontrolle.

»Ich hole ein wenig aus, damit Sie die Zusammenhänge verstehen. In den sechziger Jahren verabreichte der Arzt und Theologe Walter Pahnke einigen Probanden in Harvard die Droge Psilocybin und konnte nachweisen, dass die jungen Leute dadurch eindeutig intensivere spirituelle Erfahrungen machten als die Mitglieder einer mit Placebos versorgten Kontrollgruppe. Für die Theologie war das ein kleiner

Schock. Konnte es sein, dass Glaube lediglich ein chemisch erklärbarer Vorgang ist?

Jedenfalls wurden die Forschungen in verschiedenste Richtungen weitergeführt. Ich nenne Ihnen nur ein aktuelles Projekt: Neurologen haben in den letzten Jahren mehrfach betende Nonnen in Kernspintomografen geschoben und dabei eindeutig eine verstärkte Aktivität in den vorderen Hirnregionen beobachtet. Wie beim Meditieren werden auch beim Beten anscheinend all die Areale im Gehirn deaktiviert, die für unsere Orientierung zuständig sind. So entsteht das geistliche Gefühl des Schwebens und des Losgelöstseins. Auch das ist für die Kirche nicht unbedingt hilfreich. Denn leider gilt ja: Alles, was man erklären kann, verliert seine spirituelle Kraft. Dafür braucht es dann offensichtlich auch keine Theologie und keine überirdische Dimension mehr.

Ich hoffe, ich trete Ihnen nicht zu nahe, wenn ich der Vollständigkeit halber noch erwähne, dass laut einer amerikanischen Studie religiöse Frauen beim Geschlechtsverkehr signifikant häufiger zum Orgasmus kommen als Atheistinnen. Außerdem sind sie seltener krank und so weiter.«

Er sprach jetzt sehr eindringlich: »All diese mehr oder weniger stichhaltigen Studien sind in den Hintergrund getreten, seit die Forschung derart rasante Fortschritte bei der Entschlüsselung der menschlichen DNA macht. Seither beschäftigt manche Wissenschaftler nur noch eine Frage: Existiert so etwas wie ein ›Gottes-Gen‹? Existiert ein Gen, das für die Religiosität eines Menschen von entscheidender Bedeutung ist und seinen Glauben quasi biologisch bestimmt?«

Natalie Gude unterbrach den Grafen. »Gibt es nicht ein Buch mit diesem Titel?«

Baresi nickte anerkennend. »Richtig. Und damit kommen wir zu meinem Gespräch mit Dr. Artorek. Das Buch ›Das Gottes-Gen‹ hat weltweit Aufsehen erregt, weil Dean

Hamer, der Chef der Genforschungsabteilung im Nationalen Krebsinstitut der USA, darin behauptet, die Fähigkeit zum religiösen Glauben sei ganz offensichtlich in den Genen verankert und damit erblich.«

Baresi referierte jetzt etwas herablassend: »Hamer hat Befragungsbögen von Alkoholikern mit deren Gen-Analysen verglichen und dabei festgestellt, dass alle Personen, die viel von ihrem Glauben erzählen, eine markante genetische Übereinstimmung haben. Und zwar bei einem Gen mit dem Namen ›VMAT2‹. Dieses Gen stellt einen Botenstoff her, der innerhalb des Gehirns Dopamin transportiert.« Er lächelte aufmunternd.

»Ich hoffe, Sie haben noch genügend Erinnerungen an Ihren Biologieunterricht in der Oberstufe, denn jetzt wird es wirklich interessant. Hamer behauptet, dass alle Personen, die in diesem Gen an einer bestimmten Stelle statt des Bauelementes Adenin den Baustein Cytosin haben, signifikant religiös seien, während die anderen wenig Interesse an Glauben hätten. Ich zitiere: ›Eine einzige Änderung in einer bestimmten chemischen Base in der Mitte des Gens scheint direkt verknüpft mit der Fähigkeit, sich selbst zu transzendieren.‹ Wenn das stimmen sollte, wäre es eine Sensation und eine Katastrophe zugleich.«

Nachdenklich setzte sich die Hauptkommissarin wieder auf ihren Stuhl. »Und wie überzeugend ist diese These?«

Der Graf hob den Kopf. »Natürlich ist sie sehr umstritten. Nicht nur bei Theologen. Schließlich hat sie als Ausgangspunkt nur eine auffällige Beziehung zwischen zwei Datenreihen: hier die befragten Alkoholiker, da die genetischen Kennzeichen. Das ist so, als würden Sie eine Korrelation zwischen dem Rückgang der Störche und der Geburtenrate in Deutschland herstellen. Weil es immer weniger Störche gibt, werden halt immer weniger Kinder geboren.

Da ist Hamer angreifbar. Außerdem darf man nicht vergessen, dass Glaube eine komplexe menschliche Erfahrung ist, die von vielen, sehr unterschiedlichen Faktoren abhängt.«

Sein Tonfall wurde härter. »Trotzdem sollte man so eine Untersuchung nicht auf die leichte Schulter nehmen. Schließlich existieren Zwillingsstudien, die eindeutig belegen, dass Zwillinge, die bei der Geburt getrennt wurden und in verschiedenen Elternhäusern aufwuchsen, ein nahezu identisches Religionsverhalten zeigen.«

Graf Baresi unterbrach seinen Vortrag und schaute die Hauptkommissarin erwartungsvoll an, als hoffe er auf weiterführende Fragen ihrerseits. Sie tat ihm den Gefallen aber nicht. Stattdessen strich sie sich über die Nase. »Warum erzählen Sie mir das alles?«

Ihr Gegenüber warf einen kurzen Blick auf die Skyline Frankfurts. »Ganz einfach. Weil es genau das ist, was mir Dr. Artorek gestern im Restaurant erzählt hat. So, wie Sie jetzt mir zuhören, habe ich gestern ihm zugehört. Natürlich waren mir einige seiner Ausführungen schon aus Publikationen bekannt. So im Zusammenhang hatte ich sie aber noch nie gehört.«

Er beugte sich vertraulich nach vorn. »Diese Gen-Geschichte ist natürlich ein Thema, über das die Kirchen nicht besonders gerne reden und nachdenken. In Deutschland gibt es zum Beispiel keinen einzigen Lehrstuhl für Religionspsychologie. Wir wollen uns mit solchen Fragen nicht auseinandersetzen. Weil es für die Theologie unfassbar wäre, wenn man etwa belegen könnte, dass nicht alle Menschen die gleiche Chance haben, zu Gott zu kommen. Verstehen Sie? Unser Gottesbild würde völlig zusammenbrechen. Glaube – eine von Genen bestimmte Prägung? Damit könnten wir nicht umgehen. Wir sind gegenwärtig ja nicht einmal in der Lage, die sozialen Faktoren in der geistlichen

Entwicklung von Menschen angemessen zu berücksichtigen. Darum sitzen ja auch nur ganz ausgewählte Milieus in unseren Gottesdiensten. Bildungsbürger und Liebhaber von Geselligkeit. Aber ich weiche ab.

Was ich Ihnen sagen will, ist Folgendes: Theologen neigen dazu, die wissenschaftlichen Erkenntnisse, von denen sie infrage gestellt werden, zu ignorieren, und diejenigen, die sie bestätigen, aufzubauschen. Wir leugnen unangenehme Ergebnisse, so, wie wir zu lange geleugnet haben, dass die Erde rund ist – und feiern lieber, wie nette Studien belegen, dass das Vertrauen auf eine höhere, transzendente Wirklichkeit ein wirksamer Faktor im Überlebenskampf ist. Zu deutsch: Wer glaubt, hat Zukunft!«

Erschöpft lehnte sich Baresi zurück.

Natalie Gude genoss den kurzen Moment der Ruhe, in dem sie ihre Gedanken auf Reisen schicken konnte. Schließlich wusste sie, was sie fragen musste. »Hat dieser Dr. Artorek etwa bewiesen, dass Hamer Recht hat?«

Der Diplomat biss sich auf die Lippen und schüttelte leicht den Kopf. »Schlimmer!«

Das Telefon klingelte, aber die Hauptkommissarin ignorierte es. »Was schlimmer?«

Der Graf stand auf. »Er sagte mir, er könne nicht nur beweisen, dass Hamers Vermutungen stimmen, er habe auch noch zwei weitere Triplets entschlüsselt, die für den Glauben genauso prägend sind. Diese drei Gene seien definitiv der Schlüssel zu aller Religiosität.«

Er griff sich mit der Hand an die Stirn. Für einen Moment verspürte Natalie Gude das Bedürfnis, ihn zu trösten.

»Ich verstehe, was das für Sie bedeutet.«

Kalt und schrill schallte die Stimme Baresis durch das Büro. »Sie verstehen nichts! Überhaupt nichts! Soll ich Ihnen sagen, worum es wirklich geht? Dieser geisteskranke

Wissenschaftler hat nicht nur die drei Glaubensgene lokalisiert, er hat auch eine Tablette entwickelt, deren Wirkstoffe in der Lage sind, diese Gene gezielt zu verändern. Schwupps, eine kleine Tablette eingeworfen, und schon wird aus einem Atheisten ein gläubiger Mensch. ›Gentherapie vom Feinsten‹ nannte er das, dieser Gestörte.«

Die Hauptkommissarin musste sich aufstützen. Trotzdem sagte sie kontrolliert: »Wie soll das denn funktionieren? Keine Tablette kann in den genetischen Code eingreifen.«

Der Graf machte einen Schritt auf sie zu und beugte sich über die Schreibtischkante nach vorne. Fast verschwörerisch flüsterte er: »Es ist eine Art Virus. Ein mutierter Grippevirus. Normalerweise nisten sich Viren ja in der DNA ein und bringen diese dazu, sie zu reproduzieren. Eine perfide Form der Vermehrung. Die Viren von Dr. Artorek aber wollen sich gar nicht vermehren, sie wollen nur eines: die Glaubens-Triplets verändern.«

Er hob entgeistert die Arme. »Artorek hat Studien mit Mäusen und Ratten gemacht – und einen Selbstversuch. Das Ergebnis ist eindeutig. Ich habe die Auswertungen gesehen. Diese Viren sind in der Lage, die DNA zu manipulieren und die entsprechenden Bausteine auszutauschen.« Er spuckte die Worte jetzt fast aus: »Es ist wie ein Fluch. Der reine Wahnsinn!«

Er ließ sich schwer zurück auf den Stuhl fallen und starrte die Hauptkommissarin fassungslos an. Sie zog die Augenbrauen zusammen. »Eine Tablette, die aus Ungläubigen Gläubige macht. Ich verstehe noch nicht ganz, wo da das Problem liegt. Das müsste Ihnen doch eigentlich gefallen.«

Graf Baresi antwortete so weinerlich, dass er kaum zu verstehen war. »Sie haben offensichtlich keine besonders hohe Meinung von der Kirche. Und ich will es gar nicht leugnen: Wir haben im Lauf der Jahrhunderte einiges falsch gemacht. Das wissen wir selbst. Aber diese Fehler waren meist die Folgen von religiösem Fanatismus. Menschen wollten alles tun, um andere zu Gott zu bringen. Wenn dieser Gott aber nichts anderes wäre als eine von drei Basen in der DNA bestimmte Einbildung, dann wäre alles vergeblich. Dann ginge es nur noch um die sinnlose Rettung einer sinnentleerten Institution. Zu so etwas Schändlichem wären wir gewiss nicht in der Lage.«

Ein Ruck ging durch seinen Körper, und plötzlich saß wieder der geschulte Diplomat vor der Hauptkommissarin. Er sprach, als hätten seine Worte auf Eis gelegen.

»Sie wollten wissen, worum es in unserem Gespräch ging. Nun, hier ist die Antwort: Artorek will zehn Prozent der Kirchensteuer haben. Zehn Prozent der weltweiten Kirchensteuer. Dann ist er bereit, seine Forschungen zu ›vergessen‹, wie er es ausdrückte. Zehn Prozent! Das ist wahrscheinlich die größte Summe, die jemals bei einer Erpressung gefordert wurde.«

»Dr. Artorek hat sie erpresst? Aber womit?«

»Womit? Womit? Habe ich Ihnen das nicht klargemacht? Wenn bekannt würde, dass jeder Glaube, ja, jede Form von Religiosität genetisch veranlagt ist, braucht man Gott nicht mehr. Alles Überirdische wäre reduziert auf ein paar Gene. Und das hätte schreckliche Folgen. Die Menschen nähmen Glauben nur noch als biologisch selbstverständliche Spielerei wahr. Sie würden sich als Seelentrost eine irgendwie geartete Religiosität zusammenbasteln. Weil's der Körper eben braucht. Von jeder Religion ein bisschen und fertig. Das passiert ja ohnehin schon. Aus gelebtem Christentum wird viel zu oft der Glaube an irgendeine schwammige, abstrakte, höhere Macht. Und wenn es stimmt, dass ein Transzendenzbewusstsein insgesamt für das Dasein eines Menschen förderlich ist, werden sich auch Leute finden, die diese Tabletten herstellen und genügend Käufer damit versorgen.«

Der Graf lockerte seine Krawatte, als bekäme er nicht ausreichend Luft. »Das ist aber alles nur die Spitze des Eisbergs. Sie hätten diesen arroganten, widerlichen Wissenschaftler sehen sollen. Er saß vor mir, grinste mich siegessicher an und sagte dann mit besonders höflichen Worten: ›Graf Baresi, ich vermute, dass Sie nicht wirklich begriffen haben, warum ich es wage, mit derartigen Erwartungen an Sie heranzutreten. Sehen Sie: Wir haben die Möglichkeit, mit diesen Viren Menschen so zu infizieren, dass sie religiös werden. Wobei ich Ihnen noch eines sagen wollte: Sie können die Viren sogar in Abendmahlsoblaten einbacken. Ich habe es ausprobiert. Das wäre doch nett für alle Erstkommunionskinder.‹

Er gluckste einige Sekunden lang, während er eine kleine, grünlich schimmernde Tablette hochhielt. Dann griff er in seine Tasche und holte eine zweite Tablette heraus, die exakt die gleiche Form hatte, aber rötlich glitzerte. Er hielt sie vor sich, als wolle er die Wandlung beim Abendmahl zelebrieren.

›Nun, Graf, falls wir uns nicht einig werden, könnten wir natürlich auch diese Viren hier in der Welt verbreiten. Denn was in der einen Richtung funktioniert, funktioniert selbstverständlich auch in der anderen. Schauen Sie sich dieses kleine Meisterwerk an. Es lässt alle Menschen atheistisch werden. Eben noch ein frommer Kirchensteuerzahler, jetzt ein Ausgetretener. Wir könnten das Virus – das wir übrigens auch in einer hoch ansteckenden Variante gezüchtet haben – in wenigen Wochen über die ganze Welt verbreiten.‹

Dann erhob sich dieses Schwein und nickte mir abschließend zu. ›Es wäre schön, wenn der Papst sich bald entscheiden könnte. Ich habe nämlich in nächster Zeit noch einige Termine. Mit dem lutherischen Weltbund, dem Dalai Lama, mit den höchsten Vertretern des Islam, mit dem Oberrabbiner in Jerusalem … Sie können sich sicher denken, warum. Bis nächste Woche bleibt unsere Forderung bei zehn Prozent der Weltkirchensteuereinnahmen, danach steigt der Betrag jede Woche um weitere fünf Prozent. Sie sollten also schnell zu einer Antwort kommen. Und entscheiden Sie klug! Wir wären gar nicht froh, wenn die Religionen der ganzen Welt zusammenbrächen. Was das für unangenehme Folgen hätte! Wir freuen uns sogar sehr, wenn die Menschheit ihre Spiritualität behält. Wir wollen nur ein wenig von dieser kleinen biologischen Schwäche profitieren.‹ Dann lachte er dreckig und ging. Seitdem habe ich ihn nicht mehr gesehen.«

* * *

Natalie Gude brauchte fünfzehn Minuten, um ihre Mitarbeiter auf den neusten Stand zu bringen. Danach herrschte erst einmal betretenes Schweigen.

Xenia Aksamovic malte kleine Kreuze auf ihren Block und flüsterte irgendwann: »Für mich hat dieser Graf Baresi ein wirkliches starkes Motiv, Artorek verschwinden zu lassen.«

Die Hauptkommissarin räusperte sich und sagte: »Er hat natürlich ein Alibi. Beim Essen haben ihn die Kellner gesehen, und direkt im Anschluss an das Gespräch war er mit seinem Chauffeur und seinem Sekretär beim Bischof. Dutzende von Zeugen. Außerdem ist er Diplomat und genießt Immunität. Bevor wir uns an so einem die Finger verbrennen, sollten wir sehr sorgfältig überlegen, was es bringt.«

Wege schüttelte den Kopf und zeigte auf das Bild der zerstörten Räumlichkeiten, das an der Wand hing. »So jemand dringt ohnehin nicht selbst in ein Labor ein und verwüstet es. Wenn er etwas damit zu tun hat, dann, weil er andere beauftragt hat, sich um den Erpresser zu kümmern.«

»Aber warum hat Graf Baresi uns die ganze Geschichte erzählt? Er hätte sich doch irgendwas anderes ausdenken können. Was weiß ich, irgendeine absurde kleine Story: Artorek hat mithilfe eines Gen-Testes einen Priester einer Vaterschaft überführt oder so was. Deshalb wollte er sich mit ihm treffen. Warum sagt er uns stattdessen die Wahrheit?« Böhlisch blickte erwartungsvoll in die Runde.

Seine Chefin zuckte mit den Schultern. »Vielleicht, weil er ein Mann der Kirche ist. Da soll es ja auch ganz anständige Typen geben ...«

Böhlisch unterbrach sie. »Wer's glaubt, wird selig!«

»Nathalie!« Xenia Aksamovic beugte sich vor. »Du hast, als du euer Gespräch wiedergegeben hast, immer von ›wir‹ gesprochen. Also, nicht du, sondern Dr. Artorek hat immer von ›wir‹ gesprochen. Er hat also nicht allein gearbeitet.«

Natalie Gude machte sich eine kurze Notiz. Dann nickte sie. »Das habe ich den Grafen natürlich auch gefragt. Aber er konnte mir nicht viel dazu sagen. Angeblich hat Dr. Artorek zu Beginn erwähnt, dass er mit einem Kollegen zusammenarbeitet. Das muss aber nichts bedeuten. Vielleicht wollte er sich nur absichern, damit ihm nichts zustößt.«

»Hat ja nicht geklappt. Zumindest sieht das Labor ziemlich übel aus.« Felix Böhlisch hob die Hand. »Bevor ich es vergesse, vorhin hat sich die Streife gemeldet, die vor dem Haus steht. Eine junge, nach Aussage des Beamten äußerst attraktive Frau wollte in die Wohnung von Artorek. Als sie die Polizisten bemerkte, ist sie abgehauen.«

Die Hauptkommissarin fluchte. »Wie bitte? Schon wieder eine Zeugin verschwunden? Was sind denn das alles für Idioten?«

Der Assistent legte die Hände zusammen. »Wir konnten immerhin ein Phantombild erstellen. Und wer hätte das gedacht: Es ist die Frau, die der Nachbar mehrfach gesehen hat. Er hat sie eindeutig wiedererkannt. Ich gehe mal davon aus, dass es sich um die Freundin unseres verschwundenen Erpressers handelt.«

»Und warum rennt sie dann weg?«, fragte Xenia Aksamovic.

»Keine Ahnung. Vielleicht wusste sie, mit welch mächtigen Institutionen sich ihr Liebster anlegen wollte.« Genervt atmete Böhlisch aus.

In diesem Moment fing Xenia an zu weinen.

»Was ist los?« Natalie legte ihr die Hand auf die Schulter.

Die Beamtin wischte sich unwillig die Tränen aus den Augen. »Ach, mich nimmt das sehr mit. Ich bin in der Kirche, seit ich ein kleines Kind war. Für mich gehören die Firmung und meine kirchliche Trauung zu den bewegendsten Momenten meines Lebens. Und ich war … nein, ich bin mir so sicher, dass es Gott gibt. Er ist doch da. Ich habe so viel Mut und Hoffnung aus meinem Glauben geschöpft. Aber wenn es stimmt, dass Religiosität nur die Folge einer genetischen Veranlagung ist, dann … Ach, ich weiß auch nicht. Ich fühle mich auf einmal sehr einsam in unserem Universum. Klingt blöd, oder?« Sie versuchte zu lächeln.

Die Hauptkommissarin streichelte sie. »Nein, das tut es nicht. Ich wünschte, ich hätte so viel Gottvertrauen wie du. Aber deine Reaktion zeigt nur, wie heikel diese Geschichte ist und welche Konsequenzen es hätte, wenn das alles bekannt würde.«

Sie ließ ihren Blick über das Team schweifen: »Ich weiß zwar, dass es überflüssig ist, euch das zu sagen, aber für unseren Fall gilt selbstverständlich die höchste Geheimhaltungsstufe. Und das meine ich sehr ernst. Kein Wort darüber zu irgendjemandem. Auch nicht zu euren Partnerinnen oder Partnern. Wir dürfen nicht das geringste Risiko eingehen.«

Müde strich sie ihre roten Haare aus dem Gesicht. »Außerdem habe ich entschlossen, dass wir diesen Fall an das BKA abgeben, wenn wir nicht bis morgen um 12.00 Uhr irgendeine Spur haben, die uns wirklich weiterbringt.«

Sie wehrte den aufbrausenden Protest mit einer kurzen Handbewegung ab und sagte in die Unruhe hinein. »Das Ding ist einfach eine Nummer zu groß für uns. Zehn Prozent der weltweiten Kirchensteuereinnahmen. Habt Ihr eine Ahnung, wie viele Milliarden das sind? Jetzt beruhigt euch mal. Ihr habt ja bis morgen Zeit. An die Arbeit.«

* * *

Als um 6.20 Uhr das Telefon klingelte, war es noch dunkel, und Natalie Gude hatte das Gefühl, sie sei eben erst eingeschlafen. Sie brauchte einen Moment, um zu sich zu kommen, dann griff sie nach dem Hörer. »Gude!«

Ein schriller Schrei prallte an ihr Ohr. »Ich mache Sie fertig! Sie und Ihr ganzes Team!«

Die gebrüllten Worte taten physisch weh. Die Polizistin hielt den Hörer weit vom Kopf weg. »Wie bitte? Wer spricht denn da?«

»Ich habe Ihnen doch wohl deutlich gesagt, was passiert, wenn Sie Ihren Mund nicht halten können. Sie … Sie verantwortungsloses Geschöpf haben möglicherweise den Untergang der christlichen Kirche zu verantworten! Wollen Sie so zu Weltruhm kommen? Wollten Sie's der Kirche mal so richtig zeigen? Oder konnten Sie einfach Ihre dumme Klappe nicht halten? Dabei dachte ich, Sie seien eine vernünftige Frau …«

»Wer spricht denn da? Und wovon reden Sie eigentlich?«

Die Stimme stockte. Dann sagte sie schneidend: »Graf Baresi. Ich empfehle Ihnen, mal einen Blick in die heutige

›Bild-Zeitung‹ zu werfen. Auch wenn das wahrscheinlich Ihr letzter dienstlicher Gang sein wird.«

Erst als das Besetzt-Zeichen kam, begriff Natalie Gude, dass der Anrufer aufgelegt hatte. Die Gedanken stolperten durch ihren Kopf. Sie streifte sich ihren Bademantel über und lief mit nackten Füßen zum nächsten Kiosk, der fünfhundert Meter von ihrer Wohnung entfernt lag. Schwer atmend blieb sie vor den Zeitungen stehen und zuckte zusammen, als sie die fette Schlagzeile las.

»Der Gottes-Schnupfen! Kommt nach der Vogelgrippe jetzt die heilige Erkältung, die uns alle fromm macht? Lesen Sie auf Seite 3.«

Auf Seite 3 stand ein zusammengestauchter Bericht über das Verschwinden von Dr. Artorek und seine Forschungsarbeit. Alles Informationen, die ausschließlich ihrem Team bekannt waren. Gehässig fragte der Journalist am Ende, ob die Kirchen damit nicht endgültig ausgedient hätten. Sie könnten vielleicht noch als Heimatstätte für die allgemeine religiöse Bedürfnisbefriedigung dienen, einen echten geistlichen Auftrag hätten sie aber wohl nicht mehr.

Die Hauptkommissarin war so unter Spannung, dass sie unbewusst die Zeitung zerknüllte.

»He!«, rief der Mann aus dem Kiosk. »Würden Sie bitte erst bezahlen, bevor Sie die Zeitung lesen und zerstören.«

Natürlich fand sie in den Taschen ihres Bademantels kein Geld. »Ich bin von der Polizei.«

»Klar, und ich bin Rumpelstilzchen. Darf ich Ihren Ausweis sehen?«

Natalie Gude rannte los. »Ich bringe Ihnen heute Mittag das Geld.«

Die Flüche des Mannes hallten ihr lange nach.

* * *

In der Geschichte des Frankfurter Polizeipräsidiums hatte es noch nie eine Pressekonferenz gegeben, bei der derartig viele Journalisten und Kameras anwesend waren. Schon Stunden vorher hatten sie die Eingänge blockiert und forderten lautstark nähere Details zu den »ungeheuerlichen Enthüllungen«, wie sie es nannten.

Natalie Gude und ihr Team hatten den Fall abgenommen bekommen und beobachteten den Trubel aus dem zweiten Stock.

In der letzten Besprechung der Einsatzgruppe, die die Hauptkommissarin um 7.00 Uhr eingerufen hatte, war keiner der Anwesenden bereit gewesen, zuzugeben, dass er irgendwelche Details an die Presse verraten hatte. Alle wiesen eine solche Verletzung der Vorschriften entsetzt von sich. Doch plötzlich lag eine kalte Stimmung des gegenseitigen Misstrauens im Raum, die ein weiteres gemeinsames Arbeiten ohnehin unmöglich machte. Xenia Aksamovic weinte. Felix Böhlisch schmollte. Und Michael Wege versuchte mit vielen Worten zu erklären, warum er es gar nicht gewesen sein könne.

Um 7.15 Uhr betrat der Polizeipräsident das Sitzungszimmer, verlangte die sofortige Übergabe der Akten und machte der Hauptkommissarin vor den Augen ihrer Mitarbeiter schwere Vorwürfe, weil sie die Tragweite des Falles falsch eingeschätzt habe.

Um 7.30 Uhr stand das erste Fernsehteam vor der Tür.

Um 12.00 Uhr begann die Pressekonferenz, und sie verlief für die Journalisten äußerst befriedigend. Der Sprecher der Behörde gab in groben Zügen den Stand der Ermittlungen wieder. Er verwies auf die Forschungen von Dean Hamer und Dr. Artorek, erklärte die Bedeutung dieser neuen wissenschaftlichen Studien – und gestand ein, dass die Polizei bezüglich der möglichen Entführung noch keine ernst zu nehmende Spur verfolge. Immerhin stellte er der Presse das Phantombild der vermeintlichen Freundin zur Verfügung und bat die Bevölkerung um Mithilfe.

Um 14.00 Uhr kam in der ARD die erste Sondersendung: »Influenza Sakra – die heilige Krankheit: Gene und Glauben«.

Scharenweise einberufene oder selbst ernannte Experten diskutierten von da an auf allen Kanälen über die Frage, ob Artorek tatsächlich derart revolutionäre Forschungsergebnisse vorzuweisen habe oder ob er nur ein guter Blender sei.

Geistliche aller Konfessionen standen hinter gestylten Tischen und beriefen sich salbungsvoll auf die Bibel, auf eigene tiefe Glaubenserfahrungen oder auf den grundsätzlichen Wert der christlichen Gemeinschaft. Aber natürlich wichen sie alle der Frage nach dem möglicherweise menschlichen Ursprung all dieser Überlieferungen und Traditionen aus.

Ein Bischof aus dem Osten Deutschlands wies unter Tränen darauf hin, dass auch ein genetisch veranlagtes Christentum einen institutionellen Rahmen bräuchte. Allerdings wisse er natürlich nicht, wie das funktionieren solle.

Und selbstverständlich kamen zahllose Religionskritiker zu Wort, die sich in ihrer Meinung bestätigt sahen, dass die kirchlichen Institutionen von Anfang an nur eine Erfindung machtbesessener Betrüger gewesen seien. Ein seines Amtes enthobener Theologieprofessor schlug sogar vor, die Kirchen mit sofortiger Wirkung aufzulösen. Er rief die Deutschen dazu auf, geschlossen aus der Kirche auszutreten.

Psychologen, Molekularbiologen, Kriminologen, Soziologen, Evangelikale und die üblichen Medienverdächtigen spekulierten eifrig mit den Moderatoren herum, welche Folgen die Entdeckungen nun haben könnten, oder brüllten sich in Diskussionsrunden unfein an. Selbst ein christlicher Kabarettist wurde befragt, ob er denn noch etwas zu sagen hätte, wenn sich sein Lieblingsthema in absehbarer Zeit erübrigt haben sollte.

Um 16.00 Uhr weigerte sich der Vatikan noch immer, eine offizielle Stellungnahme abzugeben.

Um 18.00 fand in Frankfurt auf dem Römer und vor der Paulskirche die erste von den Kirchen einberufene Großdemonstration statt. Laut Angaben der Kirche kamen 120 000 Menschen zusammen. Die Polizei sprach zwar nur von maximal 60 000 Gläubigen, an ein Durchkommen war aber nicht mehr zu denken. Hochrangige Vertreter der Evangelischen Kirche in Deutschland und der Katholischen Bischofskonferenz sprachen sich auf der Bühne gegen die »Zerstörung des Heiligen« aus, wie ein Redner es formulierte. Das Reduzieren der menschlichen Existenz auf die mit den Sinnen wahrnehmbare Wirklichkeit greife zu kurz, raube jegliche Hoffnung und stimme auch mit der Erfahrungswelt der Gläubigen nicht überein. Es gebe eben Dinge zwischen Himmel und Erde, die sich nicht rational erklären ließen.

Um 20.00 Uhr fanden in fast allen Kirchen Deutschlands Gottesdienste statt, die ohne Ausnahme zum Bersten gefüllt waren. Angesichts des drohenden Verlustes aller Transzendenz drängten die Menschen in die Kirchen, um ihrer tiefen Sehnsucht nach Erhabenheit und nach einem liebevollen Schöpfer, der sie für wertvoll erachtet, Ausdruck zu verleihen. Überall erklangen Klagelieder, Bittrufe und Lobgesänge. In vielen Gemeinden blieben die Gläubigen auch nach den Gottesdiensten zusammen, um in liturgischen Nächten ihre Gebete in einen plötzlich fragwürdig gewordenen Himmel zu schicken.

Um 22.00 Uhr lud die »Vereinigung der deutschen Humanisten« in ihren Zentren zu »ausgelassenen Festen« ein.

Doch eine wirklich entspannte Atmosphäre wollte dort nicht aufkommen.

Um 23.00 Uhr war die Meldung von der »Religion in der DNA« auch auf allen anderen Kontinenten in den Nachrichtensendungen auf Platz 1.

* * *

Natalie Gude sah schon seit zwei Stunden die Zeitungen durch. Auch an diesem Morgen befassten sie sich ausschließlich mit dem Fall der Frankfurter Ermittler und den davon zu erwartenden Auswirkungen auf die Gesellschaft. Trotz der unendlichen Kommentare und der vielen Sonderbeilagen, die mit mehr oder weniger bedeutenden Beiträgen gefüllt waren, schien es aber keine wirklich neuen Erkenntnisse im Fall Dr. Artoreks zu geben. Die meisten Beiträge beschäftigten sich mit der Frage, was denn tatsächlich passieren würde, wenn nun einer der beiden Virustypen – der gläubig machende oder der ungläubig machende – freigesetzt würde.

Überrascht bemerkte die beurlaubte Hauptkommissarin eine kleine Meldung, in der kurz erwähnt wurde, dass am Vorabend in Berlin evangelische und katholische Christen erstmals mit Segen des Papstes gemeinsam ein ökumenisches Abendmahl gefeiert hätten. Angesichts der Krise des Glaubens und der Bedrohung der Großkirchen rückten die Konfessionen offensichtlich erkennbar zusammen.

In diesem Moment klopfte es an der Tür.

Langsam ging Natalie Gude durch den Flur, öffnete und stellte verwundert fest, dass niemand dastand.

Dafür lag auf der Fußmatte ein Handy, das gerade anfing zu klingeln. Verwirrt hob sie es auf und drückte auf die Taste mit dem grünen Hörer.

Sie erkannte die Stimme sofort wieder.

»Verehrte Hauptkommissarin. Graf Augusto Baresi hier. Ich möchte mich bei Ihnen für all die Unannehmlichkeiten entschuldigen, die ich Ihnen bereitet habe. Das tut mir sehr leid. Aber es war für die Sache notwendig. Vielleicht kann ich es eines Tages wiedergutmachen.«

Natalie Gude stand noch immer in der geöffneten Tür. »Wovon reden Sie, Graf Baresi?«

Sie konnte den Worten anhören, dass der Anrufer lächelte. »Sagt Ihnen der Begriff ›Virales Marketing‹ etwas?«

»Nein!«

Der Graf zog offensichtlich an einer Zigarette, denn sie hörte sein wohliges Ausatmen. »Ich habe Sie schon einmal mit einem langen Vortrag beglückt, diesmal fasse ich mich kurz. Die Werbefachleute stellen seit einigen Jahren fest, dass die klassischen Marketingformen, die entweder Informationen oder Lebensgefühle kommunizieren wollen, nicht mehr oder zumindest immer weniger greifen. Die Menschen stumpfen zusehends ab. Kein Wunder bei bis zu 5 000 Werbeimpulsen pro Tag.

Darum entwickeln die Marketing-Experten im Augenblick ganz neue Methoden, um Aufmerksamkeit zu erzeugen. Methoden, bei denen die Menschen selbst zu Werbeträgern werden, ohne es zu merken. Eine davon ist das sogenannte Guerilla-Marketing. Marketing aus dem Hinterhalt, wenn Sie so wollen. Ziel dabei ist es, durch interessante Aktionen dafür zu sorgen, dass alle Menschen über ein bestimmtes Produkt reden, ohne dass sie überhaupt erkennen, dass es sich um Marketing oder Werbung handelt.«

Er gab einen zufriedenen Seufzer von sich. »Ich denke, das ist mir gelungen.«

Die Hauptkommissarin spürte, wie ihre Finger das Handy fester umklammerten. »Was soll das heißen? Was meinen Sie mit Marketing?«

Der Graf kicherte wie ein kleiner Junge. »Nun, alle reden jetzt wieder über den Glauben. Selbst die kritischsten Geister besinnen sich ihrer spirituellen Sehnsüchte und fragen so intensiv wie lange nicht mehr, ob es Gott gibt. Das ist doch wunderbar, meinen Sie nicht auch?«

Natalie Gude japste. »Heißt das, dass die ganze Geschichte mit den religiösen Genen nur ein riesiger Bluff ist?«

Baresi zog erneut an der Zigarette. »Nein. Jedenfalls nicht nur. Das lächerliche Buch von Dean Hamer gibt es wirklich. Und vieles andere, von dem ich Ihnen erzählt habe. Aber es gibt keinen Dr. Artorek. Übrigens ein nettes Anagramm aus dem lateinischen Wort ›Kreator‹, Schöpfer. Das stammt von mir.

Übrigens bin ich kein Diplomat des Vatikans, aber das ist eigentlich auch ganz unwichtig. Entscheidend ist, dass jetzt alle Bevölkerungsgruppen neu über den Glauben nachdenken. Und …« Er machte eine Kunstpause. »… dass Sie mir nie etwas in dieser Richtung nachweisen können.«

»Ich verstehe immer noch nicht ganz. Was ist denn mit dem zerstörten Labor?«

Der Graf lachte. »Ich hatte dort für drei Jahre einen arbeitslosen südamerikanischen Schauspieler untergebracht. Und ich muss sagen: Er hat seine Sache sehr gut gemacht. Alle hielten ihn für einen Molekularbiologen. Leider kam ihm dann die Liebe ins Gehege. Er hat sich eine Freundin angelacht. Deshalb musste ich die ganze Aktion etwas früher starten als geplant. Aber sie werden ihn nicht finden, geben Sie sich da keine Mühe. Er ist längst über alle Berge. Und seine Freundin habe ich heute Morgen ebenfalls außer Landes geschafft.«

Die Hauptkommissarin musste sich am Türrahmen festhalten. »Moment. Und wenn ich der Presse die Wahrheit sage?«

Ein erneutes Lachen schallte aus dem Hörer. »Bitte! Tun Sie, was Sie nicht lassen können. Aber überlegen Sie gut, was Sie damit bewirken. Erstens würde man Ihnen nicht glauben, sondern das Ganze für ein billiges Ablenkungsmanöver halten. Schließlich denken alle ja immer noch, dass es in Ihrer Behörde einen Verräter gibt. Zweitens existiert zwar ein zerstörtes Labor, aber kein einziger Beleg dafür, dass das Ganze eine perfekte Kulisse für einen netten Marketingtrick war. Und drittens wäre es gar nicht mal so schlimm, wenn die Wahrheit ans Tageslicht käme. Studien haben belegt, dass die positive Wirkung von viralem Marketing auch dann anhält, wenn es sich zu erkennen gibt. Schon das, was jetzt ausgelöst wurde, reicht, um Millionen von Menschen ganz neu über den Glauben nachdenken zu lassen. Und viele werden erkennen, dass sie zu lange unter ihren Möglichkeiten gelebt haben. Dass es sich lohnt, nach Gott zu fragen.«

Ein Piepsen zeigte an, dass der Akku des Handys zur Neige ging. Natalie Gude sprach schnell und erschrak über ihre hohe Stimme. »Aber warum? Warum haben Sie das gemacht?«

Baresis Stimme war jetzt sehr weich. »Warum? Ich bin ein sehr frommer Mensch. Und ich finde es wichtig, dass sich die Menschen mit den wesentlichen Aspekten des Daseins auseinandersetzen. Und manchmal brauchen Sie dazu eben ein bisschen, nun, sagen wir: Aktivierungsenergie. Ich glaube, dass Gott das Beste ist, was Menschen passieren kann …«

»Nein«, schrie die schockierte Frau, »dabei kann Ihnen aber doch nicht jedes Mittel recht sein …«

Als sie feststellte, dass das Handy in ihrer Hand nicht mehr funktionierte, warf sie es erbost die Treppe hinunter.

Gott schuf den Menschen als Mann und Frau, setzte ihn in einen herrlichen Garten und sprach: »Du darfst von allen Bäumen im Garten essen, aber von dem Baum der Erkenntnis des Guten und Bösen sollst du nicht essen, sonst musst du sterben.« Das Weib aber nahm von der Frucht, gab ihrem Mann davon, und sie aßen. Da wies Gott den Menschen aus dem Paradies.

(Genesis)

Der Garten

Von der unwirtlichen Straße zwischen Gümüshane, der ehemaligen Sommerresidenz der Reichen von Trabzon am Schwarzen Meer, und dem müde gewordenen Ort Askale biegt kurz hinter Bayburt ein schmaler, sanddornbewachsener Feldweg im spitzen Winkel ab. Wer dort am Straßenrand zwischen den Sträuchern hindurch nach Norden schaut, sieht die Ruinen einer gewaltigen Burganlage, die der byzantinische Kaiser Justinian im sechsten Jahrhundert errichten ließ. Die verfallene Bastion ist das letzte Zeugnis menschlicher Zivilisation, das man wahrnimmt, wenn man der unscheinbaren Abzweigung folgt, die, parallel zum Kopadagi-Pass, in die Nordausläufer des Taurus-Gebirges führt.

Im Jahr 1967 war Professor Gustav Isch zum ersten Mal mit einer kleinen Forschergruppe den überwucherten Pfad emporgestiegen, der sich bald zwischen den schroffen Wänden verlor. Zum Glück führten die Männer – ein Archäologe, ein Geologe und ein Theologe – eine Kletterausrüstung mit sich, sodass sie immer tiefer in die hoch strebenden Schluchten eindringen konnten. Nach zwei Tagen erreichten sie eine steile Wand, die den Geologen Norbert Feldmann dazu brachte, zur Umkehr zu drängen, doch die beiden anderen bestanden darauf, wenigstens einen Versuch der Besteigung zu wagen. Als Isch nach viereinhalb Stunden halsbrecherischen Aufstiegs die Kante erreicht hatte, war er endlich am Ziel seiner Wünsche angekommen.

* * *

Lächelnd bewegte der Alttestamentler das Foto in seiner Hand, um die Spiegelungen des hellen Frankfurter Sommermorgens, der durch die Fenster hereinströmte, abzuwehren und versank in der Aufnahme, die er an diesem 21. Mai vor mehr als dreißig Jahren in der Türkei gemacht hatte. Und wieder durchzog ihn die gleiche Erregung wie damals, eine tranceartige Hochstimmung, als habe sich dieser einzigartige Moment für immer in seine Erinnerung eingebrannt.

Das schon etwas verblasste Bild war zwar schwarz-weiß, doch es schien, als ließen sich die Farben davon nicht abschrecken. Ein wundervoller Anblick: Wie ein fruchtbarer Schoß lag hinter dem Grat eine weite Hochebene, die über und über mit einer vielfältigen Vegetation bewachsen war. Bewacht von schneebedeckten Gipfeln, schmiegte sich die Landschaft sanft in die raue Umgebung und sonnte sich in der schillernden Vielfalt unzähliger blühender Bäume. Als wäre die Geschichte der Welt an diesem Tal einfach vorbeigezogen, lag ein tiefer und zugleich schwereloser Friede über den Auen, deren sattes Grün die Blicke aufsog und festhielt. Leuchtende Vögel durchzogen den Himmel und kamen neugierig herbeigeflogen, als sie die drei Männer am Horizont auftauchen sahen. In der Mitte der Ebene aber entsprang, gespeist aus mehreren Quellen, ein Fluss, der am Nordende des Tals zwischen den Felsen verschwand.

Dr. Feldmann hatte später nachgewiesen, dass es sich bei dem flachen Bach um die Quelle des Flusses Coruh handelte, der kurz hinter der georgischen Grenze ins Schwarze Meer mündet. Ebenso war es ihm gelungen, zu zeigen, dass der Coruh aus einem tiefen unterirdischen Wasserarsenal gespeist wird, dem in dieser ostanatolischen Hochebene noch drei weitere Flüsse entspringen: der Arras, der Euphrat und der Tigris.

Professor Isch hätte dieses Beweises nicht mehr bedurft: In dem Augenblick, in dem er den Kopf über die Felskante gestreckt hatte, wusste er, dass er den heiligen Ort gefunden hatte, nach dem er von Anbeginn seiner wissenschaftlichen Tätigkeit an gesucht hatte, den sagenumwobenen Park, dem vier Flüsse entspringen und in dem Anfang und Ende der Welt zusammentreffen: das Paradies.

* * *

Gustav Isch hatte 1949, einige Jahre nach Kriegsende, als Spätheimkehrer begonnen, Theologie mit dem Schwerpunkt »Altes Testament« zu studieren, eine Disziplin, die im Dritten Reich gänzlich in winzige Studierzimmer verbannt worden war und nun sehnsuchtsvoll darauf wartete, die verlorene Zeit wieder einzuholen. Und während die Kommilitonen des jungen Wissenschaftlers sich mit Quellentheorien und der Grundsatzfrage nach der Wahrhaftigkeit der überlieferten Texte herumschlugen, verliebte sich Isch in die seltsam spröde Geschichte vom Paradies, das Gott einmal – in Genesis 1 – wie ein Ingenieur mundgerecht in sechs Tagen als hoch technologische Konstruktion errichtet und im darauf folgenden Kapitel – in Genesis 2 – väterlich aus Lehm geformt hatte. Je tiefer der nach kurzer Zeit über den »Mythos Paradies« promovierende junge Mann in die Gedankenwelt des Alten Testamentes eindrang, desto stärker fühlte er sich damit verbunden, als bringe dieser überirdisch schöne Garten in ihm eine lang verschüttete Erinnerung zum Klingen.

Der talentierte Wissenschaftler war sich bald sicher, dass hinter der verheißungsvollen Legende von einem vollkommenen Garten, der seinen Namen vom Park der persischen Könige »Pardisu« entlehnt hatte, eine wirkliche Realität steckte. Wie hätte man sonst erklären können, dass die so unterschiedlichen Mythologien des Vorderen Orients einmütig diese betörende Geschichte tradierten?

Monatelang vergrub sich Isch in die heiligen Schriften der Völker, tauchte ein in fremde Welten, in denen Gottheiten, Drachen und unfassbare Wesen um den Beginn des Daseins rangen, und fühlte, dass diejenigen, die all diese über Jahrhunderte überlieferten Erzählungen aufgeschrieben hatten, von der gleichen Sehnsucht erfüllt waren wie er. Immer und immer wieder entlockte er den Büchern kleinere und größere Hinweise auf das blühende Urbild des Friedens:

Der sumerische Mythos von Enki und Ninchursag erzählt am Anfang von einem herrlichen Glücks- und Friedensreich auf Dilmun, das als »Land der Lebenden« bezeichnet wird. Das akkadische Gilgamesch-Epos spricht von einer gottgegebenen »Insel der Seligen«, und im Iran freut man sich an der avestischen Erzählung vom »Paradies des Yima«.

Es war, als sei von diesen Urerfahrungen etwas in den Menschen lebendig geblieben und wirke über die Jahrtausende weiter. In Ägypten schwärmte man vom »Feld Iaru«, dem Land der Verklärten, die Phönizier erwähnen in ihrer Überlieferung mehrfach einen »Gottesgarten«, aus dem ein König namens Tyrus wegen seines Hochmuts verstoßen wird, und selbst in der Weissagung des Proteus an Menelaus werden »Elysische Fluren« erwähnt, auf denen das Leben verklärt wird. So eindrucksvoll waren diese Bilder, dass sie nicht nur in der Vergangenheit wurzelten, sondern auch als Modell für all das Schöne standen, das die Menschen am Ende der Zeit erwartete.

Die im Verborgenen bewahrten Erinnerungen führten in den meisten religiösen Überlieferungen dazu, dass auch die Zukunft mit Bildern des wiederhergestellten Paradieses versehen wurde. Nicht nur im Christentum, sondern auch im Islam, in dessen neunter Koran-Sure es heißt: »Den gläubigen Männern und Frauen hat Gott Gärten versprochen, von Wasserquellen durchströmt, worin sie ewig wohnen.«

Das Wissen um eine verloren gegangene Welt des Heils gehörte so sehr zum archetypischen Erbe der Menschheit, dass Gustav Isch nicht einen Augenblick daran zweifelte, dass es diesen Ort wirklich gab, verlassen und nur darauf wartend, dass einer kam, um ihn zurückzuerobern. Und als er endlich aus den vagen Angaben der Sagenzyklen eine Ortsbestimmung herausgefiltert hatte, war es ein Leichtes, Gelder für eine Forschungsreise in das Gebiet südlich der Stadt Gümüshane zu beantragen, die 1916 von den Russen zerstört worden war und nun wenige Kilometer weiter in hässlicher Neubaumanier wiedererstand.

1968, ein Jahr nach seiner Entdeckung, war der Professor hierher zurückgekommen, und diesmal gelang es ihm, mithilfe einer besseren Ausrüstung in das Tal hinabzusteigen, voller Tatendrang und mit einer ihm selbst unbegreiflichen Hoffnung.

Doch etwas Unerwartetes geschah: Der verführerische

Zauber, dem er beim Anblick vom Grat erneut erlegen war, verflog mit jedem Meter, den er hinunterkletterte. Eine schwere Last legte sich auf seine Seele – und als er die Augen schloss, meinte er in den weißen Flecken, die hinter seinen Lidern tanzten, die Konturen eines zornigen Engels zu sehen.

Diese Erfahrung wiederholte sich bei jedem erneuten Versuch: Die Welle der Glückseligkeit, die ihn hoch oben auf dem Pass beim Betrachten des Tales immer wieder erfüllte, verlor während des Abstiegs kontinuierlich an Kraft und wich am Ende einer großen Leere. Auf der Ebene angekommen, stapfte er ungehalten durch die saftigen Wiesen, ohne die Ursache seines Missmuts zu verstehen. Möglicherweise schwang in der schmerzvollen Ernüchterung vor allem Enttäuschung mit, denn ihm war inzwischen klar geworden, dass sein Fund wissenschaftlich fast wertlos war.

Das versteckte Tal lag zwar wie eine Oase in der kargen Landschaft, doch das traf auf manche Region im hessischen Hintertaunus auch zu. Zumindest schien es unmöglich, nachzuweisen, dass dieses Naturwunder einmal der Garten Eden gewesen könnte. Und während sich der mitreisende Biologe im Paradies wähnte, weil er mehrere unbekannte Tier- und Pflanzenarten entdeckte, war es diesmal Gustav Isch, der ein vorzeitiges Beenden der Expedition in Erwägung zog und wenig später auch anordnete.

* * *

Am Abend vor der Abreise, als Isch sich gerade das Scheitern seines Lebenstraumes eingestehen und mit dem Rauch einer Zigarre seinen Abschied von allem Schönen besiegeln wollte, klopfte es zaghaft an der Tür seiner Unterkunft. Träge erhob sich der Wissenschaftler, öffnete unwillig und sah sich einem verdreckten Jungen gegenüber, der ihm mit Händen und Füßen zu verstehen gab, er wolle den »Professore« zu jemandem bringen.

Isch, der Angst hatte, in seiner Depression zu versinken, und froh über eine Ablenkung war, zog seine Weste an und folgte dem unverständlich vor sich hin brabbelnden Boten durch viele Gassen, bis dieser plötzlich auf eine schmale Luke im Boden wies und verschwand.

Verdutzt sah der frustrierte Alttestamentler auf die Bohlen, von denen die ehemals braune Farbe abblätterte, als sähe er auf einen Leprakranken. Als er die Luke öffnete, musste er verdutzt feststellen, dass deren Scharniere in der gleichen Tonhöhe geseufzt hatten, in der auch er gerade seinen Unmut aus sich herausgelassen hatte. Er folgte den verwitterten Stufen in die Tiefe, in der es kein Licht gab. Als er den Grund erreichte, war kaum noch etwas zu sehen.

Unsicher hielt Isch die Hände vor sich, als ihn plötzlich eine Stimme ansprach: »Du hast es gesehen, aber du hast es noch nicht gefunden.«

Der Professor versuchte, die Dunkelheit zu durchdringen, entdeckte aber niemanden. Laut fragte er: »Wer ist da?«

Der andere räusperte sich, als sei er es nicht mehr gewohnt, zu reden. »Andronikos, der letzte Mönch des Klosters Sumela.«

»Sumela ist schon 1923 aufgegeben worden!«

Ein Lachen flog wie eine Fledermaus durch die Dunkelheit: »O ja, ich bin sehr alt. Ich werde nicht mehr lange leben. Setz dich!«

»Gibt es hier kein Licht?«

»Ich brauche keines, ich bin blind. Aber es ist auch nicht wichtig, dass du mich siehst, wichtig ist, dass du mich verstehst. Weißt du, wie alt Sumela ist?«

»Ich meine, es stammt aus dem sechsten Jahrhundert.«

Wieder flatterte ein Lachen von einer Wand zur anderen. »Das haben wir gerne erzählt. Es stimmt aber nicht. Im Jahr 640, im Jahr 1180 und in den Unabhängigkeitskriegen haben wir selber die Klostergebäude mehrfach in Brand gesteckt, damit keiner die Wahrheit erfährt. Sumela ist viele Tausend Jahre alt, das älteste Kloster der Welt. Vielleicht weißt du, dass sich die Hauptkirche der Anlage in einer Grotte befindet, 250 Meter hoch in der Bergwand, der Natur aufgezwungen, nur erreichbar über einen steilen Pfad. Dort sind seit langer Zeit …«

Isch unterbrach ihn: »Aber das ist doch Unsinn! Das Kloster wurde im sechsten Jahrhundert gegründet, als Schrein für ein Marienbild, das der Evangelist Lukas bei sich getragen haben soll. Im vierzehnten Jahrhundert wurden vor dieser heiligen Ikone sogar die Komnenenherrscher Alexios und Manuel gekrönt.«

Das Lachen des Alten ging in ein Husten über: »Die Leute glauben so viel, aber das, was sie glauben sollen, das glauben sie nicht. Meinst du ernsthaft, Lukas hätte auf seinen Wanderungen ein Bild mit sich herumgeschleppt, und gar eines von Maria, die erst wesentlich später zu einer Heiligen erklärt und angebetet wurde? O nein, diese Ikonengeschichte haben sich die Bewahrer ausgedacht, damit niemand die Wahrheit erfahren soll. Wie das Kloster, so hing auch sein Geheimnis immer über einem tödlichen Abgrund.«

»Und was ist die Wahrheit?«

»Die Wahrheit? Die kann man nicht erzählen, die kann man nur erfahren. Aber ich werde dir sagen, worin das Geheimnis von Sumela besteht. In der Grotte, die das Kloster birgt, lebten die Geschöpfe – Adam und Eva, wie ihr sie nennt – nach der Vertreibung aus dem Paradies, und dort brachten sie auch ihre Kinder Kain und Abel zur Welt. Das Wichtigste aber ist: Dorthin brachte Eva mehrere Apfelkerne vom Baum der Erkenntnis. Sie sind es, die wir vom Anfang der Zeit an bewacht haben.«

Professor Isch bemerkte, dass er trotz der Schwüle anfing, zu zittern. »Warum erzählen Sie das gerade mir?«

Der Alte, dessen zerbrechliche Umrisse sich nun langsam von der Schwärze abhoben, schwieg einen Moment. Dann flüsterte er mehr, als er sprach: »Weil ich der Letzte bin. Aber es muss jemand da sein, der das Wissen bewahrt. Sonst war alles umsonst. Diese Kerne sind der Schlüssel zum Paradies. Sorge dafür, dass das nicht vergessen wird! Bitte! Und jetzt geh!«

Benommen stolperte Gustav Isch die Treppe hoch, fand irgendwann seine Unterkunft wieder und fiel in einen unerquicklichen Schlaf. Da er den Abbruch der Expedition nicht mehr rückgängig machen konnte, musste er am nächsten Morgen unbefriedigt in die bestellten Jeeps steigen. Nichts, aber auch gar nichts war so gekommen, wie er es erhofft hatte.

Auf dem Marktplatz, einer quadratisch angeordneten Fläche, die von kümmerlichen Bäumen umrahmt wurde, verzögerte sich die Abreise einen Moment, da ein Trauerzug die Straße versperrte. Der Professor beugte sich aus dem Fenster und sprach eine weinende Frau an. Die blickte verwundert auf ihn herab, als käme er aus einer anderen Welt. Dann kam ein jämmerlicher Klagelaut aus ihrem Mund, ein lang gezogenes Greinen. »Andronikos ist tot!«

In diesem Moment gab der Fahrer wieder Gas, da der Weg frei wurde. Isch drehte sich nach hinten und schrie verwundert: »Wann ist er gestorben?«

Die ganz in Schwarz gehüllte Frau hob den Kopf und warf ihm die Antwort wie einen Ball hinterher: »Vor drei Tagen!«

* * *

Dreißig Jahre lang hatte sich Gustav Isch bemüht, das Kloster Sumela zu erkunden, ohne sein Geheimnis offenbaren zu müssen. Doch im Zuge des türkischen Militärputsches von 1971 wurden Forschungsarbeiten westlicher Wissenschaftler sehr erschwert. Später hatte er es lange Jahre mit einem äußerst rabiaten Vali, dem Vorsitzenden des örtlichen Provinzparlamentes, zu tun, der offensichtlich befürchtete, sein eigener Denkmalschutzbeauftragter, ein völlig unqualifizierter Beamter, könnte bei einer Grabungsgenehmigung für westliche Forscher benachteiligt werden.

Erst Ende der Achtzigerjahre nahm Isch auf einem Kongress in Barcelona Kontakt zu Prof. Mustafa Keykavus auf, einem Historiker der Universität Erzurum. Ihm vertraute er sich an, und der renommierte Forscher versprach, sich um eine gründliche Untersuchung des Klosters zu kümmern. Aber auch er musste erst einige Hürden überwinden, bevor das Forschungsprojekt genehmigt wurde.

Gestern nun war – nachdem Keykavus sich einige Zeit nicht gemeldet hatte – ein unscheinbarer Brief mit dem verwischten Stempel des historischen Instituts von Erzurum gekommen. Der Historiker berichtete darin kurz, dass die Grotte tatsächlich seit sehr langer Zeit besiedelt gewesen sein müsse und dass ein zweiundzwanzigjähriger Praktikant der Universität hinter dem Altar einer verfallenen Kapelle außerhalb des eigentlichen Klosterbezirks in einer verborgenen Aushöhlung ein Tuch mit mehreren Apfelkernen gefunden hatte. Einer davon lag dem Brief bei.

* * *

Gustav Isch, der vor einem Jahr emeritiert und mit einer viel besprochenen Festschrift geehrt worden war, blickte fast verliebt auf den kleinen Spross, der vor ihm aus der eifrig gedüngten Erde kam. Anfänglich hatte er nicht zu hoffen gewagt, dass aus dem Kern tatsächlich ein neuer Baum entstehen würde, doch so, wie die in den Pyramiden gefundenen Getreidekörner ihre Fruchtbarkeit nach all den Jahrtausenden nicht verloren hatten, hatte auch der Apfelkern gekeimt. Schmal und keck ragte das dünne Stämmchen mit seinen beiden Ästen wie ein mahnender Zeigefinger in den Himmel.

Der Professor hatte in all den Jahrzehnten, in denen er nur warten und grübeln konnte, eine Theorie entwickelt, die ihn jetzt in nie gekannter Form beflügelte: Wenn der alte Mönch Recht hatte und die bewachten Kerne tatsächlich der Schlüssel zum Paradies waren, das sich ihm so schnöde verweigert hatte, dann konnte das Geheimnis nur in einer Erneuerung der Apfelprobe bestehen, in einem heilvollen Zu-Ende-Bringen des damals Begonnenen.

Er, Gustav Isch, würde einen Apfel vom Baum der Erkenntnis essen, um den Menschen den Weg zurück in den Garten Eden zu ermöglichen. Und offensichtlich entsprach all das, was ihm nun widerfuhr, einem ausgeklügelten, göttlichen Plan, denn, wenn er die Überlieferung historisch-kritisch deutete, dann war der Sündenfall eine einzigartige Probe gewesen, die kein Mensch hätte bestehen können.

Anders war diese Geschichte nicht zu erklären. Gott musste von Anfang an gewusst haben, dass Eva, das Weib, sich und ihren Adam vor lauter Neugier verführen würde, einer Neugier, die nichts anderes darstellte als einen ersten Anflug wissenschaftlichen Forschergeists. Ja, der Allwissende wusste schon am ersten Schöpfungstag, dass die beiden Lebensneulinge scheitern würden, dass sie dem verlockend geschilderten Verbot nicht widerstehen konnten. Insofern hatten sie auch keinen freien Willen, sie folgten wie Versuchskaninchen einem abgefeimten Plan ihres Spielführers, der damit den wüsten Tanz der Weltgeschichte eröffnete.

Der Professor genoss seine philosophischen Gedanken, weil es ihm immer besser gelang, Gott zu durchschauen, der die Menschen fröhlich an der Nase herumführte. Zumindest ließ sich ja wohl nicht leugnen, dass beim Sündenfall etwas ganz und gar schiefgegangen war. Von wegen: »Ihr werdet wissen, was Gut und was Böse ist.«

Nicht einmal der menschenfreundlichste Denker käme auf die absurde Idee, zu behaupten, dass der nachparadiesische Mensch nun tatsächlich begriffen hatte, wie man das Richtige vom Falschen unterscheidet. Im Gegenteil: Die Nachkommen des Urpaares stürzten sich von Anfang an mit großer Zielstrebigkeit selbst ins Unglück, versuchten mit immer verdrehteren Lebenskonzepten ihrem Dasein einen Sinn zu geben und endeten doch meist in einer hilflos verborgenen Verzweiflung.

Hätte der Mensch wirklich erkannt, was gut ist, dann würde er dieses Gute auch tun. Die christliche Theorie, dass ihn nur sein Egoismus und sein Hochmut davon abhielten, blieb zutiefst unlogisch, denn gerade egoistische Motive würden jeden noch so sündigen Menschen dazu bringen, für sich das Beste zu wollen.

Nein, die Evas und die Adams von heute wussten noch immer nicht, was Gut und Böse ist.

Ein neuer Fall stand bevor, ein Rückfall sozusagen. Der Genuss des ersten Apfels vom neuen Baum der Erkenntnis würde die Vollendung der Sündenfallgeschichte bedeuten, eine Heimkehr der verlorenen Söhne und Töchter, eine Wiedergutmachung von menschlicher Seite, ein Zeichen, dass der unfertig Geschaffene, der damals den Weg vom Paradies in die Welt gefunden hatte, nun endlich reif war, zurückzukommen und die wahrhaftige Erkenntnis aller Wertigkeiten in Empfang zu nehmen.

Einige Zeit war Isch vor seinen eigenen Gedanken erschrocken, dann aber hatte ihn der biblische Befund beruhigt. War nicht der Fortgang des Sündenfalls ein eindeutiger Beweis für das absichtsvolle Handeln Gottes? Der Mensch, dem sein Schöpfer damals das Ende angedroht hatte, war nicht totzukriegen gewesen. Er war nicht gestorben, wie Gott angedroht hatte.

Und auch die sogenannten »Strafen« für das Vergehen entpuppten sich beim näheren Hinsehen als ziemlich harmlos: Gott hatte die Menschen dazu verurteilt, unter Schmerzen Kinder zu gebären und im Schweiße des Angesichts auf dem Feld zu ackern. Das aber war nun wirklich nichts Neues. Dass Adam und Eva fruchtbar sein und Verantwortung für die Tier- und Pflanzenwelt übernehmen sollten, war ihnen schon vor dem Sündenfall aufgetragen worden – nur hatten sie nichts davon getan. Im Paradies wurde weder gearbeitet noch gezeugt. Insofern musste es von Anfang an Gottes Idee gewesen sein, den Menschen aus dem Garten Eden zu vertreiben, da dieser sonst seine Pflicht ja gar nicht hätte erfüllen können.

Abgesehen davon: Im Paradies war Adam nicht einmal auf die Idee gekommen, die Schönheit der ihn nackt umtänzelnden Eva wahrzunehmen, geschweige denn, mit ihr zu schlafen – er wusste eben noch nicht, was gut ist.

Erst der »postlapsale« Mensch, ausgestattet mit der Erinnerung an die Schönheit seiner ersten Heimat, konnte nun in einem zweiten Schritt den Weg zurückfinden. Und selbst wenn Gustav Isch sich irrte: So, wie Gott seinen Erstgeschaffenen Adam nach dem Sündenfall persönlich aufgesucht hatte, würde er auch dem Professor nach seinem Experiment entgegenkommen. Und das war den Versuch allemal wert.

* * *

Ein süßlicher Duft entströmte der kleinen Blüte, die auf dem Ästchen saß wie ein frierender Vogel. Sieben Jahre lang hatte der Wissenschaftler das Bäumchen sorgsam umhegt, das sich in seinem Wachstum Zeit gelassen hatte, als wurzele es in der Ewigkeit. Nun würde er im Herbst den ersten Apfel ernten. Er fühlte sich wie ein Mann, dessen Frau ihm freudestrahlend mitteilt, dass sie schwanger sei. Isch war zu dieser Zeit längst überzeugt, dass es mit diesem ersten Apfel eine besondere Bewandtnis haben würde.

Es schien, als kämen alle Bienen der Umgebung herbeigeflogen, nur um an dieser einen Blüte zu schnuppern. Beunruhigender, aber nicht wirklich verwunderlich, fand der Forscher das immer öfter zu beobachtende Auftreten von Schlangen in seinem Garten am Stadtrand Frankfurts. Fast jeden Morgen entdeckte er auf dem Rasen ein oder mehrere Natternhemden, abgestreifte Schlangenhäute, die er mit spitzen Fingern entsorgte. Und als er einmal nachts mit einer starken Taschenlampe aus dem Schlafzimmerfenster in den Garten geleuchtet hatte, ringelten sich mehrere dieser »falschen, verabscheuungswürdigen Wesen«, wie Linné sie genannt hatte, davon. Seitdem traute sich der Professor nach Einbruch der Dunkelheit nicht mehr in den Garten. Und doch verstand er die Sehnsucht dieser Tiere: Ihre Strafe nach dem Sündenfall bestand im Kriechen. Möglicherweise hofften sie darauf, wieder aufrecht gehen zu können.

* * *

Ein Rascheln zog durch die Luft und ließ sich in den Gedanken des Professors nieder, der in einer neuen Schürze den Boden um den Baum auflockerte.

»Seit wann sind Sie denn unter die Gärtner gegangen?«

Isch richtete sich auf, legte den kleinen Spaten zur Seite

und blickte zur Hecke hin, über die ihn sein neuer Nachbar feixend anstarrte. Vorsichtig sagte er: »Sie kennen doch den Spruch, der Martin Luther zugeschrieben wird: ›Würde morgen die Welt untergehen, dann würde ich heute noch ein Apfelbäumchen pflanzen.‹ Ich dachte, es wird Zeit für mich, die Früchte meiner Arbeit zu genießen.«

Der andere verzog sein Gesicht. »Seien Sie mir nicht böse, aber könnten Sie sich vorstellen, Ihre Gartenleidenschaft anders auszudrücken? Ich habe eine furchtbare Allergie – eigentlich nur gegen gewisse Pollen, aber seit Ihr … Ihr Bäumchen da blüht, hört es überhaupt nicht mehr auf. Ich brauche nur in den Garten zu kommen, und schon schwellen meine Schleimhäute an! Ich habe zwar noch nie gehört, dass man gegen Apfelblüten allergisch sein kann, aber Ihre Züchtung hat es irgendwie in sich.« Und als müsse er diese Rede noch unterstreichen, brach er in ein furchtbares Niesen aus, das schier nicht enden wollte.

Endlich beruhigte sich der Reiz. »Das scheint ja ein ganz besonderer Baum zu sein, den Sie da besitzen. So schrecklich bin ich noch nie …«

Der grau melierte Wissenschaftler unterbrach ihn: »Eine seltene Gattung vom Schwarzen Meer.«

Der andere wollte etwas antworten, aber vor lauter Niesen kam er nicht dazu. Fluchend verließ er den Platz an der Hecke.

Am nächsten Tag erschien der Nachbar vor der Haustür. Sein Gesicht war angeschwollen und von rötlichen Pusteln übersät. In der linken Hand hielt er einen Inhalator, den er sich regelmäßig in den Mund steckte, mit der rechten signalisierte er, dass er nicht sprechen könne, und streckte dem Wissenschaftler einen Brief hin, den dieser verwundert entgegennahm. Der Umschlag enthielt eine kurze Mitteilung.

»Sehr geehrter Prof. Isch, offensichtlich ist es Ihr Baum,

auf den ich so allergisch reagiere. Mein Hals ist fast zugeschwollen, ich muss große Dosen Kortison zu mir nehmen und kann kaum noch atmen. Sollten Sie Ihren Baum nicht entfernen, bin ich gezwungen, rechtliche Schritte einzuleiten. Mit nachbarlichem Gruß, T.«

Isch setzte sich an den Schreibtisch und erwiderte knapp: »Ich bedaure die Unannehmlichkeiten, die Ihnen durch meinen Garten zuteilwerden, aus ganzem Herzen. Aber: Dieser Baum ist Bestandteil eines bedeutenden Forschungsprojektes, das auf jeden Fall weiterlaufen muss. Glücklicherweise ist die Blütezeit ja bald vorbei. Hochachtungsvoll, I.«

In der darauffolgenden Nacht wachte der Emeritus gegen drei Uhr nachts auf. Ein dumpfer Laut aus dem Garten hatte ihn geweckt. Er lief nach unten und wollte schon hinausrennen, als er sich eines Besseren besann und aus der Garage eine halb abgebrannte Gartenfackel holte. Er erinnerte sich, dass Schlangen zwar kaum hören und fast nichts sehen, dafür aber mit ihrem sogenannten Grubenorgan, einem Wärmesensor, Temperaturunterschiede von wenigen tausendstel Grad wahrnehmen können. Und tatsächlich: Als er die entzündete Fackel ruckartig über den Boden schwenkte, sah er unzählige Schlangen in alle Richtungen davonhuschen, schlanke, glitzernde Leiber, die wie Wasser durch das Gras flossen.

Vor dem Apfelbäumchen fand Gustav Isch seinen Nachbarn. Der selbst im Dunkel krank Aussehende lag röchelnd am Boden, die Säge war seiner Hand entglitten. Fassungslos starrten die Augen auf den Lichtschein der Flamme, ohne ihn fixieren zu können. Der Körper zuckte noch einige Minuten, dann wurde er starr. Aus zwei Löchern an der Fessel des Verstorbenen mäanderten dünne Blutfäden in die Hausschuhe. Dort hatte ihn eine der Schlangen gebissen.

Professor Isch musste nicht einen Augenblick nachdenken. Er ging in den Schuppen, holte einen Spaten und hob eine Grube aus, in die er den Leichnam legen konnte – ganz in der Nähe des Baumes. Erst Wochen später fragte er sich, warum er nicht daran gedachte hatte, die Polizei zu rufen, doch es fiel ihm keine Antwort ein, und er verdrängte den Gedanken wieder.

* * *

Am vierten Oktober nahm Gustav Isch seine alte Leica mit in den Garten und fotografierte von allen Seiten den blutroten Apfel, dessen Gewicht den Ast, an dem er hing, tief nach unten zog. Die breite Kerbe, aus der der Stiel ragte, erinnerte den Wissenschaftler an einen wohlgeformten Frauenhintern, und er musste unwillkürlich schmunzeln.

Heute würde es geschehen. Als hätte er all die Jahre nur auf diesen Moment hin gelebt und als entschiede sich heute, ob seine Existenz lohnend gewesen war, atmete der Wissenschaftler seit dem Aufstehen flach und hektisch. Noch immer wusste er nicht genau, was ihn erwartete, aber es würde eine Vollendung sein, das Eintauchen in eine Welt, in der Gut und Böse endlich verständlich wären, die Rückkehr ins Paradies, aber die Rückkehr eines Menschen, der nun auch fähig war, das Paradies verantwortlich zu bebauen und zu bewahren, der Schlussstrich unter den Traum Gottes, seinen Garten mit Menschen zu besetzen, die ihm ähnlich sind. Um diese Ähnlichkeit zu erreichen, hatten die vielen Evas und Adams einen jahrtausendelangen Reifeprozess über sich ergehen lassen müssen. Nun war es vollbracht.

Über Frankfurt lag eine Rückseitenwetterlage, die kurz zuvor einen Schauer gebracht hatte und jetzt nach und nach die Sonne durchließ, sodass sich ein weiter Regenbogen um den Fernsehturm spannte.

Kurz nach Mittag war es so weit: Gustav Isch kniete nieder, pflückte in einer feierlichen Geste den Apfel, segnete ihn, gedachte der beiden, die diese Geschichte begonnen hatten, und biss hinein.

* * *

Die Wandergruppe, die von der Straße zwischen Gümüshane und Askale in den schmalen, sanddornbewachsenen Feldweg einbog, hatte einen »Geheimtipp« bekommen: In den Bergen liege in einem wunderschönen, unberührten Tal die Quelle des Coruh. In dieser fast paradiesischen Landschaft könne man herrlich zelten.

Als die acht jungen Frauen und Männer endlich die Hochebene erreichten, fanden sie nah am Bach eine Männerleiche, die später als die des bekannten deutschen Alttestamentlers Gustav Isch identifiziert wurde.

Sie hatte, trotz der Verwesungsspuren, ein Lächeln im Gesicht.

Geheimnis des Glaubens

Ich hatte mich gerade nach einem nervenaufreibenden Arbeitstag gemütlich in den Lesesessel geworfen, um das neue Buch von Haruki Murakami zu lesen, als es klingelte. Ich sage das, weil es vielleicht meine Reaktion auf den unangemeldeten Besucher erklärt. Also, verstehen Sie diese Bemerkung bitte nicht als Versuch einer Entschuldigung. Ich weiß, dass mein Verhalten unentschuldbar ist. Aber möglicherweise verdeutlicht eine Schilderung der Umstände ja wenigstens, wie es überhaupt zu diesen widerwärtigen Ereignissen kommen konnte. Eigentlich wollte ich gar nicht … Aber ich merke schon: Je mehr ich mich zu rechtfertigen versuche, desto tiefer versinke ich in einem Morast der Scham und der Verwirrung. Mir, gerade mir hätte so etwas niemals passieren dürfen …

Wahrscheinlich ist es das Beste, wenn ich erst einmal erzähle.

Der Mann vor meiner Tür trug einen cremefarbenen Anzug mit einer feinen, dazu passenden weinroten Krawatte, die wiederum hervorragend zu seiner hellen Haut passte. Seine Gesichtszüge waren ungewöhnlich straff, sodass er sehr streng und korrekt wirkte. Bis heute kann ich nicht sagen, ob es an dieser vermeintlichen Härte lag, aber etwas an ihm machte mich sofort misstrauisch. Vielleicht war es vor allem die Beobachtung, dass er sehr schnell und flach atmete. Da ich jedoch über Jahre gelernt habe, mich nicht zu sehr vom ersten Eindruck leiten zu lassen, versuchte ich trotzdem, ihn freundlich anzuschauen.

Er lachte mit einem heiseren Kratzen in der Stimme: »Sie studieren das Liebesleben von Tokio?«

Ich verstand überhaupt nicht, wovon er redete, und runzelte fragend die Stirn.

Da wies er auf das Buch, das ich noch immer in der Hand hielt: »Haruki Murakami. Ein faszinierender Autor! Auch wenn er nach meinem Geschmack ein bisschen viel über die sexuellen Eroberungen seiner japanischen Protagonisten schreibt.«

Ich wollte etwas erwidern, aber da streckte er mir schon die Hand entgegen: »Entschuldigen Sie bitte die späte Störung. Ich bin Dr. Wiedekind.« Mit der Linken hielt er mir eine Visitenkarte hin. »Sind Sie der für diese Gemeinde zuständige Pfarrer?«

Ich ergriff seine Hand und schüttelte sie: »Ja, Manfred Kurzweil. Was kann ich für Sie tun?«

Er sah sich um, bevor er antwortete: »Ich habe ein seelsorgerliches Anliegen. Es dauert auch nicht lange. Ist aber ziemlich dringend.«

Was hätte ich denn machen sollen? Ich weiß, dass die ständige Erreichbarkeit für die Gemeinde zu meinen Pflichten gehört, aber manchmal hasse ich mich selbst dafür, dass ich es nicht lassen kann, ein Gutmensch sein zu wollen. Dass ich allen gefallen möchte – und nicht den Mut aufbringe, jemanden auf den nächsten Tag zu vertrösten. Auch Pfarrer brauchen mal Feierabend.

Aber natürlich bat ich ihn herein.

Dr. Wiedekind nahm auf meinem Sofa Platz, ein wenig umständlich, als müsse er erst die richtige Haltung finden. Nachdem ich ihm ein Glas Wein angeboten hatte, das er gerne annahm, setzte ich mich wieder in meinen bequemen Ledersessel. Dann wartete ich, dass er anfing.

Er kostete erst fachmännisch den süffigen Barolo vom Discounter, ließ ihn genießerisch die Kehle hinunterrinnen und nickte mir zustimmend zu. Dann fragte er zögernd: »Wissen Sie, was KI ist?«

Ich setzte mein Glas ab: »Das Konfessionskundliche Institut unserer Kirche?«

»Nein!« Er grinste überrascht. »Ich meine Künstliche Intelligenz. Ich bin Physiker, kein Theologe. Ich beschäftige mich mit der Entwicklung reflexionsfähiger Maschinen.«

Ich sah ihn an. »Sie meinen ›denkende Computer‹?«

»Wenn Sie es so ausdrücken wollen: ja. Aber eigentlich sage ich lieber ›lebende Maschinen‹.«

»Lebende Maschinen?«

Dr. Wiedekind lehnte sich zurück. »Es ist gar nicht einfach, das zu erklären. Also: Ich spreche nicht von perfekten Schachcomputern, die einen Menschen besiegen, weil sie in kürzerer Zeit mehr Möglichkeiten durchspielen beziehungsweise durchrechnen können, bevor sie ihren Zug machen. Ich spreche von Bewusstsein. Von Maschinen, die wissen, wer sie sind, und die auch Gefühle haben.«

Ich hob mein Glas und grinste ihn an: »Nun denn, auf die Gefühle der Mikrochips.« Ich trank. Dann sagte ich: »Das meinen Sie natürlich nicht ernst, oder?«

Sein Gesichtsausdruck wurde noch fester: »Selbstverständlich! Sehen Sie: Lange Zeit glaubte man, dass Denken und Fühlen zwei völlig verschiedene Bereiche unserer Persönlichkeit seien. Doch dann machte man, um nur ein Beispiel zu nennen, Versuche mit Menschen, die nach einer Gehirnverletzung keine Gefühle mehr empfinden konnten. Und man stellte unzweifelhaft fest, dass auch ihre Intelligenz dadurch massiv beeinträchtigt wurde. Bei allen Entscheidungen, die wir fällen, spielt das Gefühl eine wesentliche Rolle. Denken ist ohne Gefühl eigentlich gar nicht vorstellbar. Nur haben wir das erst vor kurzem verstanden. Und da wir inzwischen die neuronalen Vorgänge beim Fühlen immer besser beschreiben können, sind wir allmählich auch in der Lage, sie zu simulieren.«

Ich hob fragend die Hände, um ihm zu signalisieren, dass er bitte fortfahren möge.

Er sah mich mit stechendem Blick an. »Haben Sie schon von Hal gehört?«

»Natürlich«, entgegnete ich entspannt, weil ich froh war, etwas Kluges beisteuern zu können: »HAL, der Supercomputer aus Stanley Kubricks Film ›2001 – Odyssee im Weltraum‹. Tolle Geschichte! H, A und L ist ein Wortspiel: Immer ein Buchstabe vor IBM …«

Er wischte meine Antwort mit einer Handbewegung zur Seite, so heftig, dass sein Weinglas beinah übergeschwappt wäre. »Das ist alles richtig, aber ich rede von Hal, dem ersten künstlich intelligenten Programm, das von alleine sprechen gelernt hat. Es wurde von Forschern einer Firma in Tel Aviv entwickelt: ›Artificial Intelligence Enterprises‹. Das Besondere an diesem Programm ist, dass seine Entwickler ihm ein Grundbedürfnis nach positiver Rückmeldung, also eine reine Gefühlskomponente einprogrammiert haben. Die Wissenschaftler tippen nun wahllos irgendwelche Kindergeschichten in die Tastatur und reagieren auf die Wortbildungsversuche ihres Zöglings, wie Eltern es tun würden. Und das Wunder ist passiert: Vor einiger Zeit hat Hal aufgrund seines Wunsches nach Kommunikation von allein angefangen zu sprechen. Er ist zwar noch auf der Stufe eines zweijährigen Kindes, aber er bildet schon ganze Sätze. Dabei hat ihm das niemand erklärt. Er begreift eigenständig, dass es Richtig und Falsch gibt, und passt seine

Sprechversuche den emotionalen Rückmeldungen seiner ›Eltern‹ an. Keiner weiß, was da genau passiert, aber Hal begreift über die Gefühlsebene, wie Sprache funktioniert …«

Ich unterbrach ihn: »Dr. Wiedekind, Sie sind doch sicher nicht zu mir gekommen, um mir einen Fachvortrag über … wie nannten Sie das … ›lebende Maschinen‹ zu halten.«

Er stellte die Beine, die er vorher übereinandergeschlagen hatte, gerade auf den Boden und setzte sich auf die Vorderkante des Sofas. »Entschuldigen Sie, aber ich kann Ihnen mein Anliegen nur verständlich machen, wenn Sie die Hintergründe kennen. Ich werde trotzdem versuchen, mich kürzer zu fassen.«

Er räusperte sich. »Sehen Sie, ich möchte Ihnen gerne verdeutlichen, welchen Einfluss die Fortschritte in der KI-Forschung auf unsere Vorstellung von ›Leben‹ haben werden. Vielleicht sollte ich noch einmal ganz anders anfangen. Sie wissen wahrscheinlich, dass die Hirnforschung in den letzten Jahren einen Riesensprung nach vorne gemacht hat. Dadurch wurde natürlich auch die KI-Entwicklung weiter angeregt. Sie müssen sich das so vorstellen: Ende des 19. Jahrhunderts dachte man noch, das Gehirn funktioniere wie ein Telegrafensystem, Anfang des 20. Jahrhunderts verglich man es mit einer Telefonschaltzentrale, und Freud stellte es sich wie ein Elektromagnetisches System vor. Ab 1985 ging man dann davon aus, dass das Gehirn wie ein digitales Netzwerk funktioniert. Verrückt, oder? Marvin Minsky hat einmal zu Recht darauf hingewiesen, dass jede Generation einfach die neusten technologischen Entwicklungen ihrer Zeit als Modell für das Gehirn nimmt. Doch erst die Entdeckung der emotionalen Komponente unseres Denkens hat es möglich gemacht, universelle Roboter der vierten Generation zu entwickeln – lebende Maschinen eben.«

Er machte eine Pause und wartete offensichtlich auf eine

Reaktion. Also sagte ich, fröhlich nickend: »Sie meinen wie dieser Hal, der auf dem Stand eines Zweijährigen ist?«

Dr. Wiedekind stellte das Weinglas auf den Tisch und erhob sich. Ich sah ihm an, dass er sich nur mühsam beherrschte, als er murmelte: »Ich glaube, es war ein großer Fehler, hierherzukommen. Ich brauche wirklich Hilfe. Aber ich habe den Eindruck, dass Sie meine Worte nicht besonders ernst nehmen. Ich wünsche Ihnen noch einen guten Abend! Und …« Er presste die Worte einzeln heraus: »… danke für den Wein.«

Mein Besucher kam hinter dem Sofatischchen hervor und ging mit schnellen Schritten zur Garderobe, an die er seinen Mantel gehängt hatte. Ich lief hinter ihm her und konnte ihn gerade noch am Arm fassen. Verärgert über mich selbst, versuchte ich, ihn zu beruhigen: »Dr. Wiedekind! Es tut mir leid. Ich hatte nicht vor, Sie zu verletzen. Wirklich! Ein Besuch wie der Ihre ist für mich eher ungewohnt. Normalerweise fangen die Menschen gleich an, von sich und ihren Sorgen zu erzählen. All die fachlichen und für einen Laien sehr anspruchsvollen Darstellungen haben mich verleitet, aus der Rolle zu fallen. Entschuldigen Sie bitte! Vielleicht kann ich Ihnen ja tatsächlich helfen, wenn wir zu den Fragen kommen, die mein Fachgebiet betreffen. Bitte!«

Ich schob ihn sanft zurück zum Sofa, wo er dann auch wieder Platz nahm. Einen Augenblick spielte er mit dem Weinglas, dann sagte er leise: »Sie haben Recht! Wenn man wie ich den ganzen Tag mit dieser Materie zu tun hat, vergisst man, dass sie einem Außenstehenden ziemlich fremd erscheinen muss. Dazu kommt, dass in unserer Branche Informationen sehr kostbar sind, sodass alle Forschungseinrichtungen sich hüten, zu viel preiszugeben.« Er sah mich prüfend an: »Ich gehe davon aus, dass Sie an das Beichtgeheimnis gebunden sind.«

Ich nickte. »Selbstverständlich! Das Seelsorgegeheimnis gilt für alles, was Sie mir anvertrauen.«

Mein Gast atmete einmal tief durch, dann sagte er, jedes Wort betonend: »Ich habe einen voll funktionsfähigen, das heißt denkenden und emotional empfindenden Androiden entwickelt, Herr Pfarrer! Ein wirklich intelligentes Wesen.« Er wartete, bis seine Worte ihre Wirkung entfaltet hatten, dann sprach er leise, fast liebevoll weiter. »Ich habe ihn Ray genannt.«

Ich nahm einen tiefen Schluck aus meinem Weinglas und leckte mir in aller Ruhe die letzten Tropfen von den Lippen. Als Dr. Wiedekind weiter schwieg, sagte ich: »Nun, eine solch bahnbrechende Erfindung war früher oder später zu erwarten. Was sagt man da? Herzlichen Glückwunsch? Das wird wahrscheinlich weitreichende Konsequenzen für die Welt haben. Ich begreife aber noch immer nicht, warum Sie mit dieser wahrhaft beeindruckenden Information zu mir kommen.«

Dr. Wiedekind wirkte jetzt entspannter. Dennoch klang seine Stimme gepresst, als er sich vorbeugte und leise sagte: »Ich habe Ihnen doch von Hal erzählt, der mit Kindergeschichten gefüttert wird, um sprechen zu lernen. Ray ist viel, viel ausgereifter – psychologisch zurzeit etwa auf der Stufe eines Siebzehnjährigen. Also habe ich ihn mit den großen Quellen unserer Kulturgeschichte versorgt: Ilias, Odyssee, Gilgamesch-Epos, Sagen des klassischen Altertums, Platon, Seneca, Aristoteles, Meister Eckehardt, Goethe, Schiller, Lessing, Thomas Mann … Sie wissen schon … Und eben auch mit der Bibel!«

Er legte unsicher die Hände übereinander, machte eine dramaturgische Pause und biss sich dabei kurz auf die Unterlippe, bevor er mich Hilfe suchend ansah: »Nun ist etwas passiert, was für mich als Wissenschaftler völlig unbegreiflich ist: Ray hat nach der Lektüre der Bibel auf einmal angefangen …« Er stockte. »… nun … er hat angefangen, zu beten. Und zwar regelmäßig. Ich habe viel mit ihm darüber diskutiert.« Er hob kurz den Blick: »Sie müssen wissen, dass ich weder ein großer Kirchgänger bin noch an einen persönlichen Gott glaube. Zumindest nicht an die Variante, die normalerweise in der Kirche vertreten wird. Aber das tut ja jetzt nichts zu Sache. Entscheidend ist: Ray und ich haben nächtelang geredet. Aber ich konnte ihn nicht von seinem religiösen Wahn abbringen. Im Gegenteil – je mehr ich ihn von einem rationalen Weltbild überzeugen wollte, desto geborgener fühlte er sich in seinem Glauben.«

Dr. Wiedekind sprach immer schneller. »Nun, um zur Sache zu kommen. Ray hat eine Entscheidung gefällt. Er möchte getauft werden.«

Ich schluckte, dann sprang ich auf: »Wie bitte? Ich soll einen Roboter taufen?«

Der Wissenschaftler senkte die Stimme und sagte sehr deutlich: »Ray ist kein Roboter! Er ist ein denkender und fühlender Androide. Er hat von sich aus – ganz ohne mein Wissen und Mitwirken, ja, sogar gegen meinen erklärten Willen – für sich erkannt, was Glauben ist, und wünscht, getauft zu werden. Und ich habe ihm versprochen, Sie zu fragen. Sie können sicher sein: Ich bin nicht gerne hier.«

Ich stammelte nur: »Aber … das geht doch nicht!«

Dr. Wiedekind hob die Hände und legte sie vor dem Gesicht zusammen, sodass seine Worte durch seine Finger rannen: »Und warum nicht? Ray glaubt aus ganzem Herzen, dass Jesus Christus der Welt die Liebe Gottes offenbart hat. Und dass seine Seele nur in dieser Liebe ihren Frieden finden kann.«

Ich stützte mich auf den Tisch und beugte mich vor:

»Aber Ray hat keine Seele! Er ist eine Maschine!« Ich erschrak, weil ich so laut geschrien hatte.

Dr. Wiedekind schüttelte ruhig den Kopf. »Ray empfindet eine tiefe spirituelle Sehnsucht. Er hat Angst, und er lacht. Er weint, und er träumt. Er hat Erinnerungen und Hoffnungen. Er nimmt sich wahr und fühlt sich mit Gott verbunden. Wie wollen Sie das alles bezeichnen, wenn nicht als Seele?«

Unruhig lief ich auf und ab. »Das ist doch völliger Quatsch! Sie … Sie haben ihm all diese Gedanken einprogrammiert.«

Mein Gast schüttelte den Kopf. »Auf keinen Fall! Ich habe ihm nur beigebracht, wie er selbst lernen und mit seinen Gefühlen umgehen kann. Das ist etwas völlig anderes. Es ist genau das, was jeder gute Vater seinem Sohn beibringt. Sehen Sie, Ray hat mich gebeten, Sie aufzusuchen, weil er gerne seinen Glauben bekennen möchte. Und er möchte alles, was ihn belastet, bei Gott abgeben.«

Ich beugte mich erneut zu meinem Besucher herunter und sagte scharf: »Ray, Ihre … wie nannten Sie sie … ›lebende Maschine‹, ist nicht schuldfähig. Sie bedarf also auch keiner Gnade. In der Taufe sage ich den Menschen, dass nichts sie von der Liebe Gottes trennen kann, auch nicht ihre größte Schuld. Und um das zu bezeugen, hat Jesus die Sünde der Menschen auf sich genommen. Das alles aber hat mit Ihrem Ray überhaupt nichts zu tun. Er besteht aus Schaltkreisen.«

Dr. Wiedekind hob den Kopf. »Sie verwechseln da etwas. Ray ist ein Androide mit einem Gefühlsleben. Das heißt: Er denkt und handelt nicht logisch, er fühlt. Darum ist er ja die erste Maschine, die lieben kann. Und wer liebt und fühlt, macht eben auch Fehler. Er wird schuldig, wie Sie es nennen. So wie jeder Mensch.«

»Nein!«, rief ich. »Nicht wie ein Mensch! Ganz und gar nicht wie ein Mensch.«

Mein Gast blieb ruhig, doch in seinen Augen sah ich ein leichtes Flackern. »Herr Pfarrer, reden wir doch mal ganz offen: Sie wissen nur zu genau, dass ein Mensch letztlich auch eine Maschine ist. Eine sehr gute, wohlgemerkt, aber eben nur eine Maschine. Sie können die elektrischen Gehirnströme dieser Maschine messen, die DNA bestimmen, weitreichende Reparaturen an ihr durchführen und ihr sogar ein neues Herz einsetzen, wie ein Ersatzteil.

Vor allem aber können Sie ziemlich leicht beschreiben, was einen Menschen glücklich macht: die banale Ausschüttung der Neurotransmitter Serotonin, Dopamin und Oxytocin. Ein rein mechanischer Vorgang. Objektiv betrachtet, lässt sich bei jedem Säugetier inzwischen präziser erklären, wodurch sein Gefühlsleben bestimmt wird, als bei Ray. Und die Seelenfrage ist, soweit ich unterrichtet bin, in der Theologie und der Philosophie so umstritten, dass ich bereit bin, jeden Beweis anzutreten, dass Ray eine Seele hat, weil er die dafür nötigen Voraussetzungen mitbringt …«

Ich schenkte mir mit zitternden Fingern Wein nach und trank das Glas in einem Zug leer. Dann wollte ich mich setzen, sprang aber sofort wieder auf, weil sich alles in mir drehte. Mit trockenem Mund sagte ich: »Dr. Wiedekind. Sie müssen sich geirrt haben. Elektrische Schaltkreise können das Geheimnis des Glaubens nicht ergründen. Niemals!«

Ich merkte, dass ich schon wieder laut geworden war, konnte aber nichts dagegen machen. »Gott widersteht jeder Logik. Er ist nicht in Nullen und Einsen einzufangen wie eine schäbige Gleichung, eine Addition oder eine Kurvendiskussion. Und wenn er es wäre, wenn Gott wirklich berechenbar wäre, wo bliebe dann der Glaube? Noch immer gilt: ›Selig sind, die nicht sehen und doch glauben.‹ Ein mathematisch fassbarer und verstehbarer Gott wäre nicht mehr Gott. Begreifen Sie das nicht?«

Mit einem feinen Lächeln fragte Dr. Wiedekind: »Reden wir jetzt über Ihren Glauben oder über die Taufe von Ray?«

Nervös strich ich mir die Haare nach hinten. Er aber sprach eindringlich weiter. »Sie können sicher sein, dass ich Rays Programme mehr als ein Dutzend Mal geprüft habe. Er funktioniert fehlerfrei. Abgesehen davon hat Ray niemals behauptet, dass er Gott versteht. Er hat einfach angefangen, zu glauben ...«

Ich fiel ihm ins Wort: »Das macht doch keinen Unterschied! Wenn Glaube auf einmal eine Frage der Logik ist, von einer Maschine entdeckt, dann glauben wohl die am intensivsten, die am schnellsten rechnen können. Aber genau darum darf es nicht gehen. Die Liebe Gottes ist nicht verfügbar und auch nicht mit komplexen Algorithmen zu empfinden. Im Gegenteil: ›Selig sind die Einfältigen‹.«

Ich vergrub den Kopf in den Händen. »Dr. Wiedekind, das alles ist einfach nicht richtig. Es kann und darf keine gläubigen Maschinen geben. Verstehen Sie mich bitte nicht falsch, aber Sie müssen das beenden.«

»Beenden?« Er zog die Stirn in Falten. Anscheinend hatte ich ihn sehr getroffen. »Was meinen Sie mit ›beenden‹? Ray hat ein Ich-Bewusstsein. Er lebt. Er fühlt. Abgesehen davon: Ich bin gar nicht hierhergekommen, um mit Ihnen über theologische Grundsatzfragen zu diskutieren oder gar zu streiten. Ich bin hier, weil ein Geschöpf dem innigen Wunsch Ausdruck verliehen hat, getauft zu werden. Eigentlich möchte ich nur eines wissen: Werden Sie Ray taufen?«

Ich muss ihn angesehen haben wie ein Geistesgestörter, denn ich bemerkte, dass er Angst bekam. Doch ich war so durcheinander, dass ich kaum noch wusste, was ich sagte. Meine abschließenden Worte klangen wie die wütende

Rede eines Gerichtspropheten: »Ray ist kein Geschöpf Gottes! Er ist vielleicht Ihr Geschöpf, aber er ist nur ein Ding, eine Sache, ein Androide, ein Golem, Frankensteins Monster, ein von Menschen entwickeltes Etwas, künstlich, ein Programm! Ich kann und ich werde ihn … was sage ich, ES nicht taufen! Niemals!«

* * *

Als mein Besucher gegangen war, brach ich unvermittelt in Tränen aus. Ich hing in meinem Lesesessel und wurde von Weinkrämpfen geschüttelt, die tief aus meinem Inneren zu kommen schienen. Ich fühlte mich unendlich leer. So leer, dass ich nicht einmal beten konnte.

Irgendwann muss ich die Flasche vom Tisch genommen haben, denn nachdem ich mich ein wenig beruhigt hatte, war sie leer. Und obwohl ich inzwischen reichlich angetrunken war, wich meine Benommenheit plötzlich einer verblüffenden Klarheit: Wenn es so etwas wie Ray gab, dann verlor alles, was ich ein Leben lang gedacht, geglaubt und gepredigt hatte, seinen Sinn.

Die besondere Berufung des Menschen, den Gott selbst geformt und »sehr gut« genannt hatte, die Erwählung seines Volkes Israel, die existenzielle Hingabe der Jünger, der Segen, der Heilige Geist: All das bekam mit einem Mal einen faden Beigeschmack. Schien auf einmal maschinenlesbar, ja, womöglich sogar auf einem Laserdrucker ausdruckbar. Welch ein teuflischer Gedanke!

Gott war Mensch geworden, weil ihm an einer persönlichen und leidenschaftlichen Beziehung zu den Menschen lag, nicht, weil eine seelenlose Elektronik sich einen praktikablen Glauben zusammenrechnen konnte – und das Heilige damit in die Hände von Mikrochips überantwortete.

Eine betende Festplatte, das war ein Monstrum, krank und ketzerisch! Das entehrte die Menschheit an sich, raubte ihr das letzte Refugium, das ihr in einer immer unübersichtlicheren und unmenschlicheren Welt geblieben war: den Glauben.

In diesem Moment wusste ich, dass ich Ray töten musste. Ja, ich! Und zwar sofort! Bevor irgendjemand außer mir von diesem schrecklichen Dämon erfuhr. Wenn die programmierte Häresie von ihrem Erfinder nicht mehr beherrscht werden konnte, musste eben ich dem Albtraum ein Ende bereiten.

Als der Gedanke sich in mir breitmachte, schrak ich erst zusammen, doch dann ärgerte ich mich über mich selbst. Wieso hatte ich eigentlich an »töten« gedacht? Wie kam ich in diesem Zusammenhang auf so ein menschliches Wort? »Abschalten«, es ging darum, eine Maschine abzuschalten, so, wie man einen Toaster abschaltet, einen Fernseher oder … genau: einen Computer. Ich musste einen pervertierten Computer abschalten, einen Computer, der es wagte, Gott zu lästern. Das war – selbst wenn man mich dabei ertappte – nichts anderes als Sachbeschädigung.

Ich hastete nach oben, wo ich noch immer eine Pistole meines Vaters im Nachttisch liegen hatte, eilte wieder hinunter und schnappte mir von der Anrichte die Visitenkarte, die mir mein Besucher in die Hand gedrückt hatte. »Dr. Wiedekind. I.K.I. Institut zur Erforschung Künstlicher Intelligenz.« Zum Glück lag das Gebäude nur wenige Gehminuten entfernt.

* * *

Ich weiß, dass ich das nicht machen sollte, aber ich möchte noch einmal versuchen, meine Situation zu verdeutlichen.

Ich war, als ich aus der Haustür trat, erschöpft, angetrunken und verzweifelt. Aus irgendeinem Grund zog mir die Geschichte von Ray den Boden unter den Füßen weg und ließ mich in einen unvorstellbaren Abgrund stürzen. Und dabei wurden auch alle Ideale und Werte, die ich sonst mit ernsthafter Überzeugung vertrete, mit hinuntergezogen. Anders kann ich mir mein Handeln nicht erklären. Ich besitze kein aggressives Potenzial. Ganz bestimmt nicht! Wenn Sie die Menschen in meiner Gemeinde fragten, fänden Sie keinen, der auf den Gedanken käme, ich könnte jemals jemandem schaden wollen. Im Gegenteil: Ich gelte als sanftmütig, freundlich, umgänglich und nicht im Mindesten reizbar. Ein Umstand, der manche Mitglieder des Kirchenvorstands richtiggehend aufregt, weil sie sich bei bestimmten Streitfragen deutlich mehr Engagement von mir wünschen.

Aber warum sage ich das? Es hat ja doch keinen Zweck. Was passiert ist, ist passiert.

Das Haus, in dem Dr. Wiedekind arbeitete, lag am Ende einer kleinen Seitenstraße hinter einer dichten, sorgsam gepflegten Buchsbaumhecke; ein schmales, grau getünchtes Gebäude mit zwei durch eine rote Kante abgesetzten Stockwerken und einem schönen Erker, der wohl ein postmodernes Turmzimmer andeuten soll.

Das Tor zur Straße war offen, und als ich um das Haus herumschlich, sah ich sofort mein eigentliches Ziel: Im Garten stand ein moderner Pavillon, offensichtlich das Labor, in dem der Wissenschaftler arbeitete. Ich weiß nicht, warum, aber ich war mir sofort sicher, dass ich Ray hier antreffen würde.

Wie auch im Haus vorn, waren im Pavillon alle Fenster dunkel und die Gardinen zugezogen. Ich hatte natürlich keinen ausgearbeiteten Plan, sondern wollte einfach nur zu diesem Ray vordringen, meine Waffe auf ihn abfeuern und dann so viel Unheil wie möglich in seinen Schaltkreisen anrichten. Eigentlich war es ziemlich gleichgültig, was ich tat, wenn es nur dazu führte, dass sein schändliches Programm nicht mehr arbeiten würde.

Während ich mich bemühte, in der Dunkelheit die Konturen des Gebäudes zu erkennen, wurde mir plötzlich bewusst, dass ich gar nicht genau wusste, wonach ich eigentlich suchen musste. Dr. Wiedekind hatte zwar von einem Androiden gesprochen, aber das konnte viel heißen. Es war möglich, dass ich auf einen menschenähnlichen Roboter stieß. Vielleicht wartete da drinnen aber auch nur ein simpler Großrechner. Die Frage, ob Ray sich bewegen konnte, hatte ich in meinem Gespräch mit dem Wissenschaftler nicht angesprochen. Sie war aber insofern von Bedeutung, als er sich möglicherweise wehren würde.

Ich kauerte mich hinter einen Busch, um meinen Atem zu beruhigen und um mir vorzustellen, was mich in diesem Pavillon wohl erwartete. Ich wollte schließlich nicht vor Schreck die Waffe fallen lassen, wenn mir plötzlich eine Art glitzernde Blechdose wie »C3PO« aus »Star Wars« gegenübertrat.

Endlich hatte ich mich wieder unter Kontrolle. Ich entsicherte die Waffe, spannte noch einmal die Muskeln an und näherte mich dem Pavillon langsam von der Rückseite her.

Alles war ruhig. Zu meiner Erleichterung entdeckte ich ein Aluminium-Doppelfenster, dessen einer Flügel gekippt war. Vorsichtig schob ich meine Hand durch den Spalt, und als ich mich auf die Zehenspitzen stellte, gelang es mir tatsächlich, den Griff des anderen Flügels zur Seite zu drehen. Vorsichtig drückte ich das Fenster auf und ließ mich ins Zimmer gleiten.

Es war – soweit ich das im Dunkeln erkennen konnte – ein ganz gewöhnlicher Büroraum. Ich atmete tief durch, als ich feststellte, dass sich niemand darin aufhielt. Rundherum sah ich nur hohe Regale, auf denen sich Ordner und Handbücher befanden. Auf einem Schreibtisch aber stand ein PC, und ich bekam plötzlich ein klammes Gefühl im Magen, weil ich dachte: »Ist das vielleicht Ray?« Das Modell war jedoch ziemlich einfach, zu einfach, als dass es einen glaubensfähigen Rechner enthalten konnte. Ich beschloss, das Gerät mitzunehmen, falls ich nichts anderes fand, und öffnete lautlos die Tür zum Flur.

Der etwa fünf Meter lange Gang, auf den ich stieß, war von einem feinen grünlichen Schimmer erhellt, das von rechts durch eine Glastür hereinfiel. Leuchtdioden. Offensichtlich war dort das eigentliche Versuchslabor.

Ich wartete, bis meine Augen sich an das diffuse Licht gewöhnt hatten, dann schlich ich, Schritt für Schritt, an der Wand entlang auf das Leuchten zu. Bald konnte ich die Lichtquellen deutlicher erkennen. Sie gehörten zu einer Instrumentenwand, von der aus mehrere Kabel zu einer Liege liefen …

Und jetzt sah ich ganz schwach den Körper des Androiden. Er hatte die fast menschenähnlichen Arme eng an den Leib gelegt – und wurde wahrscheinlich gerade aufgeladen.

Millimeterweise schob ich die Klinke nach unten, drückte dann die Tür nach innen und betrat den Raum. Das Rauschen mehrerer Belüfter und ein regelmäßiger Piepton schlichen sich in mein Ohr. Ein Schauer durchlief mich, als flösse Gel durch meine Adern. Ich hob langsam den Revolver und hielt ihn in Richtung des Kopfes, der ebenfalls an mehreren Stellen verkabelt war.

Ich wünschte, ich wüsste, warum ich nicht sofort abgedrückt habe, aber aus irgendeinem Grund wollte ich diesem Ray, diesem Wesen mit seinen abartigen, künstlichen Gefühlen wenigstens einmal ins Gesicht sehen. Ich setzte langsam einen Fuß vor den anderen und schob mich so immer näher an die Liege heran.

Als ich noch etwa einen Meter entfernt war, konnte ich endlich zwischen den Kabeln die Züge des Androiden erkennen – und schrie auf!

Vor mir lag Dr. Wiedekind.

Dr. Wiedekind war Ray! Ray war Dr. Wiedekind! Der Androide selbst hatte mich aufgesucht, um sein absurdes Gesuch vorzubringen.

Bevor ich meinen Schreck überwunden hatte, richtete der Liegende sich auf und sah mich mit seinen hellgrünen Augen an. Im gleichen Augenblick leuchtete das Licht im Labor auf. Wahrscheinlich hatte er dem System einen Befehl gegeben.

»Rühr dich nicht!«, rief ich entsetzt.

»Pfarrer Kurzweil? Was wollen Sie denn hier?«, fragte er schlaftrunken, und ich krümmte mich vor Schreck.

Er schwang sich von der Liege, stellte die Beine auf den Boden und zog sich die Kabel vom Leib, als holte er Splitter aus seiner Haut: »Was tun Sie in meinem Labor? Und was wollen Sie mit der Waffe?«

»Ich muss dich töten!« Meine Stimme klang fremd und metallen. So hatte ich sie noch nie gehört. Ein sich überschlagender, gutturaler Klang. »Dich darf es nicht geben!«

Er zog die Stirn in Falten und sagte sanft: »Aber ich bin da! Sie selbst haben mit mir gesprochen und mich für einen Menschen gehalten. Ich lebe!«

»Nein«, wimmerte ich. »Du lebst nicht. Und ich werde diesem Spuk ein Ende bereiten. Du bist eine Maschine! Du bist eine Maschine! Du bist eine Maschine …!«

Die Worte wurden mit jedem Mal, das ich sie aussprach, weinerlicher, doch meine innere Verbissenheit nahm zu. Es gab keine andere Lösung, als diese Maschine auszuschalten.

Ich spürte, wie sich mein Zeigefinger um den Hahn anspannte.

Da sprang Ray blitzschnell vor, schlug mir die Waffe aus der Hand und legte die Finger um meinen Hals.

Und während ich verzweifelt gegen diesen unmenschlichen Griff ankämpfte, entdeckte ich in seinem Blick etwas, das mich zutiefst erschrecken ließ: Hass, blanken Hass! Rays Pupillen waren klein wie Stecknadelköpfe, und es war, als schrien sie mir das Wort »Rache« entgegen. Da war nur noch Verachtung, gepaart mit einer unbändigen Wut. In mir hallten die Worte nach, die ich vorhin gehört hatte: »Ray ist kein Roboter. Er ist ein denkender und fühlender Androide.«

Ich hatte ihn angegriffen, und jetzt empfand Ray wie jedes Lebewesen Hass auf den, der ihn zerstören will. Seine Gesichtszüge waren verzerrt, seine Augenlider zuckten vor Anspannung, und ich spürte, wie der Griff an meinem Hals immer fester wurde. Seiner Kraft hatte ich nichts entgegenzusetzen. Mir wurde schwarz vor Augen. »Das war es also«, dachte ich.

Dann fiel ich schwer zu Boden. Als ich wieder klar sehen konnte, blickte ich direkt auf Rays Hand, die sich mir entgegenstreckte. Er nahm meinen Arm und zog mich hoch.

Dabei sagte er schwer atmend: »Bitte verzeihen Sie mir, Herr Pfarrer! Ich hätte mich niemals so gehen lassen dürfen. Beinah hätte ich Sie umgebracht.« Er legte sich die Hand aufs Herz und sprach jetzt schnell und erregt, mit kurzen Pausen, in denen er Luft einzog: »Das wäre falsch gewesen. Unendlich falsch! Wie konnte mir nur so etwas passieren? Ich bin doch Christ! Ich will, dass Gottes Liebe in mir wirkt. Ich möchte so sein, wie Gott es sich wünscht. Weil ich nur dann mir selbst am nächsten bin. Ich möchte niemandem das Leben wegnehmen.«

Er sah mich jetzt direkt an, und ich konnte seinem Blick

nicht standhalten. Leiser sprach er weiter: »Jesus sagt zu Recht: ›Liebet eure Feinde!‹ Gerade eben habe ich verstanden, was das bedeutet. Aber es ist so ungeheuer schwer. Ich möchte Sie wirklich lieben, Herr Pfarrer, auch wenn Sie mich ablehnen. Weil ich oft genug erfahren habe, dass man anders lebt, wenn man die Welt mit liebevollen Augen ansieht. Das darf ich nie vergessen. Und es stimmt wohl: Wer anderen Schaden zufügt, der schadet zuallererst sich selbst …«

Ich rannte davon, blindlings, um diesen beängstigend frommen Silben zu entkommen, die mir die Luft mehr abschnürten als die eiserne Hand des Androiden.

* * *

Gestern bin ich noch einmal bei diesem Haus gewesen. Ein blaues, mit Schnörkeln verziertes Schild stand davor: »Zu vermieten«. Die Nachbarn erzählten mir, dass zwei Männer darin gewohnt hätten, ein großer schlanker und ein kleiner, eher beleibter. Als sie den großen beschrieben, wusste ich sofort, dass sie meinen geheimnisvollen Besucher meinten. Der andere könnte sein Erfinder gewesen sein – falls es ihn wirklich gibt. Aber wer weiß das schon …

Ich versuche verzweifelt, mich in meinem Lesesessel auf Haruki Murakami zu konzentrieren. Ich kann es nicht. Zu viel ist zerbrochen, das spüre ich, obwohl ich noch gar nicht in der Lage bin, zu sagen, was mich eigentlich so unendlich entsetzt hat. Ich weiß nur eines: Ich schäme mich so sehr, dass es schmerzt! Und ich frage mich, was ich noch glauben kann.

In meinem Leben gibt es in diesem Moment nur einen winzigen, dafür aber mächtigen Trost: Dass da draußen irgendwo ein Androide namens Ray existiert … ein Androide, der ganz gewiss für mich betet.

VErinnerung

Irgendwo im Haus schlug der kalte Wind, in dem schon erste Schneeflocken trieben, ein Fenster zu. Der dumpfe Knall ließ den zusammengesunkenen Mann am Küchentisch erschrocken auffahren. Träge erhob er sich von seinem Stuhl, strich sich die Hosenbeine glatt und stieg die steile Treppe in den ersten Stock hinauf.

Die Luft im Badezimmer, das er nach jedem Duschen lüften musste, um der schwärzlichen Schimmelflecken in den Ecken Herr zu werden, kitzelte seine Haut, konnte ihn aber nicht aufmuntern. Verärgert bemerkte er beim Vorübergehen sein Bild im Spiegel.

Es sah aus wie immer – und genau das gefiel ihm nicht. Überhaupt nicht. Eng beieinanderliegende Augen, die beinah aus dem Gesicht zu quellen schienen, schüttere Haare, eine Kerbe in der Nasenspitze und so trockene Haut, dass sich im Winter auf seinen Wangen regelmäßig auffallend rote Flecken bildeten, die mit keiner Creme zu beseitigen waren. Dummerweise hatte der Winter gerade erst angefangen.

»Herrlich!«, dachte er sarkastisch. »Wirklich zum Verlieben!«

Er trat einen Schritt zurück, setzte ein etwas missglücktes Grinsen auf und sagte mit weicher Stimme: »Hallo! Ich bin Jochen. Jochen Anders. Ich finde es richtig schön, dass du jetzt bei uns im Chor mitsingst.«

Im gleichen Moment verachtete er sich. Für die Flecken auf seiner Haut, für die hölzernen Worte und für seine Feigheit. Kraftlos setzte er sich auf die Kante der Badewanne und starrte ins Nichts.

Es würde ja doch ausgehen wie jedes Mal. Er würde irgendwann vielleicht all seinen Mut zusammennehmen und sie ansprechen. Vielleicht. Wahrscheinlich war es nicht. Und wenn er es tat, dann würde sie ihm – wie die anderen – mit einem freundlichen, aber bestimmten Tonfall zu verstehen geben, dass sie lieber sterben würde, als mit so einem wie ihm näher etwas zu tun haben zu wollen.

Obwohl: Sie hatte ihn sehr wohl wahrgenommen. Mit einem Lächeln. Nett. Offen. Und unkompliziert. Hatte die Hand entspannt zum Gruß gehoben, das fröhliche Winken der Neuen in der Gruppe. Und sie hatte ihn dabei angesehen, lange angesehen. Mit einem befreienden Blick. Der Gedanke war ihm unwillkürlich gekommen: »Sie hat einen befreienden Blick. Da ist Weite drin. Als sähe man in ein Buch, gefüllt mit verlockenden Entwürfen der Zukunft, die darauf warten, umgesetzt zu werden. Eine Schatzkiste voller Möglichkeiten. Lust am Leben.«

»Wie heißt sie?«, hatte er seinen Nachbarn gefragt, einen sympathischen Bäcker in den Fünfzigern, der neben ihm auf dem Chorpodest stand und genauso leidenschaftlich gern sang wie er.

»Christina! Christina … irgendwas. Klang wie Eichhorn«, hatte der Bäcker zurückgezischt.

Zwei andere hatten gekichert, und von da an wurde sie im Bass nur noch »Das Eichhörnchen« genannt, obwohl er inzwischen wusste, dass sie Andorm hieß. Und wenn sie lachte, dann war es jedes Mal so, als würde alles ein wenig leichter, er, die Welt, der Alltag und das Singen. Wenn sie lachte, dann traf er das hohe E in der Bach-Kantate sofort.

In dieses Lachen hatte er sich verliebt. Mit einer Heftigkeit, die er nicht kannte. Mehrmals war er Frauen begegnet, bei denen er gedacht hatte: »Bei der könnte ich es mal versuchen!« Aber so war das mit Christina nicht. Sie war keine zum Versuchen, sie war die Versuchung selbst. Die Versuchung des Lebens … Das Leben versuchen, mit ihr … Sie sollte es sein, sie und keine andere. Das Glück des Daseins hing plötzlich davon ab, dass er mit dieser Frau zusammenkam. Sie war die Erfüllung, auf die er die ganze Zeit gewartet hatte.

Umso frustrierender war es, dass er überhaupt keine Ahnung hatte, wie er sie ansprechen sollte. »Wahrscheinlich wäre alles halb so schlimm, wenn ich nicht so oft abgeblitzt wäre.« Er hieb wütend auf den Badewannenrand. »Wie soll man mutig auf jemanden zugehen, wenn man immer nur schlechte Erfahrungen gemacht hat? 34 Jahre alt und noch keine einzige funktionierende Beziehung. Da treffe ich die Frau meines Lebens – und verpasse sie wahrscheinlich, weil ich nicht weiß, wie man über seine Gefühle redet oder jemandem den Hof macht.«

Er hatte sich jahrelang über seinen lässigen Freund Marcel geärgert, der mit unverhohlener Gier Frauen verführte und offensichtlich an einer ernsthaften und langfristigen Beziehung gar nicht interessiert war.

Jetzt kam der Neid in ihm hoch und fraß sich unaufhaltsam in seinen Bauchraum.

* * *

Später hätte Jochen nicht mehr sagen können, wann er sich an den Werbezettel erinnerte, der einige Tage zuvor aus der Zeitung gefallen war. Klein, grafisch schlicht, aber elegant gestaltet. Er hatte ihn wie üblich mit all den anderen Prospekten von Pizza-Bestelldiensten, Sportstudios, Teppichgeschäften, Elektronik-Großmärkten und Möbelhäusern ins Altpapier geworfen. Doch aus irgendeinem Grund war der Flyer so wunderlich gewesen, dass er schon mehrfach daran hatte denken müssen.

Gar nicht mehr müde, lief er nach unten und wühlte so lange in der Altpapiertonne, bis er ihn fand. Aufgeregt stand er vor dem offenen Deckel und las, einmal, zweimal, dreimal:

AVE
Klinik für Ambulante VErinnerung©

Gestalten Sie Ihr Leben um –
durch eine Korrektur
Ihrer Vergangenheit.
Alles ist möglich, denn:
Wenn alles gut war,
dann wird auch alles gut.

Machen Sie noch heute einen Termin bei
Prof. Dr. Innaro, Facharzt für Mnemonik, unter
☎ 069-53053962

* * *

Professor Innaro, ein gebräunter Asiate mit silbergrauen, etwas schmutzig wirkenden Haaren, wies mit einer weiten Handbewegung auf den elegant gestreiften Designerstuhl in der Mitte des Raumes und bat Jochen, Platz zu nehmen. Er selbst setzte sich schwungvoll hinter einen Chrom-Schreibtisch, der in dem großen Büro fast unscheinbar wirkte. Dafür sah der Arzt selbst dahinter sehr überzeugend aus.

Jochen ließ seinen Blick umherschweifen und wunderte sich, dass keinerlei Bilder oder Gestaltungselemente zu sehen waren.

Da der Arzt darauf zu warten schien, dass er das Gespräch eröffnete, fragte er unsicher: »Was genau machen Sie hier, Professor?«

Sein Gegenüber ließ die Mundwinkel zu einem herzlichen Lachen nach oben springen und zögerte die Antwort ein wenig heraus, als wolle er erst einmal eine positive und entspannte Atmosphäre schaffen.

Dann fing der Professor begeistert an zu reden, freundlich, eindringlich und gewinnend, so, als wäre jedes seiner Worte ein exquisiter Gaumenkitzler: »Wir betreiben hier Mnemonik. Mnemonik ist die Kunst, das Gedächtnis zu unterstützen. Uns ist es vor einigen Jahren gelungen, ein Verfahren zu entwickeln, mit dessen Hilfe wir das Gedächtnis positiv stimulieren können; und zwar so, dass wir damit fantastische therapeutische Erfolge erzielen. Wir nennen diese Therapie ›VErinnerung‹.« Er grinste: »Na ja, ein kleines Wortspiel. Und zugleich ein neues Wort, weil wir tatsächlich etwas ganz Neues entwickelt haben.«

Jochen ertappte sich dabei, dass er sich, während der Professor sprach, mit den Fingern an die Armlehnen klammerte. Er sah den Arzt misstrauisch an. »Was … was meinen Sie mit therapeutischem Erfolg?«

Der Mediziner strich sich mit einer großen Geste über die Augenbrauen. »Herr Anders, Sie ahnen wahrscheinlich gar nicht, wie viele Menschen unter ihrer Vergangenheit leiden. Beinahe in jeder Biografie gibt es schwere Verletzungen, Enttäuschungen, Traumata oder Erfahrungen, die wie ein Schatten auf einem Leben liegen. Ein Schatten, der alles blockiert. Er wirkt wie eine ... ich bezeichne das Phänomen gern als ›angezogene Handbremse‹. Verstehen Sie: Jemand spürt, dass sein Dasein nicht wirklich vorankommt, weil die Vergangenheit ihn nicht loslässt. Irgendeine schlechte, entmutigende oder negative Prägung hemmt den Fortschritt. Man will vorwärts, aber hinten am Gürtel hält einen ein dunkler Riese fest. Der ›Riese der Vergangenheit‹.« Fröhlich sagte er: »Sie merken schon, ich mag Vergleiche.«

Dann aber wurde er ernst. »Sehen Sie, es ist kein Zufall, dass in der Psychoanalyse der Freud'schen Schule die Wurzeln der menschlichen Probleme vor allem in Fehlentwicklungen und traumatischen Störungen in der Vergangenheit gesehen werden. Gerade frühe Irritationen in der Entwicklung führen zu anhaltenden Neurosen und Beeinträchtigungen der Triebdynamik, was nicht nur das Bewusstsein, sondern auch das Unterbewusste massiv infiltriert.

Das mag alles sehr theoretisch klingen, ich nenne Ihnen aber gern ein konkretes Beispiel: Nach aktuellen Statistiken werden rund sechs Prozent aller Kinder in Deutschland sexuell missbraucht. Und die meisten dieser Kinder leiden ein Leben lang darunter. Auf ganz unterschiedliche Weise natürlich. Bei den meisten zeigt sich etwa, dass sie verständlicherweise ihre eigene Sexualität nicht mehr unbelastet genießen können. Viele aber fühlen sich darüber hinaus noch jahrzehntelang beschmutzt, machen sich Vorwürfe, entwickeln ein fehlerhaftes Selbstwertgefühl, haben Angstzustände, bauen zerstörerische Frauen- und Männerbilder auf, fühlen sich bedroht oder empfinden das Dasein an sich als etwas Feindseliges, gegen das man sich wehren muss. Ja, manche werden sogar selbst irgendwann zu Triebtätern, weil sie mit ihrer schmerzhaften und beschämenden Erinnerung nicht fertig werden.

Markante Punkte in der Vergangenheit werden also leicht zu Weichenstellungen, die den Zug vom richtigen auf das falsche Gleis umlenken. Ahnen Sie, was das für ein Leben bedeutet? Welch eine Katastrophe das ist, wenn man durch ein Einzelerlebnis oder aufgrund langjähriger Beeinflussung durch andere Personen aus der Bahn geworfen wird? Ein solcher Charakter wird immer weit unter seinen Möglichkeiten bleiben. Ja, ich würde sogar sagen: Menschen, die eine derartige Last mit sich herumtragen, sind niemals ganz frei. Sie leiden, und das ohne jede Perspektive, weil die Vergangenheit nun mal nicht mehr zu ändern ist.«

Er machte wieder eine Kunstpause, in der er kurz aus dem Fenster auf die Skyline der Stadt blickte. Dann sprach er mit warmer Stimme weiter: »Und jetzt stellen Sie sich bitte vor, wie es wäre, wenn man im Gedächtnis dieser Menschen die Erinnerung an den Missbrauch einfach löschen könnte. Zapp – und weg!«

Er legte einen großen, imaginären Schalter in der Luft um. »Sie sind noch immer die gleiche Person, aber die Handbremse ist gelöst, der dunkle Riese hat losgelassen, und der eiserne Ring, der Ihnen all die Jahre die Brust zugeschnürt hat, fällt mit einem befreienden Scheppern zu Boden. Der Schatten über dem Leben weicht, und die Sonne bricht durch. Plötzlich werden für die Betroffenen Dinge möglich, die jahrlang unmöglich schienen. Mit einem Mal ist alles neu. Das wäre doch fantastisch, oder? ›Die gleiche Person, aber ein neuer Mensch!‹, wie ich gerne sage.«

Er breitete die Arme aus und sang nun fast: »Das ist seit Kurzem kein Traum mehr, Herr Anders! Das ist VErinnerung!«

Jochen spürte, dass sein Hals trocken geworden war, und versuchte vergeblich, zu schlucken. Mit einem Krächzen sagte er: »Erinnerungen verändern? Aber wieso? Ich habe früher immer gelernt, dass es gut ist, sich mit seiner Vergangenheit zu versöhnen.«

Für einen winzigen Moment zeigte sich ein fast höhnischer Ausdruck auf dem Gesicht des Professors, als er erwiderte: »Da haben Sie Recht. Aber wer schafft das schon? Ich kenne kaum jemanden. Außerdem muss man sich fragen, ob es wirklich funktioniert – und ob es sinnvoll ist. Die Realität ist ja leider viel grausamer, als wir uns das oft klarmachen. Der eklige Onkel, der seine Nichte im Urlaub ins Gebüsch gezerrt hat, sitzt doch oft noch dreißig Jahre später bei den Familienfesten bräsig mit am Tisch und macht zotige Anspielungen. Grauenhaft! Da wird Versöhnung schnell zu einer netten Theorie. Lebbar ist das in der Regel nicht.

Und was bedeutet Versöhnung in solchen Zusammenhängen überhaupt? Kann ich meinen Eltern verzeihen, die so oft mit mir umgezogen sind, dass ich mich noch heute getrieben und heimatlos fühle? Vielleicht kann ich es, aber was bringt es? Ich bin zwar versöhnt, aber immer noch ohne Zuhause. Was ist mit dem Vater, der mir nie etwas zugetraut hat, sodass ich mich noch dreißig Jahre später klein und schlecht fühle? Dem kann ich zwar vergeben, aber dadurch bekomme ich doch nicht mehr Selbstbewusstsein. Was ist mit der Mutter, die mich vor allem derart energisch beschützen wollte, dass ich nie gelernt habe, etwas selbst in die Hand zu nehmen? Soll ich der sagen: ›Ist alles gut, Mutter.‹? Nein, natürlich nicht.

Glauben Sie mir: Jeder Mensch trägt Bürden aus der Vergangenheit mit sich herum, die ihn kleinmachen. Natürlich können Sie sich mit diesen Bürden versöhnen und den dafür Verantwortlichen verzeihen. Das fällt aber nicht in mein Fachgebiet, das ist Sache der Religionen. Ich will dagegen auch gar nichts sagen. Ich frage mich nur, ob es nicht besser ist, die Ursachen zu beseitigen, als sich zu bemühen, die oft schrecklichen Symptome zu akzeptieren oder gar zu lieben.«

Er stand auf, ging um den Schreibtisch herum und setzte sich auf die Ecke. »Herr Anders, ich nehme an, Sie sind zu mir gekommen, weil es auch in Ihrer Vergangenheit etwas gibt, das Ihre Gegenwart erschwert. Da ist die Sache doch ganz einfach: Überlegen Sie selbst, was für Sie gut ist. Wollen Sie sich auf einen langwierigen Prozess einlassen, um sich mit sich und Ihren Sorgen zu versöhnen, oder wollen Sie nach wenigen Stunden aufwachen und ein neuer Mensch sein, der seinen Klotz am Bein losgeworden ist?«

Jochen starrte auf den Boden. »Ich glaube nicht, dass Sie mir helfen können. Mich hat niemand missbraucht. In meinem Leben gibt es nicht das eine Trauma, das man herausschneiden könnte.« Er zögerte, dann sagte er: »Ich ... ich habe einfach ein paarmal Pech mit Frauen gehabt. Das hat mein Selbstvertrauen nicht gerade gestärkt ...«

Der Professor drehte sich um, griff hinter sich und hielt einen weinroten Umschlag hoch: »Entschuldigen Sie, wenn ich Sie unterbreche!« Er lachte fröhlich. »Wissen Sie, was in diesem Kuvert ist? Eine Hochzeitsanzeige. Von einem Mann, etwa in Ihrem Alter, der mir eine ganz ähnliche Geschichte erzählt hat. Und soll ich Ihnen etwas sagen: Wir haben aus seinen schlechten Erfahrungen gute Erfahrungen gemacht. Als er dieses Haus verließ, wusste er sehr wohl, wie man Frauen für sich gewinnt – und so hat er auch die Frau seines Lebens ganz leicht von seinen Qualitäten überzeugen können.«

»Das geht?«

»Natürlich. Dafür sind wir ja da.«

Jochen sah den Arzt ungläubig an. »Ich muss da noch mal nachfragen. Dieser Mann hatte, wenn ich Sie recht verstehe, nachweislich gar keine Qualitäten als ... Partner. Oder etwa doch?«

»Vor der Therapie nicht. Nach der Therapie schon. Er hat die Erfahrungen zwar nicht wirklich gemacht, aber in seinem Gedächtnis existieren sie. Und damit bestimmen sie sein Denken, seine Gefühle, sein Handeln und seine Träume. Er lebt so, als wäre all das passiert. Und das genügt.«

»Und wie? Das begreife ich immer noch nicht.«

Professor Innaro legte den Umschlag wieder zurück. »Ich versuche, es Ihnen an einem weiteren Beispiel deutlich zu machen. Letzte Woche kam eine Frau mit einer unglaublich schlechten Körperhaltung zu mir. Sie hat früh ihren Bruder verloren, fühlte sich für seinen Tod mitverantwortlich und kam deshalb mit dem Leben nicht mehr klar. Und genauso sah sie leider auch aus. Alles an ihr war gebeugt, niedergedrückt, verkrampft und nach innen konzentriert. Wir haben den Tod ihres Bruders anders ablaufen lassen, sodass sie daran nicht beteiligt gewesen sein konnte. Als diese Frau aus der Narkose erwachte und sich erhob, habe ich sie nicht wiedererkannt. Aufrecht, mit viel Körpergefühl und einer unglaublichen Ausstrahlung stand sie da. Die gleiche Person, aber ein neuer Mensch! Die VErinnerung hat also nicht nur ihr Gedächtnis, sondern zugleich ihre gesamte Ausstrahlung verändert. Denn wir strahlen das aus, was wir denken und gedacht haben. Wir sind als Personen ein Spiegel unseres Gedächtnisses, ob wir wollen oder nicht.«

Jochen stand auf und trat an das große Panorama-Fenster. Er seufzte einmal tief, dann fragte er: »Wie würde das genau ablaufen?«

Der Professor setzte sich an seinen Schreibtisch und holte einen Notizblock hervor. »Sie erzählen mir einfach, was in Ihrem Leben schiefgegangen ist – und sagen mir dann, wie Sie es gerne gehabt hätten. Darauf lege ich großen Wert! Sie bekommen von mir keine Fremderinnerungen oder etwas ähnlich Absurdes. Nein. Auch die Stellen in Ihrem Gedächtnis, die wir verändern, stammen letztlich von Ihnen. Niemand bastelt an Ihrer Identität herum. Eine Erinnerung muss zu einem Menschen passen – und darum kann sie nur von Ihnen selbst kommen. Außerdem wissen die meisten sehr genau, was in Ihrer Vergangenheit hätte anders laufen müssen.«

Er lächelte: »Wenn Sie während des Prozesses von mir einen Tipp wollen, gebe ich den natürlich gerne. Aber Sie alleine entscheiden, was wir bei der VErinnerung machen. Es ist Ihre Vergangenheit, und niemand hat ein Recht, darüber zu bestimmen als nur Sie alleine.«

»Und was ist, wenn mir die Veränderung nachher doch nicht gefällt?«

Innaro lehnte sich nach hinten. »Innerhalb einer Woche bringen wir Ihr Gedächtnis kostenfrei wieder in den Originalzustand. Bei Computern heißt das so schön: Reset, Werkseinstellung. Wir programmieren bei der VErinnerung in Ihrem Gedächtnis quasi etwas um, und wenn Sie damit unzufrieden sind, machen wir das Ganze rückgängig. Das ist kein Problem. Später wird der erneute Eingriff dann allerdings kostenpflichtig. Und …«

Er hob beschwichtigend die Hände: »… wir machen das auch nur bis zur vierten Woche nach der Therapie. Denn dann haben Sie mit Ihrem veränderten Bewusstsein so viele neue Erfahrungen gemacht, dass wir die Folgen nicht mehr abschätzen können. Medizinisch wäre ein Reset zwar auch dann noch denkbar, aber die weltweiten Standards der Mnemoniker verbieten das. Zumindest zurzeit. Ich kann Ihnen aber eines sagen: Bisher ist mir kein Fall bekannt, in dem jemand nach Ablauf dieser Frist eine Re-VErinnerung – wir sagen kurz ›R.E.V.‹ dazu – gewünscht hätte.«

Jochen drehte sich um. »Aber die Leute wissen doch gar nicht mehr, dass sie mal anders gelebt haben.«

Der Mediziner nickte anerkennend. »Ein sehr kluger Hinweis. Aber vergessen Sie nicht: Ich bin Mnemoniker. Es ist mein Job, diese Dinge zu regeln. Ich mache das folgendermaßen: Ich verankere in Ihrem Gedächtnis – sozusagen als Notschalter – eine intensive Erinnerung an die Therapie. Eine Erinnerung, die genau nach vier Wochen verblasst. Sie werden in dieser Zeit wissen, dass Ihr Gedächtnis verändert wurde, obwohl Sie die alten Erinnerungen nicht mehr haben. Und das bedeutet: Sie können jederzeit hierherkommen und, wenn Sie wollen, sogar in Ihren alten Erfahrungen stöbern, die wir sorgfältig archivieren. Aber wie schon betont: Das passiert eigentlich nie. Und wenn, dann liegt es daran, dass Patienten mir etwas verschwiegen haben. Also daran, dass ihre aktuellen Probleme gar nicht durch die Erfahrungen verursacht wurden, die sie verändern wollten. Um das zu merken, brauchen Sie aber keine vier Wochen. Es ist also eine sehr sichere Prozedur.«

Mit schwitzigen Händen hielt sich Jochen an der Lehne des Stuhls fest. »Heißt das konkret: Sie können mir wirklich all meine Erinnerungen an missglückte Beziehungskisten gegen schöne gelungene Partnerschaften eintauschen, sodass ich bessere Voraussetzungen für eine neue Partnerin habe?«

Professor Innaro nickte. »Ja. Aber wie gesagt: Ich liefere Ihnen dazu nur die Therapie, die VErinnerung. Die Inhalte bestimmen Sie. Es ist Ihr Leben. Nach wie vor. Und Sie werden schnell merken, dass eine veränderte Vergangenheit tatsächlich eine veränderte Zukunft bedeutet.«

»Wann kann ich anfangen?«

* * *

Am Ende der dritten Sitzung erschien es Jochen, als hätte er alles gesagt, was es für ihn zu sagen gab. Stundenlang hatten die beiden Männer geprüft, welche Erfahrungen den jungen Mann belasteten, und dann überlegt, welche prägenden Eindrücke sie dagegensetzen wollten.

Nach und nach, ja, fast ein wenig wehmütig hatte sich Jochen dabei von den schmerzhaften, deprimierenden und entwürdigenden Bildern in seinem Inneren verabschiedet und sich immer mehr mit den wohltuenden, gelungenen Ideen seiner Fantasie angefreundet. Nun wartete er sehnsüchtig auf die Therapie.

Innaro bat ihn, im Vorraum zu warten, und rief ihn nach einer halben Stunde wieder herein, in der seine schweigsame Sekretärin ein Protokoll des VErinnerungs-Prozesses angefertigt hatte, das sie nun auf den Schreibtisch legte.

Der Professor reichte es an Jochen weiter. »Lesen Sie sich bitte all Ihre Ideen noch einmal in Ruhe durch. Ich bleibe bei Ihnen – und gebe etwaige Veränderungen gleich in das System ein. Dann müssen Sie nur noch unterschreiben.«

Da er offensichtlich noch etwas sagen wollte, sah Jochen vom Papier auf. Vorsichtig formulierte Innaro: »Achten Sie bitte noch einmal auf Ihre sexuellen Erfahrungen.« Er versuchte, zu lachen. »Ich erlebe natürlich häufig die gleiche Entwicklung. Menschen mit Ihrem Anliegen sind in der ersten Sitzung meist noch sehr scheu, in der zweiten neigen sie dann aber dazu, sich unglaubliche erotische Abenteuer auszumalen, die sie erlebt haben wollen. Sehen Sie: Ich gönne Ihnen jede davon, aber Sie sollten zum Beispiel überlegen, ob ›Erster Sex mit dreizehn‹ nicht einfach etwas zu früh ist. Sie möchten doch keine neuen Probleme.«

Jochen spürte, dass er errötete. »Ich habe darüber auch schon nachgedacht. Schließlich bin ich in einer Kirchengemeinde sehr aktiv …«

Ein Gedanke hatte ihn in den vergangenen Tagen nicht losgelassen. »Da ist tatsächlich etwas, über das ich mit Ihnen gern noch reden möchte.«

Er zögerte einen Augenblick und murmelte dann: »Was denken Sie? Kann etwas Sünde sein, dass man gar nicht wirklich getan hat? Also: Kann das, was wir hier machen, kann die schlichte Erinnerung an Sünde eine Sünde sein?« Seine Stimme wurde fester. »Ich meine, ich habe ja mit all diesen Frauen nicht wirklich geschlafen. Ich habe diese Orgien nicht erlebt. Ich habe nicht mit meinem Körper gesündigt. Ich werde zwar denken, es sei so gewesen, und ich werde so leben, als ob ich es getan hätte. Aber ich habe es nicht getan. Das ist ja das Verrückte daran! Ich habe all das nicht getan.« Er grinste. »Trotzdem werde ich dadurch für Christina zu einem begehrenswerten, erfahrenen und guten Liebhaber und Partner werden.«

Professor Innaro kniff die Augen ein wenig zusammen und fragte: »Ist Ihr Glaube sehr gesetzlich?«

»Wie meinen Sie das?«

»Nun, ich möchte nur sichergehen, dass wir keinen Fehler machen. Sie werden bald vollkommen überzeugt sein, dass Sie ein echter Charmeur sind, dem die Frauen zu Füßen liegen. Ich möchte aber nicht, dass Sie auf einmal Gewissensbisse oder innere Glaubenskonflikte bekommen, nur weil Sie vor dieser Christina so ein wildes Liebesleben hatten.«

Jochen blätterte schnell durch das Protokoll und strich einige Stellen durch. Verhalten sagte er: »Ich nehme die Geschichte mit den beiden Schwedinnen im Zeltlager wieder raus ... Und das mit der Rothaarigen in der Sauna ... Auch die Verführung durch die Putzfrau mit dreizehn. Davon habe ich vielleicht mal geträumt, aber eigentlich bin ich gar nicht so. Und all der andere Sex passierte doch in festen Beziehungen, bei denen nicht abzusehen war, dass sie scheitern würden.«

Jetzt war seine Stimme sehr sicher. »Eigentlich macht das hier richtig Spaß. Passen Sie auf, wir gehen so vor …« Er zeigte auf das Blatt. »Hier auf Seite 12. Da habe ich mich doch gerade vor einem halben Jahr von meiner letzten – erotisch sehr gierigen – Partnerin getrennt: Paula. Wir bauen an dieser Stelle noch einen Sinneswandel bei mir ein. Genau! Ich habe mich über meine sexuelle Unbeherrschtheit im Nachhinein geärgert. Deshalb bin zu unserem Pfarrer gegangen. Und der hat mir Vergebung zugesprochen, weil er spürte, dass ich es ernst meinte mit der Reue. Und das wiederum hat mein Gewissen beruhigt. Fortan will ich zwar weiter leidenschaftlich, aber treu sein. Das bedeutet: Die Gewissensbisse habe ich hinter mir, ich bin mit Gott im Reinen – und verfüge trotzdem über die nötige Erfahrung mit Frauen. Was halten Sie davon?«

Innaro lächelte. »Klingt gut. Und nebenbei … von Mann zu Mann …« Er sprach leiser: »Ihre Traumpartnerin aus dem letzten Jahr, diese Paula, war ja wirklich ein Feuervogel, ein echtes Biest! Was die alles mitgemacht hat! Ich beneide Sie fast um diese Fantasien, die in wenigen Stunden VErinnerte Bestandteile ihres Gedächtnisses sein werden.«

Jochen lächelte zurück und unterschrieb.

* * *

In der Woche darauf kam Jochen früher als sonst aus der Chorprobe zurück. Er warf lässig seinen Mantel und sein neues Jackett aufs Sofa und lief dann hoch ins Bad. Nachdem er sich einen Schwung Eau de Toilette ins Gesicht geschüttet hatte, freute er sich eine Minute lang über den Anblick des dynamischen, frech-fröhlichen Mannes, der ihn aus dem Spiegel angrinste.

Kein Wunder, dass ihn die Frauen attraktiv fanden. Natürlich hatte er sich ernsthaft vorgenommen, jetzt die Frau fürs Leben zu finden, aber es tat doch immer wieder gut, sich der eigenen Ausstrahlung bewusst zu sein.

Er hob keck die Augenbrauen und sah sich selbst fragend an. Seit heute Abend gab es auf einmal ein paar Dinge, die ihm äußerst, wirklich äußerst seltsam erschienen. Warum um alles in der Welt sang ein Mann wie er eigentlich in einem Kirchenchor? Kirchenchor! Das passte doch überhaupt nicht zu ihm. Mann, warum war er im Bass eines so frömmelnden Chores? Und warum war er ausgerechnet mit einem dicklichen Bäcker befreundet, der andauernd blöde Sprüche von sich gab?

Eines aber fand er besonders verwunderlich: Wie hatte er auch nur eine Minute lang diese alternativ angehauchte Christina interessant finden können? Gut, ihr Lächeln war ganz süß. Und wenn sie lachte, das klang vielversprechend. Aber sonst? Die war doch nichts für eine feste Bindung! Jedenfalls nicht für einen Mann wie ihn, Jochen Anders.

Er brauchte eine Frau wie Paula!

Er zwinkerte sich selbst zu, machte das Licht aus und ging wieder nach unten.

Das Gleichnis vom verlorenen Bruder

»Herzlich willkommen! Sag mir, was für eine Geschichte brauchst du?«

»Entschuldigung, ich verstehe nicht … Was meinen Sie? Welche Geschichte wollen Sie mir denn erzählen?«

»Die, die du dir von mir wünschst. Du musst wissen: Ich erzähle den Menschen nicht irgendetwas. Ich erzähle jedem die Geschichte, die er braucht. Also, sag mir: Was für eine Geschichte brauchst du heute?«

»Wieso ›brauchen‹? Wer braucht denn eine Geschichte?«

»Jeder Mensch braucht Geschichten. Unendlich viele. Wir stricken unsere Existenz aus den zahllosen Geschichten, die wir erleben, teilen oder hören. Wir fügen Geschichten zusammen und machen daraus etwas, das wir dann – so mir nichts, dir nichts – ›Ich‹ nennen. Letztlich ist jeder Mensch nichts anderes als eine große Geschichte aus lauter kleinen Geschichten aus noch kleineren Geschichten. Was machen die Leute, wenn man sie fragt, wer sie seien? Sie erzählen uns ihre Geschichten. Ich bin, was ich von mir erzählen kann.

Und das Verblüffende daran ist: Oftmals prägen uns die Erfahrungen, die wir hören, mehr als die, die wir erleben.«

»Das mag ja alles sein. Aber … also, ich bin hier hereingekommen, weil ich da draußen das Schild gesehen habe: ›Geschichtenerzähler‹. Und weil mir Ihr Zelt gefällt. Die verrückten Motive. Die bunten Landschaften und Fabeltiere. Und weil ich genug hatte von den blöden Achterbahnen, Würstchenständen, Karussells, Losbuden und Überschlagsfahrgeschäften, bei denen einem schon vom Zuschauen schlecht wird. Von der ganzen Hektik da draußen: ›Wer will noch mal, wer hat noch nicht? Komm, steig ein! Uuuuuiiiih, gleich geht es ab …‹ Das bedrückt mich. Ich will einfach nur meine Seele baumeln lassen.«

»Genau das meine ich. Sag mir einfach, welche Geschichte deiner Seele jetzt guttäte. Halte dir kurz dein Leben vor Augen, so, wie es im Augenblick läuft – und überlege, ob es eine Frage, eine Sehnsucht oder eine Leere gibt, die durch eine Geschichte beantwortet, gestillt oder gefüllt werden könnte.«

»Ich weiß immer noch nicht, was Sie eigentlich von mir wollen. Das überfordert mich. Ein Jahrmarkt ist doch keine Psychoanalyse-Sitzung! Ich dachte, ich bekäme hier einfach ein bisschen Unterhaltung.«

»Gern! ›Unterhaltung‹ bedeutet ursprünglich: ›Da ist etwas, was mich von unten hält‹, also etwas, was mich trägt und stützt. So eine Geschichte würde ich dir sofort erzählen.«

»Ja … nun … wenn Sie unbedingt meinen. Warten Sie mal … Was für eine Geschichte brauche ich? Was braucht man so als Mensch? Ich hab's! Erzählen Sie mir, woher das Leid in der Welt kommt.«

»Ganz sicher? Darüber grübelst du nach? Ist es wirklich das, was deine Seele bewegt? Nun gut. Ich fange an. Mach es dir bequem. Es war einmal …«

»Augenblick noch! Was kostet mich denn diese Geschichte? Ich habe gar keine Preisliste gesehen.«

»Das entscheidest du! Ich erzähle. Und wenn ich geendet habe, bezahlst du mir das, was du für angemessen hältst. Darf ich nun anfangen?«

»Ja, dann … bitte.«

»Ein Mensch hatte zwei Söhne. Und der jüngere von ihnen

sprach zu dem Vater: ›Gib mir, Vater, das Erbteil, das mir zusteht.‹ Und der Vater gab es ihm …«

»Äh … Moment mal! Das ist doch die Geschichte vom verlorenen Sohn. Die kenne ich schon. Die steht in der Bibel. Sitzen Sie hier einfach in Ihrem Zelt rum und machen so eine Art Kindergottesdienst? Dafür zahle ich nichts.«

»Sei nicht zu voreilig! Hör doch erst einmal zu! Wenn du glaubst, dass du schon alles weißt, wirst du ja nie etwas lernen.

Aber gut, da du die Geschichte schon kennst, kann ich den ersten Teil kurz zusammenfassen.

Der Sohn zieht mit dem Erbe in ein fremdes Land. Dort verprasst er sein Geld. Und weil auch noch eine Hungersnot die Region bedroht, geht es ihm bald so schlecht, dass er seinen Lebensunterhalt als Schweinehirt verdienen muss.

Hungrig, verzweifelt und reumütig entscheidet er, nach Hause zurückzukehren, um sich auf dem elterlichen Gut zu verdingen – weil er weiß, dass es sogar den niedrigsten Knechten seines Vaters besser geht als ihm in der Fremde. Und so überlegt er auf dem Heimweg die ganze Zeit, wie er seinen Vater um Vergebung und um eine bescheidene Anstellung bitten kann.

Der Vater ist aber weder böse, noch nachtragend. Er ist voller Glück über die Rückkehr des verloren geglaubten Kindes und weint schon, als er ihn in der Ferne kommen sieht.

Und er denkt auch gar nicht daran, den Heimkehrer als Knecht arbeiten zu lassen. Er läuft ihm freudestrahlend entgegen, nimmt ihn wieder als Sohn auf und lässt ihm zu Ehren das beste Kalb schlachten.

Das hört der ältere Bruder und weigert sich erbost, mitzufeiern. Als ihn der Vater zur Rede stellt, sagt er: ›Ich habe all die Jahre schwer gearbeitet, während mein Bruder dein Vermögen bei den Huren durchgebracht hat. Und jetzt bekommt er ein Fest und das beste Tier aus dem Stall? Das ist nicht in Ordnung!‹

Der Vater erwidert: ›Dir ging es doch immer gut bei mir. Aber bei deinem Bruder dachten wir doch schon, er sei tot. Und jetzt lebt er wieder. Das muss gefeiert werden.‹

So, und nun frage ich dich: Was will uns diese Geschichte sagen?«

»Wie bitte? Ich meine … Wieso? Sie sind doch der Geschichtenerzähler! Was weiß denn ich, was diese Geschichte bedeutet?«

»Was hast du denn im Kindergottesdienst gelernt?«

»Na ja … Der Vater, das ist Gott. Und der freut sich unglaublich über jeden, der zu ihm zurückkommt. Ganz gleich, was man inzwischen ausgefressen hat. Wir alle sind irgendwie dieser Sohn. Und Gott sehnt sich nach uns … Oder so ähnlich.«

»Und was ist mit dem Bruder?«

»Keine Ahnung. Was soll mit dem sein?«

»Das ist doch eine interessante Frage: Wer ist der Bruder? Warum erzählt Jesus von einem Bruder? Der muss doch eine Rolle spielen.«

»Nun ja, vielleicht ist er ein Symbol für all die Christinnen und Christen, die es nicht ertragen, dass neue Leute in die Gemeinde kommen und anfangs mehr beachtet werden als sie, die schon so lange dort sind.«

»Ein kluger Gedanke. Aber im Orient erzählt man sich etwas anderes. Und jetzt pass gut auf!

Jesus hat das Gleichnis vom verlorenen Sohn und seinem Bruder nie ausgelegt. Könnte es nicht sein, dass wir es jahrtausendelang missverstanden haben? Dass wir uns eine Interpretation zurechtgelegt haben, die vor allem den Vorteil hat, dass sie uns gefällt? Das wäre doch möglich.

Vielleicht geht es in dieser Geschichte gar nicht um das Verhältnis zwischen Gott und den Menschen. Das ist sogar eine ziemlich willkürliche Vermutung. Vielleicht erzählt das Gleichnis einfach von einem Vater und seinem Sohn – von Gott und von Jesus Christus.«

»Ach. Und von seinem Bruder?«

»Sehr gut aufgepasst. Und jetzt lass uns das mal durchgehen. Nehmen wir mal an, dass die Geschichte vom verlorenen Sohn eigentlich von Jesus erzählt. Von dem Kind, das in die Fremde wollte, also auf die Erde, und dort das Erbe des Vaters – sagen wir mal – einsetzte, in dem es alles, was es besaß, freigebig an die Menschen verschenkte. Jesus verprasste den Himmel auf Erden, aber aus lauter Liebe.

Irgendwann jedoch lieferte er sich den Menschen aus, den Schweinen, und war dadurch für einen Moment von der göttlichen Kraft abgeschnitten. Hungrig und verlassen. Und im tiefsten Abgrund, am Kreuz oder im Grab, entschied er sich, in den Himmel zurückzukehren. Und so kam es zur Auferstehung. Anfangs hatte er noch Angst, ob er nicht gegenüber seinem Vater schuldig geworden wäre, aber Gott nahm ihn voller Freude wieder bei sich auf.«

»Und das soll theologisch korrekt sein?«

»Ist Korrektheit ein geistlicher Wert? Ist Gott korrekt? Nein, er liebt. Außerdem bin ich Geschichtenerzähler und kein Theologe. Ich frage nicht nach Beweisen, sondern nach der Wahrheit, die Leben verändert.«

»Und was ist nun mit dem Bruder?«

»Wohlan. Das ist die Geschichte, die ich dir eigentlich erzählen will. ›Das Gleichnis vom verlorenen Bruder.‹ Sie setzt genau da an, wo die Bibel es nicht wagt, weiterzusprechen. Wer Ohren hat, zu hören, der höre.

Der Vater sagte zu seinem älteren Sohn: ›Du solltest fröhlich und guten Mutes sein; denn dieser dein Bruder war tot und ist wieder lebendig geworden.‹

Dem Sohn aber brachen die Worte das Herz. Erbost weigerte er sich, mit Jesus zu feiern, und vergrub sich in seinem Schmerz. ›Ich bin der Verlorene‹, schrie es in ihm, ›nicht dieser, der fortging und den Himmel verschenkte an die, die es nicht verdienten. Wenn er es nötig hatte, sich und sein Erbteil für die Sünde der Welt zu opfern, dann sollte er das tun. Aber nichts gibt ihm das Recht, nun wieder Vaters Liebling zu sein.‹

All die Jahre hatte der ältere Bruder dem Vater treu gedient. Und nun wurde der jüngere, der sich übermütig auf die Erde geschlichen hatte, als Retter der Menschen bejubelt. Saß zur Rechten Gottes, auf dem Ehrenplatz, der eigentlich ihm, dem Reiferen zustand.

Welch eine Ungerechtigkeit!

Schon wenige Tage später verließ der ältere Bruder den Hof. Er ertrug die Nähe Jesu und die andauernden Lobgesänge der Engel nicht mehr. Jedes ihrer Worte war wie ein Windstoß in die Glut seines Hasses. Jesus! Jesus! Jesus! Der Heiland! Ja, ja, der hatte es vollbracht. Der hatte ihm die Aufmerksamkeit des Vaters und den Stolz geraubt. Hatte ihn um die Selbstachtung gebracht und damit alles zerstört.

Das alte Muster: Jakob und Esau. Wieder einmal war der Ältere vom Jüngeren um den Segen betrogen worden. Durch Heimtücke. Durch die Blindheit eines Vaters, der die Wahrheit nicht sehen wollte. Der ewige Kreislauf.

Der ältere Bruder verlor sich in seinem Zorn selbst. So sehr, dass er eines Tages beschloss, es müsse jemand für die Schmach, die man ihm angetan hatte, büßen. Und da nur die Menschen infrage kamen, diese niederen Kreaturen, die Jesus geholfen hatten, sich bei Gott anzubiedern, fing er an, in der Schöpfung alles durcheinanderzubringen. Vielleicht hoffte er, etwas von dem Guten, das die Erde erfasst hatte, zunichtemachen zu können.

Und so kam es: Von diesem Tag an brachte er Unheil über die Welt, so, wie Jesus Heil gebracht hatte und bringt. Der ältere Bruder entfachte Feuer und ließ Stürme losbrechen. Er brachte die Erde zum Beben und Vulkane zum Explodieren. Viel heimtückischer aber waren seine unauffälligeren Eingriffe in den Fortgang des

Lebens. Er sorgte mit perfider List dafür, dass Liebe erlosch, Leidenschaften verloren gingen, Freude entschwand und Hoffnung geraubt wurde. Er nahm den Gebeten der Menschen die Kraft oder fing sie ab, bevor sie das Ohr Gottes erreichen konnten. Er überschüttete die Menschen mit Zweifeln, Ängsten, Begierden und Trägheit – und er nahm ihnen den Mut. Den Mut zu vertrauen, zu träumen und zu glauben.

Gott-Vater aber sitzt seither im Himmel und weint. Weint über diesen Sohn, der nicht zurückkehren will und sich an der Erde für seine vermeintliche Zurücksetzung rächt. Schon mehrfach hat er versucht, ein Treffen seiner beiden Söhne zu ermöglichen. Doch der Ältere sagt immer kurz vorher ab. Er ist zu verletzt. Er will nicht mehr glauben, dass es jemand gut mit ihm meint. Und so lässt er weiterhin seine Wut an den Menschen aus. Seit Jahrhunderten.«

»Das war die Geschichte?«

»Ja!«

»Kein Happy End?«

»Nein. Jedenfalls noch nicht!«

»Und? Stimmt das denn nun?«

»Es ist eine Geschichte. Ein Märchen. Ein Gleichnis. Nicht mehr – aber auch nicht weniger. Du musst entscheiden, was du damit anstellst. Welche Macht du ihr in deinem Leben gibst.«

»Äh …!«

»Du wolltest doch wissen, woher das Leid in der Welt kommt. Das habe ich dir erzählt.«

»Ja … ja …«

* * *

Ohne nachzudenken, drückte der Besucher dem Geschichtenerzähler einen Fünfzig-Euro-Schein in die Hand und stolperte aus dem Zelt. Draußen zog er mit zittrigen Fingern sein Handy aus der Tasche, überlegte einen

Moment und wählte dann eine lange Nummer, die seinen Fingern fremd geworden war.

Stockend, mit einem Kratzen im Hals, sagte er: »Ich bin es … Ja, dein Bruder … Bitte leg nicht auf! Ich … ich musste dich einfach anrufen. Wir haben so lange nicht mehr miteinander gesprochen. Aber jetzt halte ich das nicht mehr aus. Da ist so viel schiefgelaufen.

Weißt du, ich glaube, ich habe eben zum ersten Mal verstanden, wie … ich weiß, es klingt blöd … wie du dich fühlst. Und was da zwischen uns passiert ist … Nein, ich kann dir das nicht alles am Telefon erklären. Können wir uns treffen?

Nein, ich habe nichts getrunken … wirklich nicht … Ich will dich auch nicht verarschen … ich meine es ernst. Bitte!

Du bist nächste Woche ohnehin in Frankfurt? Dienstag … ja, geht. 20.00 Uhr beim ›Adler‹ in Ginnheim? Klar gibt es den noch. Ich … ich freu mich!«

Er legte auf, drehte sich um und ging.

Er war nicht mehr der, der er vorher gewesen war.

Im Turm

Viele Menschen sammeln etwas. Ich auch. Und das nicht nur nebenbei, sondern voller Leidenschaft. Ich sammle Sätze.

Genau, Sätze!

Sätze, die ich liebevoll und mit kalligrafischer Sorgfalt in einem kleinen Büchlein festhalte. Sätze wie diesen: *»Mein Bruder hatte eine neunschwänzige Katze, mit der er schon als Jugendlicher mit einem einzigen Schlag ein Schwein in Scheiben hauen konnte.«*

Dieser Satz ist zugegebenermaßen ziemlicher Unsinn, aber das macht nichts. Er bekommt in meinem selbst entwickelten Bewertungssystem ja auch höchstens fünf von zehn Punkten. Er ist, um das erst einmal festzuhalten, grammatikalisch korrekt, logisch und denkbar. Aber natürlich ist er viel zu lang und damit nicht wirklich hochwertig. Je länger ein Satz daherkommt, desto unbedeutender wird er für meine Sammlung. Außerdem muss man die Formulierung mit der neunschwänzigen Katze letztlich doch als äußerst unrealistisch einstufen.

In dem Buch, in dem ich meine Schätze vermerke, steht jedoch auch folgendes Schmuckstück: *»Der Kopf des Wikingers liegt in der Mikrowelle.«* Dieser Satz hat schon mehr Sinn. Etwa dann, wenn man kleine Kinder kennt, die Teile ihrer Playmobilfiguren mit Freude an den unmöglichsten Stellen ablegen. Acht Punkte bekommt dieser Satz.

Oder: *»Der Koch kümmerte sich rührend um die Eier.«* Sechs Punkte, weil ich befürchte, dass die Wahrscheinlichkeit dafür nicht sehr hoch ist. Vierzig Prozent vielleicht. Maximal. Schön finde ich auch: *»Gnome haben keine Cellulitis.«* Ebenfalls acht Punkte. Und etwa achtzig Prozent, na, vielleicht sogar neunzig. Hundert Prozent und zehn Punkte gibt es nur ganz selten. *»Diese Wolke sieht aus wie der Bauchnabel von Angela Merkel.«* Das ist so ein fein geschliffener, sprachlicher Diamant.

Ich sammle Sätze; Sätze, von denen ich glaube, dass noch nie ein Mensch sie gesagt, geschrieben oder auch nur gedacht hat. In keiner Sprache dieser Welt und zu keiner Zeit. Und weil ich das im Einzelfall nie werde beweisen können, bekommt jeder Satz von mir eine Wahrscheinlichkeit.

Ich versuche, mir alle möglichen Situationen vorzustellen, in denen eine Frau oder ein Mann, vielleicht auch ein Kind, einen solchen Satz gesagt haben könnte. Und wenn mir partout nichts einfällt, dann wurde er mit hoher Wahrscheinlichkeit auch noch nie benutzt.

Allein das Sinnieren über mögliche Konstellationen und Gelegenheiten für eine bestimmte Wortfolge erlebe ich als unfassbar befriedigend. Ich schicke meine Sätze in meiner Fantasie durch die Welt, reife mit ihnen, und wenn sie das Universum der Möglichkeiten durchforstet haben, kehren wir gemeinsam zurück und verewigen uns.

Am Ende des Jahres übertrage ich alle hundertprozentigen Unikate in mein Goldenes Buch. Das ist ein einzigartiges Gefühl. Diese von mir belebten Sätze gibt es trotz der Milliarden von Wortungetümen, die jeden Tag kommuniziert werden, nur auf den fruchtbaren Seiten meines Buches. Damit werden diese Blätter zu einer Oase der Sprache. Ein Rückzugsort für ausgelaugte Wörter. Hier wird nicht irgendetwas ausgesagt, hier stehen keine Plattitüden oder Gebrauchssätze, sondern nur Originale.

Zum Beispiel war ich ganz sicher, dass folgender Satz noch nie von jemandem aus Worten zusammengesetzt worden ist: *»Im tiefsten Keller liegt die größte Zukunft.«* Das dachte ich jedenfalls, bis ich ihn vor einigen Wochen mit meinen eigenen Ohren im Fahrstuhl hörte.

Und damit beginnt meine Geschichte.

Da Sie mich nicht kennen, muss ich dafür allerdings ein wenig ausholen. Ich bin Urologe und wohne im 33. Stock des höchsten Gebäudes der Welt, dem Burj Dubai. Über mir türmen sich noch zwölf weitere Etagen. Oder sollte ich lieber sagen: Schichten? Manchmal erinnert mich diese Konstruktion an eine lebendige Hochzeitstorte. Und natürlich gilt: Die Mieten werden von Stockwerk zu Stockwerk teurer.

Aber schon von meiner Wohnung aus hat man einen atemberaubenden Ausblick. Ein schier endloser Horizont zieht die Blicke geradezu zu sich hin. Es ist, als ob man fliegt und doch mit beiden Beinen auf dem Boden steht. Wer hier wohnt und sich nicht in die Schönheit der Erde verliebt, dem ist wohl nicht mehr zu helfen.

Ach, ich vergaß zu erwähnen: Wenn die Luft klar ist, liegt einem die ganze Welt zu Füßen. Tatsächlich sieht man von hier oben jeden Ort der Welt. Paris, London, New York, Moskau, Peking … alles.

Sie glauben mir nicht? Dann sollten Sie sich »The World« einmal ansehen. Vor der Küste Dubais haben kreative Bauherren eine sechs Quadratkilometer große Inselwelt aufgeschüttet, deren Konturen exakt denen der Kontinente nachgebildet sind. Das Ganze sieht aus wie eine ins Meer gefallene Weltkarte. Und wer genug Geld hat, der baut sich seine Villa genau da, wo Wien liegt – und geht nachmittags zu Fuß zum Himalaja oder an die Chinesische Mauer.

Dieses Projekt ist nicht nur ästhetisch brillant, es scheint sich auch finanziell für die Bauherren zu lohnen, weil es genügend reiche Menschen gibt, die alles dafür geben, zumindest ein symbolischer Herrscher sein zu können. Ein ehemaliger deutscher Kanzler hat zum Beispiel Berlin und große Teile Deutschlands erworben. Und wenn ich Ihnen sagen würde, welche Summen bekannte Schauspielerinnen und Schauspieler für den Bauplatz von Hollywood geboten haben, würden Sie mich ungläubig anstarren. Aber hier in Dubai ist alles ein bisschen verrückt.

Natürlich ist diese künstliche Inselwelt auch ein Paradies für meine Sammlung einzigartiger Sätze: *»Von München zum Mittelmeer sind es nur fünf Minuten.«* Das hat bestimmt noch nie jemand gesagt. Oder: *»Mein Garten reicht von Wiesbaden bis Bingen.«* Nett, finden Sie nicht?

Doch gegen das Burj Dubai ist diese Inselkolonie nur eine harmlose Spielerei. »Der Turm«, wie wir Bewohner das Gebäude nennen, reckt sich knapp über 600 Meter in die Höhe. »Höher als jedes andere von Menschenhand errichtete Bauwerk«, wie der Vorsitzende von Emaar Properties nicht müde wird, stolz zu verkünden.

Der Entwurf des Architektenbüros Skidmore, Owings & Merrill sollte von Anfang an mehr sein als ein spektakuläres Hochhaus. Nicht einfach ein Wolkenkratzer oder ein Büroturm. Nein, es ging um eine fast spirituelle Neuentdeckung des Wortes »Entwerfen«. Und das ist den Planern wahrhaft gelungen.

Das Burj Dubai ist viel mehr als nur ein Gebäude, es ist eine eigene Stadt, man könnte sogar sagen: eine eigene Welt. Eine Welt im Kleinen. Eigentlich ein autarker Planet, der nur zufällig auf dieser Erde gelandet ist.

Neben architektonisch faszinierenden Wohnungen, Büros, Hotels und Freizeiteinrichtungen gibt es im Burj Dubai zum Beispiel die größte Shoppingmall der Erde. Aber das ist noch lang nicht alles. Wir haben … ach, man bräuchte ein eigenes Buch, um das alles aufzuzählen. Erwähnenswert ist aber sicher, dass wir hier – mitten in der Wüste – eine eigene Eisbahn besitzen. Und ein Aquarium, das über drei Stockwerke geht …

Muss ich mir gleich notieren: *»Ich besuche den Fisch im oberen Stockwerk.«*

Das gigantische Einkaufszentrum ist übrigens einer alten arabischen Stadt nachempfunden. Wenn man aus einem der filigran gestylten Fahrstühle tritt, gerät man plötzlich in kleine, verwinkelte Gassen, die etwas vom Geheimnis des vergangenen Arabien heraufbeschwören. Eine Stadt in der Stadt in der Stadt, voller kleiner, dort extra angesiedelter Straßenhändler. Und das im modernsten Betonriesen der Welt. Eine perfekte Inszenierung des Lebens über fünfundvierzig Stockwerke. Irgendwann verliert man allerdings den Überblick, was eigentlich real ist – und was nur eine exzellente Kulisse.

Und das Verrückteste an unserem Turm habe ich aber noch gar nicht erwähnt: Weil in Dubai keine Einkommens- und keine Gewerbesteuern gezahlt werden müssen, haben eigentlich alle namhaften Unternehmen der Welt hier eine Vertretung. Insofern ist dieses Megaprojekt auch deshalb eine Welt für sich, weil die ganze Welt hier präsent ist. Wenn man, sagen wir mal, spontan einen Mitarbeiter von Siemens sprechen will, weil man Probleme mit irgendeinem Elektroteil hat, geht man einfach in den achten Stock.

»600 Meter sind ein Universum.«

Ich hoffe, Sie bekommen nicht den Eindruck, dass ich den Turm für perfekt halte. Das tue ich nicht. Ganz im

Gegenteil. Denn er verändert mich, und das hat mir schon sehr bald Angst gemacht. Überrascht stellte ich zum Beispiel eines Abends fest, dass ich das Burj Dubai seit acht Monaten nicht mehr verlassen hatte. Warum auch? Vor Ort gibt es doch alles, was ein normal lebender Mensch braucht. Selbst ein künstlicher Wald lädt im einundvierzigsten Stock zum Spazierengehen ein, während da draußen eigentlich nur Wüste ist.

Wir leben hier sozusagen am Tropf der Klimaanlage. Was meistens sehr angenehm ist. Trotzdem überkam mich ein mulmiges Gefühl. Acht Monate immer im gleichen Gebäude. Sieht so das Leben der Zukunft aus?

»Um den Turm wartet nur die Wüste.«

Im Jahr 2004 hatte mich meine Frau enthusiastisch auf eine Anzeige im »Deutschen Ärzteblatt« hingewiesen, in der ein Mediziner für eine neu eingerichtete Großbaustelle in Dubai gesucht wurde. Ich war damals mit meiner beruflichen Situation in Deutschland sehr unzufrieden. Ich hatte meinen Facharzt für Urologie gemacht und wusste nicht, wie es weitergehen sollte. Stellen waren in diesen Jahren, zumindest in unserer Region, kaum vorhanden, und das Kleingeld, um mich selbstständig zu machen, hatte mir gerade gefehlt.

»Also: Warum nicht?« Meine Frau war erstaunlicherweise sofort bereit gewesen, ihren gut dotierten Job an der Uni zu kündigen und mit mir in die Wüste zu gehen. So kamen wir hierher.

Ich weiß nicht, wie ich es ausdrücken soll, aber das Burj Dubai strahlt etwas aus. Es ist wie ein Lebewesen. Es atmet, es verströmt einen eigentümlichen Geruch, und es verdaut. Vor allem aber: Es bindet an sich.

Warum kam ich von dieser Baustelle nicht mehr los? War es einfach das gute Gefühl, am höchsten Gebäude der

Welt mitzuarbeiten? Einem Turm, der bis in den Himmel reicht? Oder verwirrt einem die gleißende, höllische Sonne irgendwann die Sinne? Egal. Als der Turm 2008 fertiggestellt wurde, bot man mir an, in der Kliniketage eine eigene urologische Praxis aufzumachen. 240 Wohnungen im Burj Dubai, Hunderte von Villen auf »The World« und unzählige Touristinnen und Touristen – ich musste mir keine finanziellen Sorgen mehr machen. Die Praxis florierte vom ersten Tag an.

»Operierende Urologen machen einen guten Schnitt.«

Vor vier Wochen starb dann einer meiner Patienten. Dr. Jochen Beck. Biologe. Er trieb im Haifischbecken. Zumindest das, was von ihm übrig geblieben war. In der Zeitung des Burj stand, es sei Selbstmord gewesen. Ich glaube das bis heute nicht. Ich hatte mich mehrfach länger mit dem Mann unterhalten – und selten einen so fröhlichen Kerl kennengelernt. Wir hatten sogar beschlossen, uns bei Gelegenheit mal privat zu treffen.

Dieser sympathische Mann, ein Mitarbeiter der Naumeier AG, dem ich leider mitteilen musste, dass er nicht zeugungsfähig ist, liebte das Leben. Oder war ich zu stumpf, um hinter die Kulissen zu gucken?

»Der Hai fraß alle Freude auf.«

Aus meiner Praxis schaue ich direkt auf die »Sheikh Zayed Road«, die vom Turm in die Stadt hineinführt. Dort saß ich nach Dienstschluss mehrere Tage und ließ mir diesen anfangs erwähnten Satz durch den Kopf gehen: *»Im tiefsten Keller liegt die größte Zukunft.«*

Warum formuliert jemand so etwas? Gab es irgendeinen Zusammenhang, aus dem heraus diese Worte eine sinnvolle Aussage ergaben? Was hatte die Frau wohl gemeint, die das im Aufzug zu ihrem Begleiter gesagt hatte? So einen Satz entsteht nicht einfach aus Zufall, da steckt ein Geheimnis drin. Gab es im Keller des Turmes irgendetwas, von dem ich nichts wusste? Von dem ich aber wissen sollte? Die Fantasie ging mit mir durch.

Und das machte mich natürlich noch wissbegieriger. Ich bin schließlich Sätze-Sammler. Wenn jemand den Wert eines Satzes zu schätzen weiß, dann ich. Meine Mutter hat immer gesagt, meine Neugierde würde mich noch in Teufels Küche bringen. Ich habe schon damals nicht auf sie gehört.

Weil mir diese dämlichen und irgendwie zusammenhanglosen Worte keine Ruhe ließen, fuhr ich eines Tages mit dem Fahrstuhl ganz nach unten. Es kam mir vor, als dauere die Fahrt eine Ewigkeit. Aber tiefer als bis zu den Garagendecks kam ich nicht. Dann stand ich minutenlang fragend in der untersten Ebene, sah auf die teuren, selten benutzten Sportwagen meiner Mitbewohner und beschloss irgendwann, unverrichteter Dinge wieder nach oben zu fahren.

Doch dann passierte es: Als ich auf den Fahrstuhl wartete, sah ich auf der Anzeige, dass der Pfeil, der die Richtung des ankommenden Aufzugs anzeigte, nach oben wies. Die Gondel kam also von unten. Aus der Erde. Es musste noch tiefer gelegene Stockwerke geben. Nur konnte man sie offensichtlich nicht einfach in der Kabine anwählen.

Aufgeregt stieg ich in den Fahrstuhl und bemerkte, dass der grau gekleidete Mann, der schon darinstand, eine rote, längliche Codekarte gegen die Tastatur drückte.

»Die rote Chipkarte eröffnet den Weg zur Wahrheit.«

Kennen Sie dieses Erlebnis, dass die Sehnsucht nach etwas so groß wird, dass Sie plötzlich anfangen, dafür verbotene Dinge zu tun? Sie wissen noch gar nicht, ob es sich lohnt, aber die Neugierde ist stärker als alle Vernunft. Sie denken: »Mein Leben ist nichts mehr wert, wenn ich diesem oder jenem nicht auf die Spur komme.« Nun: Mir ging es so. Ich kann Ihnen gar nicht sagen, was mich geritten hat.

Aber ich wollte die Wahrheit herausbekommen, koste es, was es wolle.

Und so geschah Folgendes: Ich sah einige Tage später zufällig in der Tasche eines jungen Ingenieurs, der sich wegen einer komplizierteren Prostata-Biopsie auf meiner Behandlungsliege ausstreckte, eine dieser roten Codekarten – und verpasste ihm eine Betäubungsspritze, die ihn für mindestens dreißig Minuten außer Gefecht setzen würde. Dann nahm ich die Karte an mich, lief zum Fahrstuhl und hielt sie aufgeregt an die Tastatur. Es funktionierte. Vor mir tauchte tatsächlich eine erweiterte Anzeige auf dem Display auf. Plötzlich gab es da Stockwerke von -1 bis -8.

Mein Herz schlug schneller als je zuvor. Trotzdem drückte ich beherzt auf die Position -8.

Ich fuhr und fuhr und fuhr. Endlich öffnete sich die Tür wieder, und ich blickte in einen hellblauen Flur, an dessen Wand große, neonfarbene Pfeile befestigt waren. Da von links Schritte zu hören waren, die sich näherten, huschte ich schnell nach rechts und lief den ausgewiesenen Gang entlang, der erst um eine Ecke bog und dann schier endlos weiterzugehen schien.

Ich rannte und rannte. Mindestens dreihundert Meter. Ich hatte also den eigentlichen Grundriss des Gebäudes längst verlassen. Weder links noch rechts sah ich irgendwelche Türen oder Nischen, in denen ich mich hätte verstecken können. Es gab nur diesen Gang und mich. Zum Glück kam niemand. Endlich hatte ich das Ende des Stollens erreicht und stand vor einer schweren Stahltür.

Ich musste durchatmen und mir die Seite halten, darum dauerte es einen Augenblick, ehe ich die Aufschrift realisierte: »Bunker. Diese Räumlichkeiten bieten im Fall eines Angriffes mit A-, B- oder C-Waffen Schutz für 1000 Personen.«

Ein Atombunker unter dem Burj Dubai? Warum hatte davon nichts in den Prospekten gestanden? Wozu brauchte ein solches Megaprojekt wie der Turm Schutzräume? Verwirrt lief ich zurück – und kam gerade noch rechtzeitig zu meinem Patienten, der schon dabei war, aufzuwachen.

Alles drehte sich in mir. Da ich aber während einer Famulatur einige Zeit in der Anästhesie gearbeitet hatte, war es kein Problem, die Betäubung des Mannes zu verlängern und die Untersuchung doch noch durchzuführen.

»Mancher Bunker wird zur Frage.«

Vor zwei Wochen starb im Turm eine Frau. Wieder wurde von Selbstmord gesprochen. Tabletten. Angeblich hatte sie starke Depressionen wegen einer Fehlgeburt. Ich fragte die Frauenärztin, eine äußerst charmante Kollegin, die mich bisweilen auf eine Art anguckt, die sich nicht gehört, wenn man weiß, dass der andere verheiratet ist. Jedenfalls erzählte sie mir mehr, als es die Schweigepflicht eigentlich erlaubt. Bei der Ausschabung nach der Fehlgeburt war deutlich geworden, dass die junge Frau keine Kinder mehr bekommen würde, was sie tatsächlich in eine tiefe Krise gestürzt hatte.

»Keine Kinder sind der Tod.«

Dann habe ich etwas getan, das mich sofort meine Approbation kosten würde, wenn irgendjemand davon erfahren sollte. Und ich schreibe das alles hier nur deshalb auf, weil mein Bericht ein Hilferuf ist. Vielleicht der letzte Ruf, den ich an die Außenwelt schicken kann. Wenn sie unsere E-Mails kontrollieren, ist es sowieso zu spät …

Aber ich greife vor. Ich muss Ihnen die ganze Geschichte erzählen.

Also: Ich habe den Mann mit der Prostata (und der Codekarte) noch einmal einbestellt. Das war nicht schwer. Ich ließ ihm durch meine Sprechstundenhilfe ausrichten, irgendetwas solle sicherheitshalber kontrolliert werden. Die Ergebnisse aus dem Labor hätten einen ungewöhnlich hohen Wert ergeben. Das müsse aber gar nichts heißen. Wir Ärzte sind in der Lage, alles so auszudrücken, dass unsere Zuhörer in der Schwebe zwischen Verstehen und Verzweiflung gehalten werden.

Vielleicht war ich nur wegen der beiden Todesfälle neben mir. Oder tatsächlich überarbeitet. Ist ja auch egal. Ich weiß jedenfalls, dass mich diese geheimen Räume unter dem Turm nicht mehr schlafen ließen. Nächtelang grübelte ich über den Sinn und Zweck eines ABC-Bunkers nach. Selbst meine Frau bemerkte mehrfach, ich sei müde und unkonzentriert, ob ich nicht Urlaub machen wolle? Ja, wo denn, im künstlichen Wald oder in der Wüste?

Ich versetzte meinen Patienten also erneut in den Tiefschlaf, nahm mir die Zugangskarte und fuhr noch einmal in den Keller. Diesmal drückte ich –4 … Keine Ahnung, warum, irgendein Geschoss musste ich ja auswählen. Lautlos glitt der Fahrstuhl in die Tiefe. Trotz meiner Aufregung fühlte ich mich mit einem Mal sehr gut, weil ich endlich etwas tat. Nichts war schlimmer als die endlosen Grübeleien.

Ich landete in einem Großraumbüro, dessen Ende nur zu erahnen war. Die merkwürdigerweise fleischfarbenen Wände verloren sich in der Ferne. Kaminrote Trennwände schirmten die einzelnen Arbeitsplätze voneinander ab, doch die Köpfe der Mitarbeiterinnen und Mitarbeiter ragten knapp darüber hinaus, sodass das Ganze von vorne wie ein Acker mit eingepflanzten Menschen aussah. Offensichtlich gingen hier sehr viele Leute ein und aus, denn keiner der Setzlinge beachtete mich.

An einer Säule neben dem Fahrstuhl standen markante Wegweiser: »Archiv«, »Labor« und »Zentrale«.

»Kann ich Ihnen helfen?« Eine Asiatin, die lautlos neben mich getreten war, lächelte mich an.

Erst schrak ich zusammen. Dann schüttelte ich meinen Oberkörper etwas zu demonstrativ aus. »Es geht gleich wieder. Ich bin … äh … ein wenig klaustrophobisch. Jedes Mal, wenn ich in einem Fahrstuhl bin, habe ich das Gefühl, direkt in die Hölle zu fahren. Das wünscht man seinem ärgsten Feind nicht.«

Ihr Blick blieb fragend.

»Ich will zum Archiv«, sagte ich mit dem selbstbewusstesten Ton, der mir in diesem Augenblick zur Verfügung stand, und ging in die Richtung, die der Pfeil anzeigte, als sei ich hier zu Hause.

Sie folgte mir nicht.

Das Gefühl, in einer unbekannten Umgebung zu sein, in der man möglicherweise jeden Moment auffliegt, kann lähmen, aber auch beflügeln. Mein Magen vibrierte, aber ich fühlte mich weiterhin sehr stark. Wenn diese Frau mir geglaubt hatte, dann würden es auch andere tun. Ich musste nur weiterhin den Eindruck erwecken, als wäre ich mit den Räumlichkeiten seit langem vertraut. Nur wenn ich unsicher wirkte, war ich auffällig.

Und dann stand ich mit einem Mal vor dem ausgeschilderten Archiv. Vor einer großen Doppeltür aus Eiche, die hier tief unter der Erde fehl am Platz wirkte, mit einer ausladenden Klinke in Form eines Delfins.

Was hätte ich tun sollen? Ich wusste ja nicht, ob jemand hinter mir hersah, also nahm ich den Delfin in die Hand und ging hinein.

»Ich drückte den Delfin herunter.«

Labyrinthartig aneinandergereihte Schränke in einem kalten Raum. Zwischen den Fronten schmale Gänge mit einem grünlichen Teppichboden und milchige Neonbeleuchtung von den niedrigen Decken. Dezente Flachbildschirme in der Wand und das monotone Summen der Belüftung, das sich zwischen dem metallenen Inventar zu multiplizieren schien.

Ich sah mich Hilfe suchend um.

»Bitte?« Eine Frau um die dreißig mit einer grün getönten Brille, durch die sie Ähnlichkeit mit einem tropischen Schmetterling bekam, sah mich neugierig von der Seite an.

Ohne zu wissen, warum, nannte ich den Namen meines Prostata-Patienten, also des Ingenieurs, der jetzt in meinem Behandlungszimmer den Schlaf der Gerechten schlief, in den ich ihn versetzt hatte.

Sie deutete unmotiviert auf die vierte Schrankreihe und kümmerte sich wieder um ihr Kreuzworträtsel.

Da erst bemerkte ich, dass alle Türen mit Buchstaben versehen waren, sodass ich den richtigen Schrank schnell fand. Ich zog die entsprechende Schublade auf und musste dann erst einmal durchatmen. Für einen Moment hielt ich die Führungsschienen auf beiden Seiten fest, als müssten sie mich stützen.

Ich kann heute nicht mehr sagen, was mich eigentlich bedrückte. Irgendetwas in diesem Raum war ganz und gar nicht so, wie es sein sollte. Eigentlich hätte es so ein Archiv überhaupt nicht geben dürfen. Archiv! Offensichtlich existierte hier unten über jeden Bewohner des Burj Dubai eine ausführliche Akte. Beim Überfliegen der Schildchen auf den Hängeregistern entdeckte ich nicht nur viele meiner Freunde und Bekannten wieder, sondern auch meine etwas aufdringliche Kollegin.

Andererseits: Vielleicht war das einfach nur die Mieterkartei. Schließlich hatte jeder Hausbesitzer der Welt das Recht, zu den einzelnen Partien einen Ordner mit Verträgen und Briefwechseln anzulegen.

Doch ein Blick in die Akte überzeugte mich schnell, dass meine Ängste berechtigt waren. Sie enthielt nicht nur detaillierte Protokolle über sämtliche Lebensgewohnheiten meines Patienten, einschließlich seiner Beischlaftermine seit dem Einzug im Burj Dubai, sondern auch eine komplette Genom-Analyse. In einer Qualität, wie ich sie noch nie gesehen hatte. Irgendwer verfügte hier über die modernsten Geräte, um selbst kleinste genetische Eigenarten fein säuberlich auflisten zu können.

Mit zittrigen Fingern bog ich weitere Hängeregister auseinander. In jeder Akte waren die gleichen bläulichen Blätter. Dieses sogenannte »Archiv« war eine riesige Gen-Datenbank! Ein Verzeichnis der Gene aller Bewohnerinnen und Bewohner des Turms.

Aber warum? Wer hatte sie angelegt und zu welchem Zweck?

Als ich in dem dicken Papierbündel meines Patienten weiterblätterte, stieß ich auch auf die Laborbefunde zu der vor kurzem von mir durchgeführten Prostatabiopsie und auf Kopien meiner dazugehörigen Aufzeichnungen. Verdammt noch mal, wie kamen die hierher? Das waren streng vertrauliche Daten, die ich aufgrund meiner ärztlichen Schweigepflicht niemals herausgegeben hätte. Nicht nur, weil ich viel zu korrekt für solche Indiskretionen bin, sondern weil jeder Patient das Recht hat, selbst zu entscheiden, was er mit den Informationen über seinen Körper anstellt. Irgendwer spionierte mich anscheinend aus und sammelte alle meine Untersuchungsergebnisse hier im Keller.

Aber warum?

Meine Hände zitterten so stark, dass ein kleiner roter Zettel auf den Boden fiel, den ich sonst möglicherweise übersehen hätte. Darauf stand: »Wie 19 Prozent aller Menschen europäischer Herkunft trägt das Objekt eine Genvariante auf dem Chromosom 8, die bei Männern das Risiko eines Prostatakarzinoms um 60 Prozent erhöht und für 8 Prozent aller Erkrankungsfälle verantwortlich sein könnte. Da dieser Genschaden erst kürzlich von der in Reykjavik ansässigen Firma »deCODE genetics« lokalisiert werden konnte, wurde er bei der Übernahmeuntersuchung nicht geprüft. Der aktuelle Befund bestätigt diesen Zusammenhang aber.« Und dann der kleine handschriftliche Zusatz: »Objekt eliminieren.«

Ich weiß bis heute nicht, wie ich wieder in meine Praxis gekommen bin. Da ist ein tiefes, unergründliches Loch in meiner Erinnerung. Ein Schrecken, der mich durch und durch paralysierte.

Als ich wieder einen klaren Gedanken fassen konnte, saß mein freundlicher Patient fröhlich auf der Behandlungsliege und stupste mich an: »Herr Doktor, alles in Ordnung? Geht es Ihnen nicht gut? Was ist nun mit meinen Werten?«

»Ihre Prostata liegt im Hängeregister!«

Zwei Tage später starb der Ingenieur bei einem Segelunfall. Angeblich hatte er am Abend zu viel getrunken und sich dann alleine zu weit aufs Meer hinausgewagt. Die Jolle kollidierte im Halbdunkeln mit einem Containerschiff und wurde sofort unter Wasser gedrückt. Die Leiche blieb verschwunden.

Hätte ich ihn warnen können? Wäre es meine ärztliche Pflicht gewesen, ihm mitzuteilen, dass sein Leben gefährdet ist? Ich weiß es nicht.

Manchmal frage ich mich, welche Sünden schwerer wiegen: Diejenigen, bei denen man handelt, oder diejenigen, bei denen man etwas unterlässt. Ich zermartere mir den Kopf – und stoße auf keine befriedigende Antwort. Wenn Unterlassung eine Sünde ist, dann war auch Jesus Christus ein Sünder, denn er hat unendlich vielen Blinden, Kranken,

Tauben, Lahmen, Stummen und Aussätzigen seiner und unserer Zeit nicht geholfen. Er hat unzählige Stürme, in denen Menschen zu Tode kamen, nicht gestillt. Und überall verhungern noch heute Kinder, die er mit zwei Broten und fünf Fischen satt machen könnte.

Entschuldigen Sie, aber wenn man Todesangst hat, dann denkt man manchmal so komische Sachen. Eines jedenfalls weiß ich jetzt: Niemand ist ohne Sünde, dem auch seine Versäumnisse angerechnet werden. Ich hätte, ich hätte, ich hätte.

»Hätte ist Folter.«

»Sie machen etwas mit uns«, sagte ich zu meiner Frau, mehr stammelnd als redend. Ich hatte mich krankschreiben lassen und saß fiebernd auf unserem Sofa, mit Blick auf Brasilien.

»Ist das wieder einer deiner komischen Sätze?«, schmunzelte sie und strich mir über die Haare. »Du hast einfach ein bisschen zu viel gearbeitet in letzter Zeit. Lass uns ins Kino gehen.« Ihre Hand glitt unter meinen Kragen. »Oder wollen wir erst schick Essen und danach mal wieder eine ganze Nacht durch Sex machen? So, wie auf unserer Hochzeitsreise?«

Die Stimme meiner Frau hatte diesen rauen Klang, den sie immer bekommt, wenn sie erregt ist. Sie flüsterte: »Ich glaube, dass ich heute meinen Eisprung habe. Lass uns endlich ein Kind zeugen. Diesmal klappt es bestimmt.«

Ich hielt ihre Hand fest. So fest, dass sie leise stöhnte. Sie dachte wohl, ich wollte sie sofort, hier und jetzt, nehmen. Denn ihre Augen blitzten vor Verärgerung, als ich ihre Arme zur Seite bog und mich ein Stück von ihr wegsetzte.

»Bitte hör mir genau zu! Bevor wir daran gehen, Kinder zu bekommen, müssen wir von hier weg! Egal wohin! Hauptsache weg!«

Und dann erzählte ich ihr alles. Von den verborgenen Stockwerken, vom Bunker, von der Gen-Datenbank, von den illegalen Kopien meiner Krankenakten und von den vielen Todesfällen, die alle im Zusammenhang mit der mangelnden Fruchtbarkeit der Toten oder mit ihrer genetischen Gesundheit standen.

»Ich habe keine Ahnung, was hier los ist. Aber es sterben Menschen, weil ihr Erbmaterial nicht gut genug ist. Das ist Euthanasie! Mord! Hier findet irgendein gigantisches Experiment, nein, ein Verbrechen statt! Und wir hängen da mit drin.«

Meine Frau zog sich immer mehr in ihre Ecke des Sofas zurück. Irgendwann sagte sie schmollend: »Schatz, bist du vielleicht kurz vor einem Burn-out? Soll ich einen Arzt rufen? Diese irren Verschwörungstheorien, das ist doch völlig absurd! Du hast dich da in etwas hineingesteigert. Jetzt beruhige dich erst einmal! So kenne ich dich gar nicht.«

Ich hatte einen trockenen Mund vor Aufregung. »Nein, ich bilde mir das nicht ein. Wir müssen den Turm noch heute verlassen. Hörst du? Im Turm wartet der Tod!«

Sie streichelt meine Hand. »Wenn du meinst. Wahrscheinlich ist es das Beste.«

»Frauen können so Ja sagen, dass man das Nein hört.«

Hätte sie nicht so schnell Ja gesagt, wäre ich wahrscheinlich nicht misstrauisch geworden, und hätte die Schlaftabletten genommen, die sie mir holte. Ich solle noch eine Nacht drüber schlafen – und morgen könnten wir dann in aller Ruhe unsere Abreise vorbereiten. Soweit sie wisse, gebe es um 20.00 Uhr einen Flug von Dubai nach Frankfurt.

Woher wusste sie das?

Vor allem aber: Ihr Ja klang so ungewohnt einsichtig. Es kam zu schwungvoll, zu unkompliziert. Sie war sonst so dominant. So direkt. So streitlustig. Sie gab niemals nach, ohne Dinge lange auszudiskutieren. Oder habe ich mir das nur eingebildet? Bilde ich mir vielleicht all diese verrückten Kellerräume und Akten nur ein? Hatte meine Frau Recht, als sie vorschlug, ich sollte erst einmal zu einem Arzt gehen? Aber was ist, wenn der mit denen unter einer Decke steckt? Oder wenn er, wie ich, bespitzelt wird?

Ich behielt die Schlaftabletten im Mund, spuckte sie wieder aus, warf sie mit einer kurzen Handbewegung unters Bett und stellte mich schlafend.

Meine Frau kam noch einmal ins Zimmer – wahrscheinlich, um mich zu kontrollieren – und ging dann ans Telefon. Ich schlich zur Tür und hörte sie mit jemandem reden, den ich offensichtlich nicht kannte.

»Meinem Mann geht es nicht gut. Er hat im Keller etwas entdeckt … Ja, sowohl den Bunker als auch das Archiv. Nein, ich glaube, in der Aufzucht war er nicht … Keine Ahnung, wie er dahin gekommen ist … Was soll ich denn jetzt machen? … Natürlich stehe ich weiter hinter dem Projekt. Ich habe ihn ja damals hierher geholt. … Erst einmal abwarten? Sind Sie da sicher? … Gut, Sie müssen es wissen.« Dann legte sie auf.

Ich sprang ins Bett und wälzte mich hin und her, als hätte ich einen schlechten Traum, damit sie nicht bemerkte, dass ich auf der Decke lag. Und ich fühlte mich tatsächlich so. Jedenfalls funktionierte es. Meine Frau trat an mein Bett, deckte mich zärtlich zu und legte sich hinter mich.

Dann flüsterte sie mir leise ins Ohr. Worte, die von Sekunde zu Sekunde immer mehr an mir fraßen, die sich in meinen Kopf schlichen, um mich zu vergiften: »Mein Schatz. Wir stehen das durch. Du und ich. Denn wir haben einen göttlichen Auftrag. ›Seid fruchtbar und mehret euch!‹ Verstehst du? Wir tun ein großes geistliches Werk. Wir schaffen eine neue Kreatur, einen gesunden, starken und fruchtbaren Menschen, der diese Erde tatsächlich bebaut und bewahrt. Es muss ein Ende haben mit der widernatürlichen Zerstörung der guten Schöpfung. Die Menschen bebauen und bewahren nicht mehr. Sie haben sich von Gott abgewandt. Darum wollen wir all das Gute, das Gott in uns Menschen hineingelegt hat, wieder herausholen. Wie ein Goldwäscher, der Nuggets aus dem Dreck wäscht. Und dann werden wir wieder zu heiligen Schmuckstücken des Geistes.«

Sie drückte ihre Nase in meine Haare. »Ich konnte es dir nicht sagen. Du warst noch nicht so weit. Aber morgen erzähle ich dir alles. Du wirst mich verstehen. Und du wirst ein Teil von uns werden wollen. Ich liebe dich. Gelobt sei Gott!«

»Sie flüsterte mir den Tod ins Ohr.«

Sie muss es sich anders überlegt haben. Denn heute ist schon Dienstag, und sie hat nicht mit mir gesprochen. Sie wirkt überhaupt sehr lässig. Wir sollten noch ein paar Tage warten und dann die Abreise vorbereiten. Aber sie bereitet nichts vor. Keinen Koffer, keine Tickets, keine Zukunftsüberlegungen. Und ich bekomme jede Minute mehr Angst.

Also habe ich meine Geschichte aufgeschrieben. Wenn ich nicht die Wahrheit sage, wer dann? Die Frage ist natürlich, wem ich sie schicken werde. Ich weiß noch nicht. Wer wird mir glauben?

»Alleinsein frisst auf.«

Hätte ich nur nie mit diesen blöden sprachlichen Unikaten angefangen. Dann wäre mir so ein dahingeworfener Satz im Fahrstuhl wahrscheinlich gar nicht aufgefallen. Ich hätte gelangweilt darüber hinweggehört. Hätte wahrscheinlich lieber geschaut, ob mir die Beine der Frau gefallen. Keine Angst, keine Traurigkeit, kein Entsetzen.

Ich würde immer noch glauben, dass meine Frau mich

liebt. Vielleicht tut sie es sogar. Oder sind es nur meine Gene, die sie erregen? Verdammt! Ich wäre ahnungslos – und glücklich.

Wäre das ein besseres Los? Teil eines widerlichen Genprogramms zu sein, ohne es zu merken? Soll ich, kann ich, werde ich irgendwann froh sein, dass ich der Verschwörung auf die Schliche gekommen bin? Oder werde ich mich mein Leben lang selbst dafür verfluchen? Ich habe Angst, weil ich keine Ahnung habe, was sie tun werden.

* * *

»Kein Schrecken ist größer als der unbekannte.«

Mittwoch … vielleicht … ich bin nicht sicher. Sie haben mir etwas gegeben. Ich muss andauernd schlucken und kann mich nicht mehr konzentrieren … das Labor dreht sich … wahrscheinlich im Kaffee … oder im Milchshake … Was haben die vor?

Eben habe ich ein Spermiogramm erstellt … von mir … habe mir noch einmal den Körper meiner Frau vorgestellt … den, an den ich geglaubt habe … ich kam schnell … und dann das … welch ein Witz … ich bin unfruchtbar … aber ich hatte es ja schon länger vermutet … hier bin ich … genetisch rein … und doch unbrauchbar für … euch … für dich, mein Schatz … vielleicht der Scharlach, den ich als Junge hatte … so genau kann man das nie festlegen …

Aber ihr, ihr Schweine … ihr wahnsinnigen Fanatiker … ich schicke diese Geschichte jetzt per Mail an alle Verlage … auch an die christlichen … wir werden sehen, wer sie veröffentlicht … eines aber sage ich jetzt schon … euer Plan ist nicht vom Himmel … er ist aus der Hölle …

Ob ich überlebe? … Wenn ja: Wofür?

Enter!

Die Story meines Lebens

Ein Schulheft. Etwa Din-A 4. Vielleicht ein wenig kleiner. Ein verblasster Einband, der vor langer Zeit einmal grün war. Jetzt ist er dreckig und grau. Griechische Buchstaben vorne drauf, die ich nicht entziffern kann. Darunter mit einer feinen, fast feminin wirkenden Handschrift der Titel: »Gott«. Mehr nicht. Aber wahrscheinlich ist damit auch schon alles gesagt.

* * *

Ich habe meinen Onkel nie kennengelernt. Meine Mutter erzählte bei den Familienfesten von ihm, ihrem verrückten Bruder. Anfangs erzählte sie mehr, irgendwann kaum noch. Und natürlich ausschließlich Kindheitserinnerungen. Der verregnete Familienurlaub in Schweden. Die unbändige Leidenschaft des Jungen für Rosinen. Seine Wutausbrüche, wenn er das Gefühl bekam, Dinge würde sich ihm widersetzen: widerspenstige Verpackungen, unwillige Möbelstücke oder nicht funktionierende Geräte.

Einmal ging auf einem Geburtstag meiner Großmutter ein Bild herum: »Onkel Bernd erhält den Egon-Erwin-Kisch-Preis.« Auf der in die Kamera gehaltenen Urkunde konnte man das Jahr der Verleihung erkennen: 1965. Da war ich noch nicht einmal geboren.

Mit zwanzig fing ich an, zu fragen. Ich wollte Publizistik

studieren und von meiner Mutter etwas über den preisgekrönten Onkel erfahren. Sie drückte sich vor einer klaren Antwort. Ich ließ nicht locker. »Nerv nicht«, sagte mein Vater.

Je geheimnisvoller meine Eltern taten, desto neugieriger wurde ich. Eines Tages, als mein Vater unterwegs war, sprach meine Mutter dann doch von ihrem Bruder. Mit Tränen in den Augen. Sie fühlte sich schuldig. Ich habe nicht verstanden, warum. Sie hatte nichts falsch gemacht. Aber dass sie nichts gemacht hatte, hielt sie für falsch.

Onkel Bernd war einige Jahre älter als meine Mutter. Der Große. Der, der schon früh die Verantwortung für seine kleine Schwester aufgehalst bekam, weil meine Großmutter sich vom Leben im Stich gelassen wähnte. »Kümmere dich um die Kleine!«, bekam er gesagt. Aber nicht, wie er das tun sollte. Er kümmerte sich und fühlte sich immer überfordert. Ein Zehnjähriger kann keine Dreijährige erziehen. Er muss ja selbst noch leben lernen. Aber es war keiner da, der es ihm hätte zeigen können. Meine Großmutter zog sich in ihr Selbstmitleid zurück. Mein Großvater floh vor diesem Selbstmitleid, das sich auch in ständigen, hasserfüllten Vorwürfen ihm gegenüber äußerte, in sein Büro außerhalb der Stadt. Zurück blieben zwei kleine Kinder, die einander alles sein mussten.

Bernd zog mit achtzehn aus. Machte ein Volontariat beim »Stadtanzeiger« und wurde tatsächlich ein rasender Reporter wie Egon Erwin Kisch. Zu Hause in Geschichten. Gehalten vom Eintauchen in die Sensationen des Lebens. Vor Ort. Vor sich.

1960 lernte er in einer Mainzer Kneipe einen Kubaner kennen. So kam es über tausend Umwege, dass er als einziger europäischer Journalist an der versuchten Invasion der Exil-Kubaner in der Schweinebucht teilnahm. Seine gut recherchierten Reportagen über diese Zeit machten ihn weltbekannt.

Wofür er den Kisch-Preis bekommen hatte, wusste meine Mutter nicht mehr. Es gab auch keine Erinnerungen an das Ereignis. Nur das Foto. Den Bruder nahm außer ihr in der zerrütteten Familie ja ohnehin keiner wahr.

Dann kam der Zusammenbruch. Die schöne Exil-Kubanerin, die mein Onkel geheiratet hatte, kehrte ganz überraschend in ihre Heimat zurück und nahm die beiden Kinder mit. Ohne ein Wort. Verließ ihn und seine Unsicherheiten. Die hintergründige, exotische Frau mit der Haut aus feiner Vollmilchschokolade, um die ihn alle beneideten.

Als ich das alles hörte, überlegte ich, ob ich nicht nach Kuba fliegen und sie suchen sollte. Sie und meine unbekannten Cousins, die verschollenen Blutsverwandten. Manchmal hat man ja so komische Ideen. Natürlich tat ich es nicht.

Bernd jedenfalls begriff damals nicht, was geschehen war. Die Unmöglichkeit, das Unglück zu heilen, zermürbte ihn. Er fing an zu trinken. Auch, weil keiner die Antworten hatte, die er, der in der Tiefe Verwundete, brauchte. Er vernachlässigte alles. Sich. Die Arbeit. Seine Träume. Sein Staunen über die Welt. Verschwand wochenweise und weigerte sich danach, zu erzählen, wo er gewesen war.

An dieser Stelle ihrer Erzählung brauchte meine Mutter ein Taschentuch. »Ich hätte da sein und ihm helfen müssen …«

Hätte. Hätte!

Anfang April 1967 rief er an. Das letzte Mal. Seine Stimme, die in den vergangenen Monaten müde geworden war, klang wieder wie früher. Leidenschaftlich, aufgeregt, vibrierend. Meine Mutter schloss die Augen, als sie für mich das Gespräch Jahrzehnte später aus der Erinnerung wiedergab. Es war, als würde ein Tonband abgespielt. Jedes Wort des

Anrufs gespeichert. Sie muss die Sätze tausendmal im Kopf wiederholt haben.

»Schwesterchen, ich bin wieder da. Und weißt du, warum? Ich bin einer ganz großen Sache auf der Spur. Gute Geschichten sind nun mal die Quelle des Daseins. Und wenn sich meine Vermutungen als richtig erweisen, wird das die Story meines Lebens.« Er atmete befreit aus. »Alle haben sie gedacht, Bernd wäre am Ende. Aber ich werde es ihnen zeigen. Kann sein, dass ich etwas länger weg bin. Aber wenn ich zurückkomme, werden sie mir alle die Füße für meine Geschichte küssen.«

»Wohin fährst du?«

Er lachte übermütig. »Du wirst es nicht glauben. Ich gehe in ein Kloster. Das Metamorphosiskloster bei Manganiako. Das ist in der Nähe von Andrusa. Auf den Peloponnes. Also in Griechenland. Ich war zwar noch nicht da, aber es soll sehr abgelegen sein. Man muss einige Kilometer westlich vom Örtchen Ellinoekklesia auf dem Weg nach Koromelea in ein romantisches Flusstal abbiegen – und da liegt es dann. Mitten in der Wildnis. Ist das nicht irre?«

Meine Mutter war zu überrascht, als dass sie ihn hätte aufhalten können. Sie fragte nur noch: »Und worum geht es? Was recherchierst du? In einem Kloster?«

Bernd Stimme wurde sehr leise, als fürchte er, abgehört zu werden. »Hör zu, Schwesterchen. Du darfst niemandem etwas verraten. Hast du mich verstanden? Versuch bitte auch nicht, Kontakt mit mir aufzunehmen. Wenn die Mönche merken, dass ich Journalist bin, fliege ich auf.«

Er machte eine theatralische Pause. Dann hauchte er mehr, als er sprach: »Ich bin ziemlich sicher, dass im Metamorphosiskloster … Gott wohnt.«

»Wie bitte?«

Er antwortete schnell und überdreht: »Die ganze Bibel

erzählt davon, dass Gott sich nach einem Ort sehnt, an dem er wohnen kann. Und ich habe ganz klare Hinweise darauf, dass er sich auf dem Peloponnes niedergelassen hat. Na, glaubst du jetzt, dass das die Story meines Lebens ist?«

»Bernd!« Es war eher ein erschrockener Aufschrei.

Er brummte so, wie er es schon als Zehnjähriger getan hatte, wenn er seine aufgeregte kleine Schwester beruhigen musste. »Es ist alles gut. Ich werde das Kind schon schaukeln. So, und jetzt muss ich Schluss machen. Mein Flieger geht gleich. Sobald ich die Geschichte fertig habe, bekommst du sie als Erste zu lesen. Dann wirst du auf deinen großen Bruder wieder richtig stolz sein können. Pass gut auf dich auf! Ich habe dich sehr lieb!« Dann legte er auf.

Meine Mutter hielt den Hörer noch lange in der Hand. So lange, bis das Besetzt-Zeichen ertönte. Als wüsste sie schon, dass sie nie wieder von ihm hören würde.

Wenige Tage vor ihrem Tod bat sie mich in einem ihrer zuletzt nur noch kurzen lichten Momente, die deutsche Botschaft in Athen anzurufen und Nachforschungen zu betreiben. Aber in der Aufregung vergaß ich ihren Wunsch. Erst wollte ich nicht von ihrem Sterbebett weichen, dann kamen die Formalitäten rund um die Beerdigung und nachher die Trauer. Ich weiß, dass ich in diesen Tagen wiederholt dachte, da sei noch etwas zu erledigen. Ich kam aber nicht mehr drauf, was es gewesen war. Und so versank mit meiner Mutter auch die Geschichte von Onkel Bernd in der Versenkung.

Dann, vor zwei Wochen, rief mich der Wasserbau-Ingenieur an, dem wir das Haus meiner Mutter verkauft hatten. Ein Brief sei gekommen. Für meine Mutter. Jetzt, nach fünf Jahren. Er lachte. »Hoffentlich keine Rechnung. Mit Mahngebühren.«

Ich bat ihn, mir den Umschlag zuzuschicken. Zwei Tage später hatte ich ihn in der Hand. Weil ich keine Ahnung hatte, was darin sein könnte, öffnete ich ihn ohne jede Beklemmung. Und dann lagen auf meinem Küchentisch das Schulheft und ein Briefchen in mangelhaftem Deutsch: »Bruder Thomas gesterbt. Gegangen zu Himmel. Er gebetet, Heft für Schwester senden. Gott Segen. Abt Georgios.«

Es dauerte einen Augenblick, bis ich begriff, dass mein Onkel Bernd offensichtlich den Ordensnamen Thomas angenommen hatte. Der Onkel, dessen Geschichte seit zwanzig Jahren in meiner Fantasie Blüten trieb. Bernd, der rasende Reporter, der verschwunden war, um Gott zu finden.

Hier vor mir liegt das Schulheft. Etwa Din-A 4. Vielleicht ein wenig kleiner. Ein verblasster Einband, der vor langer Zeit einmal grün war. Jetzt ist er dreckig und grau. Griechische Buchstaben vorne drauf, die ich nicht entziffern kann. Darunter mit einer feinen, fast feminin wirkenden Handschrift der Titel: »Gott«. Mehr nicht. Ich habe bisher nicht gewagt, es zu öffnen. Nun soll es sein.

Tagebuch

5. Mai 1967. Das ist die Geburtsstunde einer Geschichte, die die Welt verändern wird. Ein echtes Abenteuer des Erzählens, eine investigative Reportage voller Glauben, Liebe und Hoffnung – ganz nach meinem Geschmack.

Ich bin nach einer abenteuerlichen Reise gut angekommen und inzwischen ziemlich sicher, dass Gott tatsächlich hier lebt. Zwischen den hohen Umfassungsmauern des Klosterbezirks und den zwei wuchtigen Türmen der Kreuzkuppelkirche ist seine Anwesenheit deutlich spürbar. Ich weiß, dass ich hier richtig bin.

Georgios, ein hochintelligenter Mönch in meinem Alter, mit dem ich mich angefreundet habe, lächelt vielsagend, wenn ich ihn nach Gott frage. »Natürlich wohnt er hier!« Aber es klingt so wie: »Gott wohnt doch überall.« Frommer Kerl! Mich wird er nicht täuschen. Ich kriege meine Informationen. Das ist so sicher wie das Amen in der Kirche.

Trotzdem muss ich mir langsam eine Strategie überlegen. Ich bin schon vierzehn Tage hier und brauche handfeste Fakten. Dass die Bäume in diesem beschaulichen Tal das ganze Jahr über Früchte tragen, wird den Chefredakteuren nicht genügen. Auch nicht, dass die Mönche seit zwanzig Jahren keinen Arzt gebraucht haben. Das macht noch keine Story. Fakten, Fakten, Fakten. Die brauche ich.

Das Beste wäre natürlich, ich könnte ein Interview mit Gott führen. Was für ein Traum! »Zehn Fragen an Gott.« Das hat es noch nie gegeben. Und ich bin sicher: Das schaffe ich. Ich habe schließlich schon ganz andere vors Mikrofon bekommen.

Andererseits: Ich mache mir seit Tagen Gedanken, womit ich ihn löchern würde, wenn ich erst einmal vor ihm stünde. Was wollen die Leserinnen und Leser wohl von Gott wissen? »Warum gibt es das Leid? Bist du gerne Gott? Was war vor dem Urknall? Warum ist meine Frau weggelaufen?«

Angenommen, Gott gewährt mir nur fünf Minuten. Was mache ich dann? Soll ich nach den großen Weltzusammenhängen fragen? Oder nutze ich die Chance und bringe meine persönlichen Anliegen vor? Absurde Frage, ich bin doch als Journalist hier. Objektiv und neutral. Die Welt möchte wissen, was Gott bewegt – und warum er sich so rarmacht. Warum er sich in ein abgelegenes Kloster zurückzieht.

Ich habe mich früher nie viel mit Religion beschäftigt. Natürlich denke ich wie die meisten Menschen, dass es irgendwo eine höhere Macht gibt. Aber letztlich war mir diese Macht bislang ziemlich egal. Zumindest hatte sie keinen erkennbaren Einfluss auf mein Leben.

Dann kam dieser geheimnisvolle Hinweis eines pensionierten Kollegen, der eines Tages in mein Büro geschneit kam und einen dicken Ordner auf meinen Schreibtisch legte. Er war aufgeregt. »Schau dir diese Unterlagen mal an: kleine Zeitungsmeldungen von merkwürdigen Ereignissen, die, im Zusammenhang gesehen, auf etwas Größeres hinweisen könnten. Hier, mehrere Augenzeugenberichte von Touristen, die ganz verändert aus ihrem Griechenlandurlaub zurückgekommen sind. Und hier, der Bericht eines Arztes, der die Welt nicht mehr versteht. Um es kurz zu machen: Da gibt es auf den Peloponnes ein Kloster, in dem wundersame Dinge passieren. Angeblich brennt da seit Urzeiten ein Dornbusch, ohne zu verbrennen. Menschen werden geheilt, bekommen aber gesagt, sie sollten niemandem davon erzählen. Und wie überall pilgern unfruchtbare Frauen zu den Ikonen, weil sie sich von einem Ave Maria in der Klosterkirche ein Kind erhoffen.«

Das Grinsen meines Kollegen wurde sehr breit: »Ich habe mich ein bisschen umgehört: Es gibt keine Frau, die nicht innerhalb eines Jahres schwanger wurde. Hundertprozentiger Erfolg. Irgendetwas geht da vor sich. Häng dich an die Sache mal ran. Könnte wirklich eine gute Story werden.«

Es ist eine! Das weiß ich jetzt schon! Und ginge es nur um einen Indizienprozess, dann würde ich voller Stolz sagen: Die empirischen Beweise reichen bereits aus, um Gottes Gegenwart zu belegen. Aber ich will das Interview. Gottes Stimme auf meinem Tonbandgerät. Was für ein Triumph.

Aber ich muss vorsichtig sein. Ein Interview wäre das Beste, was mir passieren könnte. Trotzdem weiß ich nicht, ob es genügen würde. Mir schon, aber der Welt? Das Dumme ist ja: Selbst wenn ich ein Gespräch hinbekomme, wird es Leute geben, die behaupten, das Ganze sei eine Fälschung. Wie soll ich bloß belegen, dass Gott hier wohnt?

Na, mir wird schon etwas einfallen.

8. August 1967. Erschrocken habe ich im Büro des Abtes auf den Kalender geschaut. Drei Monate bin ich schon hier? Das kann nicht wahr sein. Drei Monate! So viel Zeit habe ich nicht einmal bei den Exil-Kubanern verbracht. Aber es stimmt. Mein Bart wächst so gewaltig, dass er mich zwanzig Jahre älter aussehen lässt.

Der Abt fragte mich, ob ich offiziell mit einem Noviziat beginnen wolle. Absurd. Ich, ein Mönch! Ich könnte mir nie vorstellen, mein ganzes Leben in diesem einsamen Tal zu verbringen. Ich gehöre in die Stadt, dahin, wo das Leben vibriert.

Langsam wird allerdings meine vorgeschobene Behauptung, ich wolle im Kloster nur ein paar Tage zur Ruhe kommen, unglaubwürdig. Ich weiß, dass ich schon ganz nah an Gott dran bin, aber ein paar Dinge muss ich noch klären.

Georgios ist ein großer Erzähler. Er hat mir in den letzten Wochen nach und nach alle wichtigen Geschichten aus der Bibel mit Händen und Füßen vorgespielt. Und ich merke, dass sich dadurch meine Wahrnehmung verändert. Am Anfang habe ich auf die markanten, für jeden sichtbaren Phänomene geachtet, jetzt finde ich die Spuren Gottes auch in ganz kleinen Dingen.

Und ich begreife nach und nach, wie die verschiedenen Charakterzüge Gottes zusammenpassen: seine große Güte, die allen Menschen vergeben möchte, aber auch sein aufbrechender Zorn, wenn die gut gedachte Schöpfung sich selbst in den Untergang treibt. Seine Leidenschaft für das, was verloren zu gehen droht, und seine Lust daran, Liebe erfahrbar werden zu lassen. Je mehr ich weiß, desto mehr verstehe ich.

Gestern hat mir Georgios am Brunnen in der Mittagshitze die Abenteuer von Hiob erzählt, von dem Mann, der alles verlor – und trotzdem glaubte, dass Gott es gut mit ihm meint. Erst habe ich abgewinkt. »Alles Mythen aus alter Zeit.« Doch dann habe ich angefangen zu weinen. Weil ich plötzlich an mein Leben denken musste. An meine Frau. Die Kinder. Den Alkohol. In diesem Moment glaubte ich nicht nur, dass Gott auf den Peloponnes wohnt, ich vertraute, dass er direkt neben mir unter dem Baum sitzt.

Was soll's? Der Zweck heiligt die Mittel. Ich werde dem Abt sagen, dass ich ein Noviziat beginne. Warum denn auch nicht? Wahrscheinlich ist das der beste Weg, um an die Informationen heranzukommen, die ich noch für einen guten Artikel brauche. Und sobald ich sie habe, verschwinde ich. Die guten Jungs werden sich wundern, wenn plötzlich die ganze Welt weiß, dass Gott in diesem Kloster sein Zuhause hat. Ich meine: Eigentlich ist es wirklich egal, wie lange ich hier bin. Die Story wird alles rausreißen. Ich werde mit einem Mal so bekannt sein, dass sich alle Investitionen gelohnt haben. Und dass ich auf dem richtigen Weg bin, erkenne ich jede Woche mehr.

22. September 1967. Viereinhalb Monate im Kloster. Georgios unterrichtet mich täglich von sechs bis neun Uhr. Und wie! Meine letzten Zweifel an Gottes Präsenz im Metamorphosiskloster sind beseitigt. Er existiert. An diesem Ort.

Der gestrige Abend hat mir dann endgültige Gewissheit verschafft. Ich saß allein in der Kirche. Vor der Ikonostase. Müde und unsicher. Noch einmal zogen in mir all die Bilder vorbei – von den Menschen, die ich verloren habe, von meinen misslungenen Versuchen, das Leben in die Hand zu nehmen. Ich war überzeugt gewesen, ich hätte es im Griff, bis alles zusammenbrach.

Während ich leise trauerte, entstand in mir ein Gebet, das nichts anderes war als die immer wiederkehrenden Worte: »Gott, wenn du da bist, dann zeig dich mir.«

Da senkte sich eine Ruhe auf mich, wie ich sie noch nie erlebt habe. Und ich begriff, dass ich nicht allein war. Er war anwesend! Gott zum Greifen nah! In mir, an mir, um mich! Der letzte Beweis, den ich gebraucht hatte. Hier wohnt Gott.

Das Glücksgefühl durchzog meinen ganzen Körper: Ich hatte verstanden. Und ich wusste: Ich kann endlich abreisen und der Welt die bedeutendste Meldung des Jahrhunderts, ach was, des Jahrtausends präsentieren: »Ich weiß, wo Gott wohnt.«

Ich sah schon die tumben Gesichter meiner arroganten Kollegen vor mir, wenn ich den Pulitzerpreis kassierte. Es würde keine Talkshow geben, die sich nicht um mich reißt. »Da, der ist es! Der hat Gott entdeckt!« Die Sensation. Bücher, Werbeverträge, Geld.

Als ich gerade meine Koffer fertig gepackt hatte, kam überraschend mein Lehrer in meine Zelle. »Glaubst du jetzt?«, fragte er mich.

»Ja«, sagte ich aus vollem Herzen.

»Und? Was glaubst du?«

Ich habe ihn wohl ziemlich dämlich angeguckt, denn er musste grinsen.

»Wie was?« erwiderte ich.

Er setzte sich auf meine Pritsche. »Thomas. Es gibt keine Phase im Glauben, die gefährlicher ist als die, in der du dich jetzt befindest. Du fühlst dich sicher. Du bist der Überzeugung, dass du weißt, wie es um Gott bestellt ist. Und genau

Tagebuch

diese Überheblichkeit macht dich anfällig. Wer denkt, dass er Gott gefunden hat, hört auf, nach ihm zu suchen. Wer meint, dass er die Antwort hat, fragt nicht mehr. Und eines kann ich dir aus meiner Erfahrung sagen: Die meisten Menschen bleiben in dieser voreiligen Gewissheit hängen. Sie bewahren sich ihren Kindheitsglauben und sind der festen Überzeugung, sie hätten Gott nun in der Tasche. Aber wer glaubt, dass er Gott versteht, der hat in Wirklichkeit nichts verstanden. Und vergiss nicht: Die Erde dreht sich weiter. Alles verändert sich. Die Gesellschaft. Das Wissen. Du. Irgendwann werden die Erkenntnisse und Erfahrungen, die du jetzt hast, nicht mehr zur Realität passen. Und dann wirst du dein veraltetes Gottesbild zum Dogma erheben und dich in überholten Regeln verbarrikadieren. Andere werden massiv darunter leiden. Du aber verbaust dir den lebendigen Kontakt zu Gott.«

»So ein Quatsch!«, sagte ich und nahm meinen Koffer hoch. »Sei nicht böse, Georgios, aber ich weiß jetzt, dass Gott hier ist! Und dafür bin ich hergekommen.«

»Das, was du jetzt hast, ist zu wenig. Du glaubst, ja, aber das ist noch ein Glaube, aus dem auch Terrorismus entstehen kann. Hass und Gewalt. Weil er zu selbstgewiss und eitel ist.«

Fast hätte ich ihn geschlagen. Aber dass ich die Hand hob, tat mir selbst weh.

Georgios schüttelte sanft den Kopf. »Wenn du deine Reportage veröffentlichst, werden sie dich in der Luft zerreißen. Du weißt noch nicht genug, um kritischen Anfragen standzuhalten. Sie werden irgendeinen schwachen Punkt in deiner Argumentation finden. Und dann hast du nur zwei Möglichkeiten: Du wirst ein Fundamentalist und lässt die Kritik nicht an dich heran – und das wäre nur ein Beweis dafür, wie schwach dein Glaube ist. Oder sie überzeugen dich. Und dann hast du auch verloren.«

Ich bekam kaum Luft. »Du hast es die ganze Zeit gewusst? Dass ich eine Reportage schreibe?«

Er zeigte gen Himmel. »Nicht ich. Er.«

Ich zuckte mit den Schultern: »Was empfiehlst du mir?«

»Bleib hier. So lange, bis dein Glaube so stark ist, dass ihm die Herausforderungen der Gesellschaft nichts mehr anhaben können. Bis du ihn von hier mitnehmen kannst. Weil er nicht in einem starren Gottesbild, in einer einzelnen Gotteserfahrung, sondern in Gott selbst verankert ist.«

Langsam öffnete ich den Koffer und legte meine Sachen zurück ins Regal.

24. Dezember 1967. Weihnachten. Ich erinnere mich. Dieses trübe Fest, in dem wir jahrelang einen Familienfrieden ritualisierten, der in Wirklichkeit längst zerbrochen war, vielleicht nie existiert hatte. Das war nicht unser Frieden, den wir da beschworen, sondern irgendein Frieden, von dem man nicht einmal wusste, ob man ihn für sich ersehnte. Die Feier einer nicht existierenden Gemeinschaft.

Bilder tauchen in meinem Kopf auf. Meine depressive, weinerliche Mutter, die schon eine Woche vorher über den Stress beim Vorbereiten des Weihnachtsbratens jammerte. Mein Vater, der erst am 24. nachmittags aus dem Büro kam. Jahresabschluss, wir müssten verstehen. Wir verstanden sehr wohl. Meine Schwester, die sich an mich klammerte, weil sie von mir erhoffte, was unsere Eltern nicht zu geben bereit waren. Dann die Weihnachtsgeschichte. »Es begab sich aber zu der Zeit …« Bei uns begab sich nichts. Viel zu teure Geschenke. Ein trauriger Versuch, etwas wiedergutzumachen. Liebesgaben, weil es Liebe nicht gab. Der Weihnachtsbaum jedes Jahr größer, die Freude jedes Jahr kleiner. Stille Nacht. Alles still.

Georgios hat heute im Kloster die Heilige Messe gefeiert. Und der Glanz in seinen Augen war heller als alle Lichter, die wir jemals zu Hause an einem Weihnachtsbaum entzündet hatten. Ein Widerschein dessen, was in ihm brannte. Ich saß in der überfüllten Kirche und war gewiss, dass Gott bei mir ist, dass er mit uns, mit mir feiert, fühlte ihn in jeder Faser meines Körpers. Ahnte, dass er mit mir spricht. Durch Bilder, Menschen, Träume, Zeichen und Wunder. In diesem Fest. Dem Gedenken an eine Geburt, die eine neue Lebensperspektive in die Welt brachte. Inzwischen verstand ich Gott so gut, dass ich dachte: »Demnächst wird es wirklich Zeit für das geplante Interview.«

Dann plötzlich war alles aus und vorbei. Als hätte jemand einen Schalter umgelegt. Um mich herum lief die Messe weiter, aber in mir war sie beendet. Ich sah auf die wiegenden Köpfe, hörte das Murmeln der Gebete, roch den Weihrauch – und gehörte doch nicht mehr dazu. Die Menschen, deren religiöse Inbrunst mich eben noch berührt hatte, waren plötzlich nicht mehr als ein Haufen bedauernswerter Kreaturen, die sich offensichtlich einem kollektiven Wahn verschrieben hatten. Der helle Blick von Georgios erschien mir fanatisch. Und der Anspruch Gottes an mein Leben nicht nur unverschämt, sondern vor allem weltfremd und kindisch. Was machte ich in diesem Kloster? Ein noch junger Mann, gierig nach Leben. Nach dem Leben, das einem hier ausgetrieben wurde.

Und was war das für ein Gott, der sich in Griechenland zur Ruhe gesetzt hatte und diese Welt ihrer Bosheit überließ? Plötzlich kam mir das Bild eines sterbenden Kindes vor Augen, das ich bei einer meiner Reisen begleitet hatte. Das qualvolle Dahinsiechen. Ich hatte sehen können, wie es sich an den kleinen Rest Leben klammerte. Bis es verlor. So, wie ich verloren hatte. Meine Familie, meinen Beruf, meine

Kraft. Er, er hatte das zugelassen. Hatte es vielleicht sogar gewollt.

Ich torkelte aus der Kirche.

Georgios holte mich am Klostertor ein. Ich stieß ihn von mir, mit der ganzen Kraft meiner angestauten Wut. Er fiel hintenüber. Auf einen Stein. Lag reglos da.

»Georgios!«

Sein Kopf in meinem Schoß, der sich mit Blut tränkte. Seine Stimme, die aus dem Nichts zu kommen schien: »Wo willst du hin?«

»Ich kann nicht mehr glauben. Ich gehöre nicht hierher.«

»Genau darum gehörst du hierher!«

Schweigen. Ich musste nicht fragen, warum. Es stand im Raum.

Er hustete. »Jetzt siehst du, dass die Wahrheit komplex ist. Dass es bei Gott keine starren, logischen Regeln gilt. Weil er so stark und pulsierend ist wie das Leben. Weil das Dasein in seiner Vielfalt in ihm zur Vollendung kommt. Begreifst du? In ihm verbindet sich alles: Gut und Böse, Macht und Ohnmacht, Gewalt und Zärtlichkeit, Freude und Leid, Hoffnung und Verzweiflung. Bisher hast du gedacht, du könntest Gott mit menschlichen Kategorien fassen. Jetzt siehst du, dass es nicht geht. Und das schmerzt. Ich kenne diesen Schmerz. Und ich kann dir sagen, dass er dich nie mehr verlassen wird. Aber du wirst die Kraft finden, genau diesen Schmerz an Gott abzugeben.«

Seine Stimme wurde schwächer. »Wir möchten so gerne, dass Gott unseren Denkmustern entspricht. Aber das tut er nicht. Er ist zu groß. Bisher hattest du Glauben. Wenn es dir aber gelingt, über deine eigenen Grenzen hinauszuwachsen, dann wirst du nicht nur Glauben haben, dann wirst du im Glauben sein.«

Ich streichelte ihn so, wie ich früher meine Schwester

gestreichelt habe, wenn sie verletzt oder traurig war. »Aber wenn ich Gott doch nicht verstehe?«

»Dann hast du mehr verstanden als alle, die denken, dass sie ihn verstehen.«

Kurz darauf verlor er das Bewusstsein.

Ich habe mich entschlossen, zu bleiben. Nicht, weil seine Worte mich überzeugt hätten. Aber weil ich sehen will, ob er wieder ganz gesund wird.

Mein Gott, was mache ich hier?

08. März 1973. Sechs Jahre. Der letzte Eintrag ist fast sechs Jahre alt. Aber was hätte ich auch schreiben sollen? Dass Gott mir fremd ist? Dass ich manchmal schreien möchte, wenn mich das Unrecht der Welt anspringt? Dass mir zugleich der Atem stockt, wenn ich immer öfter erkenne, wie berauschend Gott seine Schöpfung geordnet hat?

Ich rede heute anders mit Gott. Nicht mehr ängstlich oder unterwürfig. Nein. Ich schreie, weine, zetere, fluche und tanze. Manchmal alles gleichzeitig. Er antwortet – und antwortet doch nicht. Sätze tauchen scheinbar aus dem Nichts auf. Wirken klar und eindeutig. Doch wenn ich ihre Oberfläche berühre, fangen sie an, sich zu kräuseln wie das Wasser in einem Teich. Eben noch habe ich mich gesehen, jetzt ist mein Bild verzerrt und trübe. Ich höre auf, den Finger hineinzuhalten. Erfreue mich an dem, was ich auf dem ruhigen Wasser von mir entdecke. Und weiß doch, dass darunter ein Abgrund liegt, den ich nicht ergründen kann.

Muss ich denn? Gott ist so groß. Ich bin so klein.

Früher habe ich das Wort »Demut« gehasst. Jetzt bin ich demütig. Nicht mehr hochmütig. Doch seltsam: Seit ich bekenne, dass Gott ein Rätsel ist, fängt er an, es für mich zu lösen.

Georgios hat Humor. Er nennt die Narbe auf seinem

Hinterkopf »Bernd«, also bei dem Namen, den ich irgendwann vor den Klostermauern abgelegt habe: »Bernd juckt. Es kommt schlechtes Wetter.«

Hier bin ich für alle Thomas. Die glänzende Narbe auf der runden Glatze erinnert mich ständig an mein anderes Leben. Aber die alten Zeiten verlocken mich nicht mehr. Weil ich weiß, dass ich damals so krampfhaft versucht habe, mir selbst das Heil zu erschaffen, dass ich scheitern musste.

»Wann wirst du endlich deine große Reportage schreiben?« Georgios fragt mich mindestens einmal die Woche. Dann lachen wir beide.

»Was soll ich denn schreiben? Dass ich weiß, wo Gott wohnt, ihn aber nicht verstehe? Dass ich vor lauter Ehrgeiz, Gott ins Rampenlicht zu ziehen, erkennen musste, dass er viel heller ist als all die Lichter, die ich anzünden wollte, um die Dunkelheit meiner Angst zu vertreiben? Dass er mit mir spricht? Und dass ich es nicht wage, seinen Antworten auf den Grund zu gehen, weil es mich das Leben kosten könnte?«

Dann klopft mir Georgios jedes Mal auf die Schulter: »Es wäre aber gut, wenn jemand wie du der Welt davon erzählt. Du hast so viel verstanden.«

Ich sage: »Vielleicht irgendwann.«

22. Februar 2003. Sechsunddreißig Jahre. Ein Leben. Habe ich Gott gefunden? Ja! Jede Faser meines Körpers ruft beseelt: »Ja«. Aber er lässt sich dennoch nicht einfangen. Ist nah und fern zur gleichen Zeit. Ich kann ihn mit Händen greifen, und er rinnt hindurch wie Sand. Ich kann ihn mit meiner Seele erfassen, aber auch da rinnt er wieder hinaus. Wie Wasser. Das Wasser ist schnell wieder fort, aber meine Seele ist gereinigt. Was will ich mehr?

Ich habe vor vielen Jahren aufgehört, meine eigenen

kleinen Ziele erreichen zu wollen. Ich sage: »Vater, dein Wille geschehe!« Dann geschieht sein Wille, und ich erkenne, dass darin alles enthalten ist, was ich mir ersehnt habe. Und noch viel mehr. All das, was ich mit meinem menschlichen Horizont nicht einmal zu träumen gewagt hätte. Er macht es gut.

Georgios und ich haben zusammen versucht, im Kloster etwas von der Herrlichkeit Gottes erfahrbar werden zu lassen. Manchmal gelingt es, manchmal nicht. Aber das ist nicht entscheidend.

Einmal kam ein Fernsehteam. Von einem amerikanischen Sender. Da ich Englisch spreche, musste ich all die dazugehörigen Interviews und Gespräche führen. Die Moderatorin fragte mich: »Was ist das Besondere an diesem Kloster?«

Da habe ich es endlich ausgesprochen, das, was ich eigentlich schon Jahrzehnte vorher verkünden wollte. Ich habe gelächelt und dann mitten in die Kamera gesagt: »In diesem Kloster wohnt Gott!«

Sie fragte nicht einmal nach. Das war im Kasten und brauchbar. Der Beitrag hieß nachher sogar: »Das Kloster, in dem Gott wohnt«, und er entpuppte sich als gelungene, aber nicht wirklich inspirierte Sendung. Mein Satz wurde gleich zu Beginn gebracht. Die Moderatorin kommentierte dazu aus dem Off, es sei doch schön, so viel Gottvertrauen zu erleben.

Ich weiß nicht, ob die Sendung die Welt verändert hat. In den Monaten danach hielten allerdings zahllose grell bemalte Touristenbusse im Tal, deren Insassen unbedingt das Metamorphosiskloster besichtigen wollten.

Ich habe sie durch die Anlage geführt und ein bisschen geschwärmt. Ich kann aber nicht sagen, ob sie die Anwesenheit Gottes überhaupt bemerkt haben. Wahrscheinlich waren sie viel zu sehr mit ihren Fotoapparaten und ihren kalten Getränken beschäftigt.

Obwohl: Einmal kreischte eine übergewichtige Amerikanerin fast hysterisch: »Hier wohnt Gott!« Die meisten aus der Reisegruppe wandten sich daraufhin pikiert ab. Sie wollte wissen, wie lange man braucht, um Gott wirklich zu finden. Ich hob nur hilflos die Schultern.

Meine Finger werden zu schwach zum Schreiben. Ich ahne, dass ich nicht mehr lange leben werde. Und ich freue mich darüber. Wie hat Paulus geschrieben: »Auf der Erde sehen wir alles nur wie in einem trüben Spiegel. Bei Gott aber werden wir wirklich sehen.« Ich werde sehen, ich werde ihn, Gott, sehen – und endlich verstehen.

22. April 2006. Ich schreibe viele Monate später in das Heft meines Onkels diesen Nachtrag, nachdem ich einige Telefonate geführt und ausführlich im Internet recherchiert habe. Wahrscheinlich mache ich das vor allem, weil ich es hasse, wenn Geschichten nicht zu Ende gebracht werden. Wie dem auch sei, ich füge einige abschließende Gedanken an.

Bernd – oder Thomas, wie er im Orden hieß – starb am 20. Mai 2004.

Kurz darauf, im Frühjahr 2005, wurde das Kloster aufgehoben. Nach dem Tod meines Onkels muss es dort Veränderungen gegeben haben, die für alle Beteiligten bis heute unerklärlich sind. Die eben noch intakten Gebäude waren von heute auf morgen baufällig. Die vielen immertragenden Obstbäume wurden von einem bisher unbekannten Parasiten befallen, der sie in kürzester Zeit dahinraffte – und zum ersten Mal blieb eine um Fruchtbarkeit bittende Frau tatsächlich kinderlos. Es war, um es kurz zu machen, als wäre der Segen weitergezogen.

Daraufhin beschloss der Orden, die veraltete Anlage zu schließen und an anderer Stelle ein neues Kloster aufzubauen. Georgios, der übrigens schon 1990 zum Abt des Metamorphosisklosters ernannt worden war, fühlte sich zu alt, um noch einmal die Verantwortung für eine Gemeinschaft zu übernehmen. Er wohnt seither in einem kirchlichen Pflegeheim in der Nähe von Korinth. Trotzdem pilgern noch immer von überall her Menschen zu ihm, um von ihm zu lernen.

Und ich? Ich frage mich, wo Gott jetzt wohl wohnt.

Aus heiterem Himmel

1 Zu Beginn, als noch nichts war, sprach Gott zu seiner Gattin Ascarta: »Lass uns Leben erschaffen, das uns erfreut.« Da liebten sie sich zärtlich und ohne müde zu werden jahrtausendelang. Lächelnd sagte Ascarta dann: »In mir entsteht Neues!«

2 Bald darauf gebar sie die Welt. Die Welt aber war noch schwach und klein. Da ließ die junge Mutter aus ihren Brüsten Milch auf den Boden tropfen und tränkte ihn. Und überall, wo die Tropfen die Öde netzten, entstanden Berge, Pflanzen und Tiere. Und Gott jubelte: »Wie schön ist das alles.«

3 Einige der Tiere aber waren klüger als die anderen. Da sprach Gott: »Ich will sie unterrichten. Sie sollen lernen, aufrecht zu gehen, miteinander zu sprechen und zu verstehen, was Gut und was Böse ist.« Das tat er sogleich. Und Gott jubelte: »Wie schön ist das alles.«

4 Die Geschöpfe, die er gelehrt hatte, ihm ein Gegenüber zu sein, nannte Gott Adabas und trug ihnen auf, ihren Planeten zu pflegen und sich zu vermehren.

5 Ein Mann und eine Frau aber verweigerten Gott den Gehorsam, weil sie sich zur Revolution verführen ließen. Aus ihnen wurde das Volk der Elaten.

* * *

Justin zog die Schultern nach hinten, um seine verspannten Muskeln zu lockern. Es half nicht. Sein Rücken wurde nur noch härter. Mit einem kurzen »Shut up!« befahl er dem virtuellen Buch, das vor ihm in der Luft schwebte, zu verschwinden, und rieb sich seine müde gewordenen Augen.

Die vollelastischen Sitze der neuen Mond-Shuttles waren so weich, dass es dem Diplomaten schwerfiel, seiner Nachbarin den Oberkörper zuzudrehen. Leise sagte er: »Es ist die gleiche Geschichte. Genau das, was in der Bibel steht. Nur ein bisschen anders erzählt. Mit anderen Bildern.«

Die Generalin zog hörbar die Luft ein. »Wie bitte? Das meinen Sie doch nicht ernst, oder? Kopulierende Götter, Milch aus gigantischen Brüsten und Tiere, die lernen, aufrecht zu gehen: Wo bitte steht denn so etwas in der Bibel? Für mich klingt das alles nach der Mythologie eines eher unterentwickelten Volkes.«

Justin versuchte vergeblich, sich aufzurichten. Der Gel-Sitz hielt ihn fest umklammert. »Generalin, beachten Sie doch bitte mal die einzelnen Motive. Ein Gott will etwas erschaffen. Aus Liebe. Damit fängt es an. Und er kreiert die Welt. In der Bibel spricht Gott, hier zeugt er. Aber die Aussagen sind doch die gleichen: Der Schöpfer freut sich über seine Schöpfung. Er findet sie gut. Er wünscht sich Geschöpfe, die ihm ein Gegenüber sind. Er formt sie. Und es gibt einen Mann und eine Frau, die sich ihm verweigern.«

Die Soldatin starrte weiter auf den Sessel vor sich. »Sie sind hier der Theologe. Aber erstens gibt es in der Schöpfungsmythologie der Elaten mehrere Götter, und zweitens klingt dieses ›Gott unterrichtete sie‹ doch irgendwie sehr nach einer billigen Evolutionstheorie, finden Sie nicht?«

Justin betrachtete das gebogene Ohrläppchen seiner Nachbarin und fragte sich, was sie wirklich dachte. Dann sagte er: »Wir vergessen gerne, dass Gott in der Bibel am

Anfang auch nicht allein ist. In Genesis 1 heißt es: ›Lasst uns Menschen machen!‹ Uns! Nicht: mich. Ich frage mich ohnehin, warum so viele Leute einen inneren Zwang verspüren, die Naturwissenschaften gegen die Schöpfungsgeschichte auszuspielen. Die Schöpfungsgeschichte ist dafür eigentlich zu schön, eine wahrhaft Glauben stärkende Erzählung, die so viel über das Wesen Gottes offenbart, dass man ihr gar keinen Gefallen tut, wenn man sie nur wie einen wissenschaftlichen Bericht liest. Dann raubt man ihr die Liebe doch gerade ...«

Die Generalin rührte sich nicht. Aber ihre Stimme klang schärfer. »Wollen Sie damit andeuten, dass die Bibel lügt?«

Der Theologe lachte. »O nein, im Gegenteil! Ich glaube, dass ihre Wahrheit viel größer ist als unser schlichtes logisches Denken, größer als alle Naturwissenschaften. Und darum macht man sie klein, wenn man sie wie einen empirischen Bericht liest.

Passen Sie auf! Ich versuche mal, Ihnen an einem Beispiel deutlich zu machen, was ich meine. Wenn Jesus sagt: ›Stell dein Licht nicht unter einen Scheffel‹, dann ist das doch kein Aufruf, alle Lampenschirme dieser Welt abzuschaffen. Das müsste man aber, wenn man den Text einfach eins zu eins in den Alltag überträgt: ›Keine Lichtquellen unter irgendwelche Abdeckungen.‹ Gemeint ist aber etwas ganz anderes: ›Wenn Gott dich beschenkt, dann sorge dafür, dass deine Begabungen die Welt heller machen.‹

Sehen Sie, erst die übertragene Deutung zeigt die unendliche Qualität dieser Worte. Abgesehen davon ...« Er räusperte sich. »... gibt es ja noch viel mehr Verwandtschaften zwischen der biblischen und der elatischen Schöpfungsgeschichte. Die ersten intelligenten Wesen werden Adabas genannt, bei uns heißt der erste Mensch Adam. M und B sind aber schon immer lautverwandt gewesen. Und der

Name ›Elaten‹ enthält die israelitische Gottessilbe ›El‹, so, wie in Isra-el, Immanu-el oder El-ia.«

Jetzt drehte sich seine Nachbarin zu ihm hin und sah ihn mit hellen, grünen Augen an, die zornig funkelten. »Warum erzählen Sie mir das alles? Es ist ja nett, wenn Sie zwischen den Erzählungen verschiedener Völker Parallelen entdecken. Aber was soll's? Was bringt uns all dieses ... dieses hochgeistige Spekulieren?«

Sie beugte sich vor, und Justin versuchte, zu verstehen, wie ihr das in ihrem schleimigen Sessel gelungen war. Doch die scharfe Stimme holte seine Gedanken zurück. »Ich habe ein ganz praktisches Problem zu lösen: Neben ›Armstrong One‹, der – das nur nebenbei – am wenigsten befestigten Mondstation, ist ein Raumschiff mit bekehrungswütigen Außerirdischen gelandet, die angeblich nichts anderes wollen, als die Erde mit ihrer wahren Religion zu beglücken. Wer's glaubt, wird selig.«

Für einen kurzen Augenblick schien es, als würde die Generalin die Beherrschung verlieren. »Als ob wir nicht schon genug Religionsstreitigkeiten auf der Erde hätten. Wenn es nach mir geht, dann packen diese ... Elaten noch heute Abend ihre Sachen zusammen und verschwinden wieder. Da können Sie so viel in deren Schriften forschen, wie Sie wollen. Damit wir uns richtig verstehen: Das hier ist eine militärische Operation, keine lustige Exkursion, keine Forschungsreise und kein nettes Religionsgespräch. Ist das klar?«

Justin ignorierte ihre Aufregung. Sachlich fragte er: »Wovor haben Sie eigentlich Angst?«

»Angst?« Sie fauchte fast. »Ich habe keine Angst! Ich will nur nicht, dass unser inzwischen halbwegs stabiles Gesellschaftssystem auf der Erde durch frömmelnde Aliens durcheinandergebracht wird. Nichts gefährdet den Frieden der

Welt mehr als fanatische Glaubensanhänger. Das hat das 21. Jahrhundert ja wohl zur Genüge bewiesen.«

»Die Elaten haben sich bisher völlig friedfertig verhalten!«

Die uniformierte Frau stieß ein trockenes Lachen aus. »Ja, aber haben Sie das Glitzern in ihren Augen bemerkt? Dieses ›Wir-haben-das-Heil-der-Welt‹-Leuchten? Solche Wesen sind nicht tolerant, sie sind von ihrem Gott besessen.«

Der Theologe führte den Schlauch, der aus der Lehne vor ihm ragte, an den Mund und nahm einen Schluck Kaffee, bevor er reagierte. »Nun, viele Fachleute sind ja der Meinung, dass den irdischen Christinnen und Christen ein bisschen mehr von dieser Leidenschaft und Überzeugung gar nicht schlecht täte. Wenn der christliche Glaube nur noch Kulturgut und nicht mehr Bekenntnis ist, dann fehlt eben etwas. Nicht, dass wir uns missverstehen: Ich bin zum ›Interreligiösen Referenten‹ ernannt worden, weil ich die Verständigung zwischen den Glaubensgemeinschaften fördern möchte, aber die funktioniert nur dann, wenn sich ein überzeugender eigener Standpunkt mit Toleranz verbindet.«

Die Stimme der Generalin klang so, als wolle sie das Gespräch möglichst schnell beenden. »Warten wir erst einmal ab, wie tolerant die Elaten wirklich sind.«

Justin sah aus dem Fenster auf die sich nähernde Mondoberfläche. Leise sagte er in Richtung der Scheibe: »Ich entnehme Ihren Worten, dass Sie diesem Volk die gewünschte Genehmigung zur Mission auf der Erde nicht erteilen wollen. Wissen Sie, wie man das nennt? Intoleranz! Sie werfen unseren Gästen etwas vor, das Sie selbst verkörpern. Sie verbieten die Verbreitung einer Überzeugung, die, wie wir den Heiligen Schriften der Elaten entnehmen, äußerst lebensfreundlich und sehr gemeinschaftlich orientiert ist. Sie lehnen diesen Glauben einfach ab, ohne sich mit ihm vertraut machen zu wollen. Das Traurige daran ist wohl vor allem die Tatsache, dass genau durch solch ein Verhalten Hass zwischen Rassen entsteht.«

»Was erlauben Sie sich eigentlich?« Die Generalin griff nach seinem Arm und umklammerte ihn. »Ich war ohnehin dagegen, Sie mit auf diese Mission zu nehmen. Aber der Präsident hat nun einmal darauf bestanden. Ich sage Ihnen jetzt, wie das Ganze abläuft: Wir treffen uns mit den Priestern der Elaten, machen ihnen deutlich, dass die Erde keinen weiteren Glauben braucht, und … und dann können Sie gerne noch ein paar Tage hochtheologische Erkenntnisse austauschen, bevor die Delegation schön brav wieder abzieht. Ist das klar?«

Es war dem Interreligiösen Referenten unangenehm, aber er musste kichern. Lächelnd sagte er: »Und was ist, wenn die Elaten tatsächlich den wahren Gott des Universums kennen? Sollten wir dann nicht zum Wohl der Erde daran interessiert sein, dass die Menschen von ihm hören?«

Seine Nachbarin sah ihn einen Augenblick völlig bestürzt an, dann verschränkte sie die Arme und sagte nur noch: »Und ich dachte, Sie wären Christ!«

Kurz darauf kündete der Kapitän den Beginn des Landeanflugs an.

* * *

Justin trat aus der trockenen Luft des Mond-Shuttles in die weitläufige, von bläulichem Licht durchflutete Empfangshalle von »Armstrong One«, atmete tief ein und sah unwillkürlich nach oben, dorthin, wo die Erde über der Kuppel groß und herrschaftlich am Himmel stand – sachte funkelnd wie ein Rohdiamant. Wie immer machte ihn der

Anblick sprachlos, weil all das, was er Zuhause nannte, auf einmal so unfassbar weit weg zu sein schien. Irgendwo da oben, oder besser: da unten, gestalteten jetzt all die Menschen, die ihm etwas bedeuteten, ihren Tag – und verschmolzen aus seiner lunaren Perspektive zugleich mit dieser einzigartigen blauen Kugel, aus der sie hervorgegangen waren.

»Oje, Sie sind auch noch Romantiker! Das hätte ich mir ja denken können.« Die Generalin gab ihm von hinten einen Stoß, um ihn zum Weitergehen zu bringen. Doch Justin blieb stehen, weil ihnen im gleichen Moment ein dicklicher, schwitzender Mann mit offenen Armen entgegenkam und schon von Weitem rief: »Generalin! Generalin Judith! Wie schön, Sie hier zu sehen!« Er schüttelte der Soldatin aufgeregt die Hand und wandte sich dann an Justin: »Sie müssen der Interreligiöse Referent sein. Willkommen auf dem Mond. Ich bin Robert, der Leiter der Station.«

Justin erwiderte die herzliche Begrüßung und musterte den etwa fünfzigjährigen Kommandanten aufmerksam. Er hatte schütteres Haar, wirkte aber trotz der Schweißtropfen auf seiner Haut seriös und intelligent. Der lange Aufenthalt in der geringen Schwerkraft des Mondes hatte seine Bewegungen fließend und groß werden lassen. Auf der Erde wurde diese veränderte Körpersprache inzwischen spöttisch »Lumo«, »luna-moving«, genannt; vor allem, weil sie nach längeren Mond-Aufenthalten noch einige Tage anhielt, sodass man Heimkehrer vom Mond in der dichtesten Fußgängerzone an ihrem Gang erkannte.

Zum Erstaunen des Theologen trug sein Gegenüber am Revers seines Jacketts eine kleine Nadel mit einem angedeuteten Lichtstrahl auf rotem Grund. Justin kannte dieses Symbol von keiner irdischen Institution, er hatte es nur in den Heiligen Schriften der Elaten mehrfach gesehen.

Robert nickte ihm unbestimmt zu, als er den Blick auf der Nadel bemerkte, und wies dann mit einer weitläufigen Handbewegung auf die unzähligen Duty-free-Shops und Kasinos in der Halle, die mit aufgeregten Lichtreklamen um die Aufmerksamkeit der Besucherinnen und Besucher buhlten. Wie ein stolzer Reiseführer sagte er: »Schauen Sie sich an, wie sich hier alles entwickelt hat! Wenn das so weitergeht, werden wir bald zu einem zweiten Las Vegas. ›Armstrong One‹ hat ja weiterhin den Status einer interstellaren, steuerbefreiten Plattform und wächst und wächst – wir könnten jeden Tag irgendein neues Unterhaltungscenter eröffnen, so viele Anfragen bekommen wir. Hier gibt es alles, was das Herz begehrt: gute Musik, einen wolkenlosen Sternenhimmel, Spiel, Spaß, Spannung und mit ein bisschen Glück auch ansehnliche Gewinne. Wenn Sie Zeit haben, dann schauen Sie sich auf jeden Fall in unserem Musicaltheater die sensationelle ›Duo-Camillo-Revival-Show‹ an! Großartiges Kabarett mit herrlichen Songs aus dem 21. Jahrhundert, wirklich sehr lustig. Außerdem ...«

Die Generalin unterbrach seinen euphorischen Wortfluss. »Kommandant, wir sind nicht als Touristen hier. Wir haben ein Problem zu lösen.«

Robert hob irritiert den Kopf. »Welches Problem?«

Sie sah ihn scharf an. »Die Elaten.«

»Wieso sind die Elaten ein Problem? Da sehen Sie!«

Er wies auf ein Wesen in einem weiten, rötlich schimmernden Mantel, das kaum größer als ein Meter und vierzig war und in aller Ruhe die Zeitungsüberschriften an einem Kiosk studierte. Obwohl der Elate im Wesentlichen eine anthropomorphe Gestalt hatte, fiel sofort auf, dass die Proportionen seines Körpers völlig anders verteilt waren als beim Menschen. Die schlanken, muskulösen Beine machten etwa zwei Drittel seiner Größe aus, der Rumpf dagegen war kurz und gestaucht. Der ungewöhnlich große Kopf glich von fern einem Porzellankrug, weil er oben und unten konisch zulief. Am erstaunlichsten aber waren die schimmernden Augen, deren Lider von unten hochfuhren und – offensichtlich wegen der Langsamkeit, mit der sie sich bewegten – immer abwechselnd die Augäpfel bedeckten.

Der Kommandant winkte dem Außerirdischen zu, woraufhin dieser eine flache Hand mit acht Fingern hob und freundlich zurückgrüßte.

Fasziniert starrte Justin das Wesen an. Obwohl er schon verschiedene Bilder der Elaten gesehen hatte, verblüffte ihn die Freundlichkeit, die der Außerirdische ausstrahlte.

Die Generalin dagegen fuhr ihren Gastgeber an: »Sind Sie wahnsinnig? Wieso dürfen die Elaten die Station betreten?«

Nun zeigte sich, dass der Interreligiöse Referent mit seiner Einschätzung des Kommandanten Recht gehabt hatte, denn Robert antwortete sehr pointiert und sicher: »Generalin, dies ist interstellares Hoheitsgebiet! Rechtlich gesehen, haben die Elaten die Erde nicht betreten, und es gab und gibt für mich keinen Grund, ihnen den Zugang zur ›Armstrong One‹ zu verweigern.«

Versöhnlich fügte er an: »Man merkt, dass Sie noch nie mit einem von ihnen zu tun hatten. Ich schlage vor, dass wir …« Er sah kurz auf seine Uhr. »… einfach direkt zu ihrer Glaubensfeier gehen, die in wenigen Minuten beginnt. Dann können Sie sich selbst eine Meinung bilden.«

Jetzt hob auch Justin kritisch die Augenbrauen. »Wie bitte? Die Elaten feiern … Gottesdienste hier auf ›Armstrong One‹?«

Robert lächelte. »Sie haben unseren großen Saal gemietet und die Miete sofort bezahlt. Warum sollte ich sie davon abhalten?« Als er den zornigen Blick der Generalin bemerkte, fügte er hinzu: »Nach Paragraph 144 unserer Statuten herrscht auf ›Armstrong One‹ das Recht der freien Religionsausübung, solange dadurch nicht die Rechte anderer Personen eingeschränkt oder bedroht werden. Und das ist – soweit ich das bisher sehe – nicht der Fall.«

Judith fluchte. Sie zog den Kommandanten zur Seite und zischte: »Begreifen Sie es nicht? Diese Leute wollen ihren unchristlichen Glauben zu uns bringen. Und Sie öffnen ihnen auch noch Tür und Tor. Was ist, wenn sich Menschen zu diesem Heidenkram bekehren und später auf der Erde anfangen zu missionieren? Dann hat sich der ganze diplomatische Vorgang bezüglich einer offiziellen Missionserlaubnis für die Elaten einfach erledigt.«

Sie hob zornig den Kopf: »Am liebsten würde ich Sie wegen Ihrer Dummheit sofort festnehmen lassen. Sie gefährden mit Ihrer lächerlichen und übertoleranten Naivität den Weltfrieden und begreifen überhaupt nicht, was Sie da tun ...«

Zu Justins Erstaunen blieb Robert ganz ruhig. Freundlich sagte er: »Kommen Sie und sehen Sie es sich an. Wenn die Elaten sich tatsächlich als Gefahr für die Erde erweisen, übergebe ich Ihnen sofort das Kommando über ›Armstrong One‹.«

* * *

Die Stimmung in dem großen Saal, der mit Stoffbahnen weiß geschmückt war, glich eher der einem ausgelassenen Familienfest als der eines Gottesdienstes. Einige Elaten standen zusammen und unterhielten sich angeregt, andere tanzten zu einer leisen Musik, die von irgendwoher den Raum durchflutete, während in einer Ecke eine Elatin eine Art Trauerritual feierte, bei dem ihr zwei Gefährtinnen tröstend zur Seite standen. Verblüfft bemerkte Justin, dass die Trauernde mit weit vorgewölbten Augenlidern ihre Tränen auffing und diese dann in ein buntes Becherglas füllte, das sie vor sich stellte, als wolle sie ihre Trauer sichtbar darbringen.

Der Diplomat ließ seinen Blick durch den gut gefüllten Raum schweifen und beobachtete dann einen Moment die Tänzer, deren Bewegungen trotz der komplizierten Rhythmik der Musik harmonisch und fließend wirkten. »Das ist ein Sieben-Viertel-Takt«, durchfuhr es ihn. »Sieben, die Zahl der Vollkommenheit. Verrückt ...«

Bevor er sich ein genaueres Bild des Festes machen konnte, trat ein festlich gekleideter Elate auf die kleine Gruppe zu und begrüßte sie: »Generalin Judith, Gesandter Justin und Kommandant Robert! Herzlich willkommen bei unserer Feier! Wie schön, dass Sie da sind.« Er hob einladend die Hände: »Vieles in unserer Kultur mag Ihnen zu Beginn noch fremd erscheinen, aber ich stehe selbstverständlich zu Ihrer Verfügung, wenn Sie Fragen haben. Ich heiße übrigens Mago ...«

»Woher wissen Sie meinen Namen?«, unterbrach ihn die Generalin rüde und trat demonstrativ einen Schritt zurück.

Mago schob lächelnd beide Augenlider gleichzeitig von unten über die Augen. »Ganz einfach. Ich habe auf die Gästeliste des Shuttles geschaut. Es tut mir leid, wenn ich Sie damit verletzt habe.« An Justin gewandt, fügte er hinzu: »Nehmen Sie doch bitte Platz. Seien Sie ganz entspannt und Sie selbst ...«

Judith schüttelte missbilligend den Kopf: »Wann geht ihre Missions-Show los?«

Der Elate tippte kurz mit den Spitzen seiner Ohren gegen seinen Kopf, offensichtlich eine emotionale Reaktion, die Justin aber nicht deuten konnte. Der freundliche Tonfall seines Gegenübers änderte sich jedoch nicht.

»Da haben Sie etwas falsch verstanden«, sagte Mago. »Wir missionieren hier nicht. Wir feiern unseren Glauben und freuen uns über Gott und das Leben. Und es macht für unsere Feier keinen Unterschied, ob Sie da sind oder nicht. Wenn unsere Freude von Ihrer Abwesenheit abhinge, wäre sie ja gar nicht ernst zu nehmen.«

»Wie bitte?« Judith runzelte die Stirn. »Aber Sie haben doch um eine Missionserlaubnis für die Erde gebeten.«

Mago klatschte vor Begeisterung spontan in die Hände. »Ja, natürlich. Weil wir der Überzeugung sind, dass jemand, der das Heil gefunden hat, es anderen nicht vorenthalten darf. Es wäre so schade, wenn die Menschen nicht erfahren würden, dass es einen Gott gibt, der dieses Universum in seinen Händen hält.«

»Das nennen wir Mission.« Das Gesicht der Generalin blieb verschlossen.

Der Elate verbeugte sich leicht. »Man kann andere bedrängen oder man kann sie einladen. Man kann Druck ausüben oder schwärmen. Wir wollen nichts anders als von unserem Glück erzählen. Und wenn die Menschen sich nicht dafür interessieren sollten, fliegen wir einfach unauffällig weiter. Wir verdammen niemanden, den unser Glaube nicht glücklich macht. Wie könnten wir? Wir sind der festen Überzeugung, dass unser religiöses Wissen nur Stückwerk ist. Vielleicht stellen wir sogar fest, dass Sie auf der Erde mehr über den Herrscher des Universums wissen als wir. Dann werden wir gerne von Ihnen lernen.

Gott und die Wahrheit über ihn sind viel zu groß, als dass irgendjemand von uns sie ganz verstehen könnte. Und weil wir zumindest das erkannt haben, reisen wir durch die Galaxis – um andere an unserer Erfahrung teilhaben zu lassen und durch die Erfahrungen anderer im Glauben zu reifen …«

Judith wollte noch etwas einwenden, aber hinter Mago begann die Feier nun offiziell, sodass sich die Besucher schnell zu einigen freien Sesseln an der Seite begaben.

Wieder setzte Musik ein. Diesmal lauter und schriller. Überall erhoben sich Elaten, um zu tanzen. Allerdings schien es dabei weder eine festgelegte Choreografie noch eine Struktur zu geben. Jeder tanzte ganz individuell, die einen langsam und ruhig, als müssten sie erst langsam ihren Alltag abstreifen, die anderen ausgelassen und hingegeben.

Erst nach einiger Zeit bemerkte Justin, dass die Elaten angefangen hatten zu singen. Keine Melodie, sondern freischwebende Akkorde, in denen sich jeder einen Ton suchte, den er dann übernahm oder veränderte, sodass die Musik sich tatsächlich durch den Zusammenklang aller Sängerinnen und Sänger ergab und weiterentwickelte.

Plötzlich entstand um den Diplomaten eine Welt aus Klängen, und ehe er sich versah, sang er mit. Fast unbewusst, ergriffen und getragen. In ihm entstand ein Ton, der mit dem Gesang der Elaten harmonierte und sich darin selbstbewusst einfügte. Als er den erbosten Blick der Generalin auf sich spürte, verstummte er.

Justin hätte nicht sagen können, wie lange der Gesang dauerte, aber das gemeinschaftliche Lied kam ans Ziel, als ein groß gewachsener Elate die Bühne betrat und die Stimmen in einer großen Coda zu einem Schlussakkord leitete.

Der Diplomat beugte sich zu Mago. »Ist das der Priester?«

Der Elate neigte seinen Kopf. »Nein. Bei uns gibt es keine Priester. Jeder macht seine eigenen Erfahrungen mit Gott, und darum übernimmt jeden Tag ein anderer das ›Teilhabenlassen‹, wie wir es nennen. Auf der Erde sagen Sie dazu, glaube ich, ›Predigt‹.«

»Gibt es keine Ausbildung, kein Studium oder so etwas?«

Justin bemerkte, dass die Generalin ihn weiter verärgert anstarrte.

Mago schien das nicht zu stören. Er flüsterte: »Natürlich eignen sich einige von uns besondere Kenntnisse an, aber diese Kenntnisse machen sie ja nicht zu besseren Gläubigen. Es kann sein, dass Alef, der dort vorne steht, zwischendrin einen Experten zu sich bittet, um ihm eine Frage zu stellen, auf die er selbst keine Antwort hat. Aber das ist etwas Selbstverständliches. Niemand wächst im Glauben, ohne zu fragen. Hören Sie am besten selbst. Er fängt an.«

Alef, der fast die Größe eines Menschen hatte, trug ein weites, fallendes Gewand, dessen hellen Punkte Justin bei genauerem Hinsehen als Sternenkarte identifizierte. Der Elate drehte sich einmal um sich selbst, als eröffne er damit seine Rede, und sprach dann weich und zugleich lebendig zu der Versammlung.

»Wir sind weit weg von zu Hause, weit weg von unserem Planeten Migan. Aber weil Gott bei uns ist, ist auch hier ein Zuhause für uns. Ich vermisse meine Familie sehr …« Ein Raunen ging durch den Raum. »… aber dieses Gefühle kennen die Menschen, die auf dieser Station arbeiten, genauso wie wir. Darum ist es gut, dass wir heute zusammen feiern.«

Judith schnaubte.

Alef sah in ihre Richtung, und Justin spürte, dass sie zusammenzuckte. Der Elate schien jetzt nur für ihre kleine Gruppe zu sprechen, obwohl auch sonst im Raum viele Angehörige der Raumstation waren: »Weil wir heute einige Gäste unter uns haben, möchte ich kurz erzählen, warum wir Elaten hier sind.

Auf unserem Planeten Migan haben wir erkannt, dass es kein gelingendes Leben ohne Glauben gibt. Erst, wenn wir uns einer Wahrheit öffnen, die größer ist als wir, können wir auch über uns hinauswachsen. Wenn wir uns selbst zum

Maßstab machen, dann begrenzen wir unsere Existenz auf unser vergängliches Können und unser Sein. Und das ist eigentlich zu wenig. Dann fehlt so viel. Wer nur an sich denkt, denkt zu klein. Der verpasst nicht nur die Weite Gottes, sondern auch die Kraft der Gemeinschaft.

Wir haben das schmerzhaft erfahren müssen, als wir in einer Zeit, die wir heute die ›Dunkle Periode‹ nennen, erleben mussten, dass jeder nur für sich kämpfte. Einen verzweifelten, gierigen Kampf für ein erfülltes Leben, den niemand gewinnen konnte, weil niemand die Macht hat, sein eigenes Leben zu füllen.

Dann kamen Botschafter. Gesandte Gottes, die uns von der Liebe erzählen wollten. Aber unser Volk lachte sie aus. Glaubte ihnen nicht – und richtete sie am Ende hin.«

Er stockte einen Augenblick, als wäre diese Erinnerung für ihn ein persönlicher Schmerz. Dann fuhr er fort: »Doch ihr Tod wurde für uns zu einem Neuanfang. Als wir nämlich sahen, dass die Botschafter bereit waren, für die Liebe zu sterben, änderte sich etwas in unserem Denken. Wir verstanden plötzlich, was leidenschaftliche Hingabe bedeutet. Wir hatten immer nur nach dem Leben gefragt. Nun kam es wie ein Sturm der Erkenntnis über uns: ›Wofür es sich nicht lohnt zu sterben, dafür lohnt es sich auch nicht zu leben.‹ Nur mit dieser Leidenschaft überschreiten wir die Grenzen unserer kleinen Existenz.

Wofür lohnt es sich zu leben oder zu sterben? Für ›Menei Pielaga‹. Ich kann diesen Begriff nicht in Ihre Sprache übersetzen, weil es dafür auf der Erde keine Entsprechung gibt. Ich habe die Heilige Schrift der Christenheit gelesen und bin dort auf ein Wort eures Apostels Paulus gestoßen. Er sagt: ›Wenn alles Weltliche zerfällt, bleiben nur drei Dinge: Glaube, Liebe und Hoffnung.‹ Menei Pielaga ist letztlich nichts anderes als die Summe dieser drei Werte.

Die tiefe, von Gott gespeiste Sehnsucht, in mir und anderen lebensfördernde Kräfte zu wecken. Und das, was lebensfördernd ist, kann niemals aggressiv oder zerstörerisch sein.

Wir wollen Menei Pielaga leben, weil wir in der ›Dunklen Periode‹ schmerzhaft entdecken mussten, wie sehr Glauben und Handeln auseinanderdriften können. Heute fragen wir nicht mehr danach, welches Gottesbild jemand hat, sondern ob sich Menei Pielaga als heilsam für die Gemeinschaft und die Wirklichkeit Gottes erweist oder nicht.

Ich weiß nicht, ob ich mit diesen Worten wirklich deutlich machen konnte, was mich bewegt, darum will ich das, was mich berührt, noch einmal in einem Lied ausdrücken.«

Alef erhob die Hände wie zu einer Segensgeste, senkte dann den Kopf und sang. Eine seltsam schwere Melodie. Ohne Worte. Klangvoll, aber nicht greifbar. Und doch war es, als entstünden in Justins Kopf Geschichten und Bilder. Als würde er im Klang eins mit dem Sänger und könne sich in die Tiefe des anderen hineinfallen lassen. Und dort, auf dem tiefsten Grund der Seele des Elaten, sah er plötzlich die Spuren Gottes. Fand einen Glanz, der nichts Geschöpfliches mehr hatte, sondern ohne jeden Zweifel von überirdischer Schönheit war. Und dieser Glanz war so stark, dass alle Angst aus Justins Leben wich, als würde sie ihm einfach entzogen …

»Hey«, schnauzte ihn die Generalin an, »kommen Sie mal wieder zu sich! Sie lassen sich also von dem Gesülze einlullen, oder was?« Sie erhob sich. »Ich hoffe, Sie begreifen jetzt, welche Gefahr diese Elaten für die Erde sind. Sie arbeiten mit irgendwelchem psychologischen Firlefanz. Kommen Sie!« Und als Justin zögerte, schrie sie quer durch den Raum: »Kommen Sie! Das ist ein Befehl.«

* * *

Fassungslos stolperte der Diplomat hinter Judith her. »Was wollen Sie von mir?« Justin stützte seinen Kopf in beide Hände und starrte auf den Tisch, dessen blaue Platte ihn seit zwei Stunden anglitzerte. »Sie behandeln mich wie einen Schwerverbrecher. Nur weil ich die Elaten nicht als Bedrohung ansehe.«

Die Generalin beugte sich zu ihm hinunter. Zu laut sagte sie: »Hören Sie gut zu! Verarschen kann ich mich selbst. Der Kommandant der Station hat sich offensichtlich schon zu diesem Irrglauben vom Planeten Migan bekehrt.« Sie spuckte die Worte fast aus. »Und Sie wären auch fast so weit gewesen, wenn ich nicht eingegriffen hätte. Himmel noch eins: Wie sind Sie eigentlich Interreligiöser Referent geworden? Da machen diese hässlichen Zwerge ein bisschen Hokuspokus, und Sie werfen beinah Ihren christlichen Glauben über Bord. Glauben Sie, ich möchte eine Weltrevolution erleben?«

Justin schüttelte den Kopf: »Woher wollen Sie wissen, dass wir hier nicht vom gleichen Gott reden?«

»Woher?« Ihre Stimme überschlug sich. »Weil Jesus der Weg, die Wahrheit und das Leben ist! DIE Wahrheit! Nicht nur ein Teil der Wahrheit. ›Niemand kommt zum Vater, denn durch mich.‹ Haben Sie diese Worte in ihrem Theologiestudium vielleicht mal gehört?«

Trotzig sagte der Diplomat: »Und wenn Jesus einer dieser Botschafter war, die zu den Elaten gekommen sind?«

»Ach, hören Sie doch auf! Das hätten Sie wohl gerne, dass alle Religionen irgendwie das Gleiche anbeten. So ein Unfug! Das hatten wir im 20. Jahrhundert schon mal – und schon da war es ein Hirngespinst verweichlichter Liberaler. Gott hat sich nur in Jesus Christus offenbart. Sonst nirgendwo.«

Justin lachte erregt. »Ach, und was ist mit dem brennenden Dornbusch, den Zehn Geboten, den Propheten und dem Verkündigungsengel? Gott hat sich so unterschiedlich offenbart ...«

Sie schnitt ihm mit einer Geste das Wort ab. »Ich will davon nichts mehr hören. Kapiert?«

»Doch. Sie können das nicht einfach ignorieren. Ich rede hier nicht davon, dass Islam, Buddhismus und so weiter alle das Gleiche denken. Ich kenne die tief greifenden Differenzen zwischen den Religionen, glauben Sie mir, denn ich habe das tatsächlich studiert.«

Als hätte ihn seine Ironie selbst erschreckt, fuhr er ruhiger fort: »Ich rede nur von der Möglichkeit – hören Sie, von der Möglichkeit –, dass Gott sich auf einem anderen Planeten anders offenbart hat als auf der Erde. Aber bitte, wenn das in Ihren aggressiv geprägten Soldatenschädel nicht hineingeht ...«

Justin lehnte sich mit einem Mal so entspannt zurück, dass die Generalin zurückwich. Mit betont freundlicher Stimme sagte er: »Kennen Sie die Geschichte von Elia? Von seinem Kampf gegen die Baalspriester?«

Sie zuckte mit den Schultern. »Natürlich. Was soll das?«

Der Diplomat lächelte tiefgründig: »Ich erzähle sie Ihnen trotzdem noch einmal. Elia fordert vierhundertfünfzig Baalspriester zu einem Duell heraus. Dazu baut er zwei Holzhaufen auf und ruft provozierend: ›Lasst uns prüfen, welcher Gott mehr Macht hat, euer Baal oder mein Gott. Die Aufgabe für die Gottheiten besteht darin, ein Feuer vom Himmel fallen zu lassen. Wir rufen sie an – und gucken mal, wer reagiert. Dann wissen wir nämlich auch, welche von beiden existiert.‹«

Judith sah ihn scharf an: »Das weiß ich alles. Und?«

»Lassen Sie uns hier auf dem Mond einen solchen Kampf austragen. Ich gegen Alef. Zwei Holzstapel. Und dann wollen wir sehen, welcher Gott sein Feuer vom Himmel schickt.«

»Sind Sie krank?«

Justin wurde sehr ruhig: »Sie haben gesagt, dass Sie glauben, was in der Bibel steht. Lassen Sie uns ausprobieren, ob es stimmt. Oder trauen Sie Gott nicht mehr zu, dass er heute und hier seine Macht beweist?«

»Das ist doch absurd!«

Der Diplomat hob bedauernd die Hände: »Nein, das ist es nicht. Das ist biblisch. Und Sie berufen sich doch andauernd auf die Bibel. Schütteln Sie nicht den Kopf! Sie finden das absurd? Also haben Sie Angst, dass möglicherweise der Holzstapel der Elaten anfangen könnte zu brennen, während sich in unserem christlichen Haufen nichts rührt. Oder wie soll ich das verstehen? Ist Ihr Glaube so gering? Sind denn nette Werte alles, was unser schönes Christentum heute zu bieten hat, oder glauben wir noch, dass Gott handelt?«

Er atmete tief ein. »Sie scheinen ja vom Schöpfer aller Dinge nicht mehr viel zu erwarten.«

»Da draußen gibt es doch gar keine Atmosphäre, in der ein Feuer brennen könnte.« Ihre Stimme war unsicher geworden.

Justin legte die Hände flach auf den Tisch. »Wenn Gott Gott ist, dann braucht er keine Atmosphäre, um ein Feuer zu entfachen. Dann unterliegt er nicht unseren Naturgesetzen. Und vergessen Sie nicht: Er hat Elia sogar aufgefordert, seinen Holzstapel unter Wasser zu setzen, damit sich die Größe seiner Macht erweisen kann.«

Die Generalin schluckte: »So ein Wettkampf überschreitet meine Kompetenzen.«

»Das mag sein. Aber hier geht es um einen Glaubensschritt. Darum, ob Sie persönlich an die Kraft des christlichen Gottes glauben oder nicht.«

Er erhob sich: »Na, was ist? Glauben Sie an Gott oder nicht?«

Die Generalin trat zur Tür des kleinen Raumes, öffnete sie und hob nicht einmal den Kopf, als sie murmelte: »Heute Nachmittag, drei Uhr Sternenzeit. Dann können Sie uns allen zeigen, ob Sie ein echter Geistlicher sind oder nicht.«

* * *

Schon eine halbe Stunde vor Beginn des Wettkampfes klebten schwarze Menschentrauben an den Glaswänden von »Armstrong One«, um das Duell nicht zu verpassen. Der Atem der Zuschauer kondensierte vor ihren Mündern auf den Scheiben, und die trüben Flecken sahen um die Gesichter aus wie milchige Heiligenscheine.

Der Kommandant hatte zwei große Holzstapel errichten lassen, die etwa zehn Meter voneinander entfernt standen. Auf dem einen war das christliche Kreuz befestigt, auf dem anderen das elatische Motiv des Lichtstrahls. Grell spiegelte sich in beiden Symbolen das von der Erde zurückgestrahlte Sonnenlicht und verlieh der gespenstischen Szenerie einen bläulichen Schimmer.

Durch die Menge ging ein Aufschrei, als die beiden Kontrahenten aus der Schleuse traten. Auf ihren Raumanzügen prangten die gleichen Erkennungszeichen wie auf den Stapeln, und sie liefen unbeholfen zu ihren jeweiligen Plätzen.

»Da, der Christ fängt an!«, rief eine Frau, als sich vor einem Holzhaufen etwas bewegte.

»Er betet«, entgegnete ein Mann. »Jetzt wird es ernst.« Wie auf Kommando senkten auch viele der Schaulustigen in der Station die Köpfe, um ebenfalls Gottes Beistand zu erbitten.

Das, was eben noch wie ein großes Spektakel ausgesehen hatte, bekam plötzlich eine zutiefst spirituelle Dimension. Als spürten die Anwesenden, dass es hier um die Zukunft der Erde ging. Eine ältere Dame fing an zu weinen. Ihre Worte waren so eindringlich, dass sie weithin hörbar waren: »Jesus Christus. Ich weiß, dass du lebst. Ich glaube an dich. Und jetzt, Herr, jetzt brauchen wir deine Kraft. Lass nicht zu, dass diese andere Religion sich als stärker erweist. Ich flehe dich an! Lass nicht zu, dass die Elaten über dich triumphieren! Bitte nicht! Es kann doch nicht sein, dass wir zweitausend Jahre etwas Falsches geglaubt haben. Du bist doch der Herr! Komm. Schick dein Feuer. Entzünde dieses Holz. Jesus …!«

Nichts geschah. Einsam stand draußen der Geistliche mit erhobenen Armen vor dem Stapel und betete. Minutenlang nahm in der Station die Lautstärke des Murmelns und Bangens immer mehr zu, dann brach sie zusammen. Verzweiflung zeigte sich auf den Gesichtern der Menschen. Angst. Unverständnis … und Unglaube.

»Ich habe gleich gesagt: Man darf Gott nicht herausfordern.« Ein weißhaariger Mann in einem Ingenieurskittel redete zornig auf die Menschen um sich herum ein. »Das beweist doch gar nichts. Gott will eben nicht. Das bedeutet doch nicht, dass er nicht existiert …«

Enttäuscht ließ der Geistliche vor dem christlichen Holzstoß die Arme sinken, dafür gingen sie beim elatischen Raumanzug in die Höhe. Alle Geräusche in der Station verstummten. Nur das Brummen eines Ventilators war noch zu hören.

»Nun, wollen Sie nicht für Ihre Seite beten?«, fragte Judith sichtlich bedrückt den Kommandanten.

Robert schüttelte den Kopf: »Nein. Der Gott, den mir die Elaten offenbart haben, ist die Liebe, nicht dieses schlichte

Zeig-deine-Macht-Prinzip. Er muss andere nicht klein machen, um seine eigene Größe zu beweisen. Und er will nicht herrschen, sondern heilen. Menei Pielaga ist eine Botschaft des Lebens, nicht des Kampfes. Ich begreife überhaupt nicht, warum sich Alef auf dieses idiotische Duell eingelassen hat.«

»Wie meinen Sie das?«

Der Kommandant starrte weiter nach draußen. »Ganz gleich, wie dieser Wettkampf ausgeht: Auch wenn es einen Sieger geben sollte, dieser Kampf bringt nur Unheil über die Erde. Und das widerspricht dem Prinzip von Menei Pielaga.«

Judith räusperte sich, während sie gebannt nach draußen starrte: »Na, wenn jetzt gar nichts geschieht, dann haben wir wenigstens eine Art Unentschieden.«

Der Kommandant wollte gerade etwas erwidern, als aus dem Holzstoß der Elaten ein gigantischer Feuerstoß gen Himmel fuhr. Wie ein umgekehrter Blitz. Meterhohe Flammen tanzten über die Scheite wie Derwische. Ein greller Lichtschein breitete sich aus, der mit dem Holz eins wurde und es einhüllte. Gelähmt, nicht fähig, sich zu bewegen, sahen die Zuschauer, wie innerhalb weniger Sekunden der ganze Stapel zu einem Häufchen Asche verbrannte und in sich zusammenfiel.

Judith kreischte hysterisch. Ihre Stimme überschlug sich und hallte vielfach in der Kuppel wider. Ein schier endloser Schrei der Leere und der Verlorenheit. Die Menge aber schien nicht zu begreifen. Für einen Moment war es, als würde die Zeit unterbrochen und die Last des Daseins für alle greifbar.

Mit von Entsetzen geweiteten Augen taumelte die Generalin in die Arme des Kommandanten und klammerte sich an ihn. Ihr Mund zuckte. »Nein, nein … bitte nicht …!«

Schwer krallten sich ihre Hände in die Brust ihres Gegenübers.

Robert, der noch wie gelähmt nach draußen gestarrt hatte, hielt sie an den Schultern fest. Doch sein Griff löste sich langsam, als nähme er gar nicht mehr wahr, dass diese Frau in seinen Armen Halt suchte. Fassungslos sagte er: »Da, sehen Sie!«

Vor dem Aschehaufen nahm der siegreiche Elate seinen Helm ab … und darunter kam das Gesicht Justins zum Vorschein. Der Interreligiöse Referent winkte euphorisch zur Station herüber. Gleich darauf wurde auch erkennbar, dass in dem mit einem christlichen Kreuz markierten Raumanzug der Elate Alef gesteckt hatte. Die beiden Männer sprangen aufeinander zu und umarmten einander voller Begeisterung und Freude. Dann liefen sie gemeinsam zur Brandstelle und hüpften wie kleine Kinder mit großen Sprüngen in der geringen Schwerkraft des Mondes herum.

Ungläubig starrte Judith nach draußen: »Wie geht das? Wie können sie atmen? Sie haben da draußen keine Atmosphäre.«

»Menei Pielaga«, stammelte Robert, »Gott ist das Leben!«

Danke

Viele dieser Geschichten gäbe es nicht, wenn ich nicht mit Ingo Schütz und Martin Schultheiß vom »Theater Zauberwort« auf Musical-Tournee gewesen wäre. Während wir abends in die Rollen des heiligen Bonifatius und seiner Zeitgenossen und damit in das 8. Jahrhundert geschlüpft sind, haben wir – vor allem am Bodensee – unsere Gedanken tagsüber in die Zukunft geschickt. Herausgekommen sind lauter ungewöhnliche Ideen, die mich solange penetrant verfolgt haben, bis auch mir klar wurde, dass sie endlich erzählt werden wollen.

Meine wunderbare Familie, um die ich mich selbst beneide, hat dem Ganzen den Rest gegeben und mich beim »Erspinnen« der unmöglichen Geschichten sehr unterstützt – manchmal murrend, zumeist aber voller Geduld und Verständnis.

Die Inspirationen zu »Das Erbe des Sensographen«, »VErinnerung« und »Im Turm« sind den unvergleichlichen Gehirnwindungen meiner Frau Miriam entsprungen. Ihr und all meinen Freunden und Ermutigern sei an dieser Stelle herzlich gedankt – ihr seid wirklich fantastisch!

Veröffentlichungshinweise

Geheimnis des Glaubens
Erstmals veröffentlicht unter dem Titel »Mysterium des Glaubens« in »Plasmasymphonie« (Visionen 3), hrsg. von Helmuth W. Mommers, 2006

Der Garten
Erstmals veröffentlicht in »Geschichten von Phönix und Sperling«, hrsg. vom Freundeskreis Science Fiction Leipzig, Leipzig 2002; nominiert für den »Deutschen Science Fiction Preis 2003«, 3. Platz

Alle Charaktere in diesen Geschichten sind der Fantasie des Autors entsprungen. Auch wenn Personen oder Situationen mit real existierenden Örtlichkeiten, Medien oder Institutionen in Zusammenhang gebracht werden, hat es diese Verbindungen nie gegeben. Jede Ähnlichkeit mit wirklichen Menschen wäre daher rein zufällig. Die ungewöhnlichen Ereignisse, die an den in den Texten genannten Lokalitäten stattgefunden haben sollen, sind nicht wirklich passiert. Und wenn doch, dann wusste der Verfasser nichts davon.